和山楂树一起变老

子衿◎著

北方文艺出版社

图书在版编目（CIP）数据

和山楂树一起变老 / 子衿著 . -- 哈尔滨 : 北方文艺出版社 , 2017.1

ISBN 978-7-5317-3739-1

Ⅰ . ①和… Ⅱ . ①子… Ⅲ . ①随笔 – 作品集 – 中国 – 当代 Ⅳ . ① I267.1

中国版本图书馆 CIP 数据核字（2016）第 317978 号

和山楂树一起变老

He Shanzhashu Yiqi Bianlao

作　者 / 子　衿

责任编辑 / 王　爽　张　倩

封面设计 / 回归线设计

出版发行 / 北方文艺出版社

网　址 / www.bfwy.com

邮　编 / 150080

经　销 / 新华书店

地 址 / 黑龙江现代文化艺术产业园 D 栋 526 室

印　刷 / 北京东君印刷有限公司

开　本 / 880 × 1230　1/32

字　数 / 210 千

印　张 / 9.25

版　次 / 2017 年 1 月第 1 版

印　次 / 2017 年 1 月第 1 次印刷

书　号 / ISBN 978-7-5317-3739-1

定　价 / 35.00 元

目录

笔下人间

附　录

子衿印象

李惠新

那时候，我的邮箱里常常会收到一封封长长的邮件。邮件有时加个题名，比如“让大地感觉孤独”“诗和远方”……有时则是以“RE：”开头，那大抵是顺着我的话题阐发一通自己的思绪，很是洋洋洒洒。我这个人，年岁长了却并没有变得沉稳和从容起来，遇到事情，还是喜欢简单和快捷，就是最好能三言两语说清一件事，或者三下五除二地去做完一件事，而决不愿意逗留于一种与我不太相干的闲适的情趣之中，加之我正沉迷于古代艺术品的探赜和赏读，不想贸然中断那种曼妙的享受，而跳到另一个有点陌生的世界中去——于是可以想见那些从大洋彼岸过来的长长的邮件，有时就这样长时间地被搁置在那里忍受着“冷落”。

而这样的被“冷落”，子衿是并不知道的。她还是一如既往地每隔一段时间，就发一个长长的邮件来，依然是有个题名或者以“RE：”开头，依然是洋洋洒洒。直到有一天，我终于觉得再搪塞已经不行了，就挑一个安静的下午，沏上新茶，去重新打开那些被冷落了的邮件，认真地读，再读，顿觉眼睛一亮——那混杂着异域风情、乡土怀念、雅致生活和书卷气息的一篇篇精彩的散文杂记，读来不觉沁人心脾，让人耳目一新——那种感觉，跟案头杯中青翠嫩绿的龙井新茶，刚好相配！不能不说，从那个时候起，对于子衿的才情，我才开始刮目相看起来。

在我的印象中，子衿之于写作，跟当下的那些所谓的“文艺女青年”相比，似乎有着更多不同的地方。在子衿身上，并不见故作高雅，而率真和明媚则显然远远多于忧伤。她的脸上，永远挂着一种少女般的笑。那种笑，是浅浅的，盈盈的，眉宇间透着一种机灵和聪颖。在子衿文章的字里行间，我们看到更多的是阳光。我虽然很早就知道子衿学业优秀，但是她学的是理工科，和文学并不相关。而恰恰，这让她的写作少了很多规则的羁绊和形式的束缚，也使她的行文更显信马由缰、洒脱自如。她的文艺与写作天才，据说在上海读大学期间担任学校广播台编辑时就已经开始有所显露了。紧张而又美好的学校生活，给了她一个施展自己才华的小平台。写作、编辑与广播，正是这个平台，让她开始了自己的梦想。因此，在子衿的散文中，我们还能依稀看到许许多多色彩纷呈的美好的梦境。这各不相同的一个个梦境，构成了子衿的世界——一个从少女般的清澈到如今秋天般成熟的世界。

在这个世界中，我们看到的是温馨、透明和富于人文关怀，以及那些独特的人生视角。

对于生活，子衿善于用透明的目光去审视，在《让大地感觉孤独》一文中，她让我们通过梭罗，看到真正的极简主义，看到丰富的精神生活如何让人活得自在，活得让别人感觉孤独。

《夜遇广州》叙述的是一个出租车司机在滴滴打车和专车进入市场后，面临的生活压力。子衿只是坐车一个小时，却用她善良和敏感的心灵注入了对生活的观察和对广阔人群的关怀。

对于名著佳作，子衿自会有独特的领悟。《木石情缘》，她写的是大家熟知的《红楼梦》。她看待宝黛关系，已经跳出常规的门户观念、悲喜观念，而只是从性情的相通、命运的安排去看待他们。她觉得“宝玉和黛玉本是天上的神仙，下凡来谈一场恋爱，就是让凡人长见识的”。她依然相信爱情，但她眼中的宝黛没有悲喜，这也是她看待情感的独特方式。

凡此等等，子衿对于一系列貌似寻常的人生境况和文学话题，通过自己的思考和叙述方式，为人们构建了一个不同寻常的精神园地……

现在，子衿的新作《和山楂树一起变老》就要正式出版了，作为看着她一路上蹦蹦跳跳成长起来的长辈，我感到由衷高兴。山楂树，一种长着绿叶开着白花的树，那是多有诗意的植物！但是它的果实却是又酸又甜的。那么多年，子衿一路走来，一路写来，其中的滋味，在享受着快乐与充实的同时，伴随而来的，也一定少不了艰辛的磨砺和历经曲折后酸酸的苦痛，就像结满了果实的山楂树一样。我想，成功总是要付出代价的。所幸的是，子衿做出了努力，也终于结出了成果，却没有“变老”。她的那些充满着诗意和青春激荡的作品，正是很好的印证。

《和山楂树一起变老》是子衿的第一本集子。其中有些精彩的篇章，如果正中你下怀，可能会让你目迷心醉。另外一些，也许并不是你所熟识的场景和世界，但如果你愿意闲来翻翻，相信也会有所获益。最后，我还想要说的是，若是从更高的期待出发，还有一些作品，在题旨开掘、文章结构以及语言表达的严谨性上，尚有不少值得进一步推敲和提高的地方。学无止境，虽是老生常谈，但这对于每一个人来说都是永远适用的。而尽管这样，比起那些装腔作势的徒有虚名之作、哗众取宠的畅销读物，以及无病呻吟的风花雪月——于我而言，更爱读质朴、清新、一如行云流水而无雕琢之痕的子衿！

子衿出书，嘱我写些什么。适逢我在皖南山水间逍遥，心绪尚未安宁，也就学子衿一回，不拘一格，随手写来。权当是序。

我为什么如此骄傲

子　衿

写书的人中有傲气的很多，比如李敖。他说："五十年来五百年内，中国人写白话文的前三名是：李敖，李敖，李敖。"牛吗？牛！但是就机巧而言，我认为比不过尼采。你看看人家尼采写什么：

《我为什么这样智慧》

《我为什么这样聪明》

《我为什么写出了这样的好书》

《为什么我是命运》

看到这样的标题，我目瞪口呆。尼采将他的智慧、聪明已经当成了定论，他要做的只是一本正经地来分析为什么他的智慧、聪明到了这么高的程度！

就是晕乎乎，我也坚持看下去，因为极度好奇：他到底在扯什么呢？看完之后却发现我居然什么道道都没看出来，就是干巴巴记住了这些标题。所以我觉得要么就是我太笨，要么就是尼采太敢吹！于是当下我就立志：什么时候我也要写一篇。怕什么呢？结果无非两个，一个是读者会觉得自己笨，另外一个结果就是读者觉得我胡吹。而这两个结果哪个都不算太坏。

所以今天我也来写一写：我为什么如此骄傲？

我还什么都没说，大家已经笑死了：你买了几套房？你开着什么车？你穿戴了什么名牌？你有几个高朋？你一周打几次高尔夫球？你出过几本书？你有几个粉丝？……类似的问题可以问一千个，像屈原写《天问》，可以上天入地前世今生地问个遍。但是在我这边厢，就是被问十本《天问》的问题，我也不怕。我依然可以很坦然地说，这一切我都没有，这些问题我每个都拿最低分，但是我却不觉得半分自卑，还是要写《我为什么如此骄傲》。而这恰恰也是一个让我骄傲的理由。

我骄傲因为我读。多么幸运，这么多年来我终于找到读书这么好的一个业余爱好。每天哪怕再忙，我也会挤出时间来看书。不读上几页书，好像这日子就无法翻过去。再多细碎烦恼的日子，想到晚一点可以有书读，想到那时候烦恼都可以暂时丢开，就心生期待。就像只要确定有一块奶油蛋糕在冰箱里为你留着，那么现在饿一点又有什么关系呢？

读书给了我太多宝贵的东西，特别是影响了我看待物质的态度。

我写了《让大地感觉孤独》，其中写到了梭罗的《瓦尔登湖》。梭罗虽然很清贫，而且他刻意清贫，但是他过得何其逍遥自在，何其有精神质量。他在书中写道：“一个诗人不拥有农场，在欣赏了农场上最珍贵的部分以后便离去。粗鲁的农夫认为他不过拿到几个野苹果。

但诗人把农场入诗，农场的主人却经过许多个年头还不知道。须知这诗歌是一道最美妙的无形的篱笆，诗人把农场几乎全围起来，挤出它的奶汁，得到了全部的乳脂，留给农场主的只是脱脂奶。”

所以，梭罗虽然没有农场，但是他的眼睛掠夺了农场的所有美景，将它变成诗意留在心里，然后他写下诗，诗成了他精神家园的篱笆，隔绝了外人，让他自己成了他诗意农场的农场主。而让看似物质富有的农场主只拥有荒芜农场的空架子。所以如果有了诗意的眼睛和灵魂，没有很多大房子、大牌子、大车子，又有什么关系呢？

上次在故乡，我去看一个朋友的豪华办公室，里面多的是字画古董。看到墙上一幅字，我觉得非常苍劲有力，里面有一股气韵和力量强烈地打动我，就立在那里看了好久，然后他告诉我这幅字的价格。我随意问他，觉得这字好在哪里。他笑笑说，这书法家有名呗。我当时心里想：这种字画放在他这里真是有点可惜，因为他根本不懂它们。我虽买不起这幅字，但是看了一眼便感受到了它的气韵，记住了它，它们也便留在了我心里。这样看来是不是我也算内在地拥有了这幅字画？所以我怎么就穷了呢？我和梭罗一样，拥有乳脂，而他只拥有脱脂奶。

有一次坐朋友的豪车外出，遇到塞车，他一直“碎碎念”地怪前面左右的司机不会开车，又怪政府在交通上投资少……看起来开着好车的他并没有觉得优越和安然。我心中窃笑，如果我开着我的旧车，遇到塞车，一定是听听音乐，然后跟着音乐去万里神游。我的很多文章就是这样在车里构思、设想和推进的。车的主要功能是代步，带我们远行，带我们游历，我开着普通的车，哪里又少看到半点风景，少游历了几个地方，少了半点愉悦呢？

讲这么多，不是说有丰富的物质生活不好，但是物质生活绝对不是生活的全部内容，还要有充盈的精神生活，我们才可能对自己的生活产生幸福感。

我骄傲因为我思。很庆幸这么多年来我终于养成遐思的习惯，让我对周遭的事物有那么多的感受和体会。

我写了《午后》，因为温哥华的一抹午后阳光，让我突然怀念上海的旧日子。于是那个午后我像一块海绵慢慢地向往日的记忆池塘靠近，吸饱了过往的回忆之后，再回来用文字挤出旧日子的样貌来。遐思就是这样给我的生活带来很多的窃窃喜悦。

昨晚看乔伊斯的《尤利西斯》，看到他写“邮轮依稀冒着羽毛形的烟”，我就停在那里不动了。因为心已经到了海上，看到了浩渺的海面，看到了移动中的邮轮，但是邮轮冒的烟到底会是什么样子，羽毛形的烟到底是怎么回事呢？在这种看似无用的遐思的过程中，我品咂到了读书生活的滋味。

读书和遐思的习惯让我喜于孤独。

我本来就不是喜欢热闹的人，几乎是害怕和不认识或者不够熟的人群聚。看到梭罗在《瓦尔登湖》中对灰背鸟的描述，我为自己也喜欢独处而觉得自豪和骄傲。他写到一种看起来像鹰的在高空自由飞翔的空灵的灰背鸟：“看起来，它在宇宙中没有伙伴——独自在那里运动，除了它嬉戏的早晨和天空之外，不需要任何人做伴。它其实并不孤独，可是它使下面的大地感到孤独。”多么高远的意境！我愿意成为这样的鸟儿。

我骄傲因为我写。庆幸的是书香也终于以它本来的单纯样子充溢着我的感官，充溢着我的日常生活，让我终于可以写出点自己都喜欢看的东西。我喜欢我写的《姹紫嫣红牡丹亭》《佩玉将将》《大卫王》《寂寞萧红》。我喜欢自己写它们时的专注模样，好多时候写到晚上困了都不愿意睡。

写作让我能静下心来去细细观察和体会周遭，让我能更深刻地看到我周围的人和事。比如我写了大卫之后，我发现自己比原来更了解他，更靠近他，甚至我就成为了他。

写作变成了我的点金术，我用它来将自己平凡的生活变得富有诗意。

我写《追求生活的绝对诗意》，在文章中我说，写作让我将自己变成一个暗喻。如果我伤心了，我就写文章说，“她”伤心了。只是将我变成“她”，我的悲伤就过给了“她”。于是我只是一个懂得“她”的作者。

最重要的是写作的理想让我觉得每天的生活都充满意义，好像我被赋予了一项神圣的使命，我生来就是要观察和体会人生，要来写下我的人生感遇一般。虽然还未实现也未必实现，但我每天都走在接近理想的路上，这让我充满了力量。

一个叫张晨的女友喜欢做戒指。她买回琥珀原石，然后手工打磨，再根据每块琥珀的形状配上不同的托底，做成各式各样的漂亮戒指。她说她原来很浮躁，自从有了这个爱好之后，她的心变得平静多了。而且她还有了个梦——想要开一家珠宝店。我想她和我的状态完全一样。我鼓励她也鼓励自己：我们一直攀登一直攀登，但是一定是到达山顶之后我们才会豁然开朗，否则就是每天都在攀登。但是更关键的是，有爱好和梦想的我们每天都过得那么充实和充满希望，就是梦想实现不了又有什么关系呢？还有比每天都生机勃勃、充满希望的感觉更美好的精神状态吗？

笛卡尔说：“我思，故我在。”我的版本是：“我读、我思、我写，故我在。”这也构成了我这本书的主要内容。借这本书，我向同好分享我的读书感受和生活感受。

也以此文作为自序。

书里天堂

为了消灭爱的罗愁绮恨，成全梦幻般的忠贞爱情，完成这个爱情传奇，张爱玲发动了一场战争，她让整个香港为此沦陷了。

孤独忧郁的精灵

——莎岗和她的《蓝色的灵魂》

这个小魔鬼，我不喜欢她，却又是喜欢她的。在我说更多之前，要先介绍一下她。

法兰西丝·莎岗，1935 年出生于法国的一个富商之家。从小喜欢文学，最喜欢读小说，颇有才华。她十九岁进入大学后，成日流连于夜总会，疏于学业，家人大怒。为安慰双亲，她在咖啡馆写下五万字的小说《日安忧郁》而一举成名。是不是和 Lady Gaga 差不多?

《日安忧郁》全球热销五百万册以上，继而又被改编成电影，电影也大受欢迎。次年她用《日安忧郁》的版税买了捷豹敞篷车，之后又陆续买了各种名贵跑车。她对赤脚飙车上瘾，二十二岁时由于超速，酿成一场车祸，她受伤严重，疗伤用的吗啡从此成了她不可少的朋友。她也好赌，二十三岁在赌场大赢一票，随即买下一栋避暑别墅。后来她几乎每年都有小说或者剧本出版。她一生作品甚多，小说三十余部，剧本十多部，回忆录四部，而且本本畅销。她的身份也是多重的，作家、编剧、导演、评委。她的书迷也遍布全球，除了艺术家、作家，就连法国前总统、前总理也看过她的书，法国总统密特朗出访哥伦比亚时竟带她同行。

她的婚姻生活更是令人眼花缭乱。二十岁时和一个长她二十岁的出版商结婚，第二年就离婚，二十四岁再和一个雕刻家结婚，生了一个儿子，第二年又离婚。此后与时装设计师 Peggy Roche、作家 Bernard Frank、法国版《花花公子》编辑 Annick Geille 展开了长年的双性恋同居关系。

看了这一堆花枝招展的介绍，难道你不会问：她到底写些什么，迷倒这么多人？好吧，让我来试试说给你听。

她写的首先应该是颓废。她小说中的主人公都是衣食无忧却内心孤独的中产阶级。她写他们抽烟、饮酒、吸毒、作乐，无视道德规范的游戏人生。《日安忧郁》讲一个十七岁的少女跟事业成功但私生活放纵的父亲去度假，她不得不和父亲的情人相处，先是嫉妒第一个情人，后来又联合第一个情人去折磨父亲的第二个情人。《蓝色的灵魂》讲一对乱伦的兄妹，靠彼此的追求者生活。可是追求者再多，这对兄妹最离不开的人还是对方。可是，这些故事有什么好玩呢？是，是一点都不好玩，只是挥霍。他们挥霍钱财、青春、才气和生命。一个夜晚一个人可以抽五十多支烟。酒可以一杯接一杯，不停地喝。情人可以每个月每个月地换。睡不着了，一个蓝色小药锭就简单解决问题。在她的文字中你感觉不到一点点积极向上的力量，所以我不喜欢。

可是，在描写颓废和陈述故事中，她非常出色地描绘了优雅。对，优雅。

她的主人公们都有俊美的容貌和好身材，不追求时尚而自时尚的衣装，不追求高远而自高远的谈吐和气质。这些特质像一股风一样扑面而来。他们基本上不谈钱的问题，也不为日常生活所累。他或她到某个办公室一坐，烟圈一吐，二郎腿一跷，俊美的脸抬一下，心不在焉的眼光扫视一圈，整个办公室紧张工作的气氛立刻发生变化，立刻充满贵族的优雅气息，小职员都紧张到不敢呼吸。

说到这里，我想到上海女人的一种独特气质。那份由眉宇间流露的特别的气息将她们和“外地人”分割开来。苏杭女子，也是美的，小家碧玉，看到陌生男子就脸红心跳，很不上台面不说，而且让人觉得你很在乎别人，这一在乎就让你低了一截。上海女子可不是这样，她们见多识广，什么都见过，听过，用过。所以她们对周围的一切都觉得腻味，所以眼睛一张开，就充满了倦怠。倦怠的眼梢一划，像一股凌厉的秋风掠过树梢，流氓、混混非但不敢近身，而且都自惭形秽。这个又能当武器又增添魅力的气质是什么，就是优雅。但是上海女人的优雅和沙岗的优雅好像还是不同。莎岗的优雅更带有贵族气，因为她们的优雅通常不是靠一代人，而是几代人的生生不息的绵延，都优雅到骨子里去了。就像一间咖啡屋，经营太久，就连桌子的木纹里，墙上的缝隙里都渗透了咖啡味，一块普通饼干只要一拿进来，就变成咖啡饼干。所以《蓝色的灵魂》中的主人公伊莲娜和萨巴斯提安这对兄妹无论走到哪里，都有人追，他们是贵族饼干，他们能让白水变咖啡。可他们就是对谁都心不在焉，这心不在焉就把所有情人都变成了奴才，奴才就是甘愿来供养他们的主人。

莎岗还写了什么？我想最深沉的是她写了忧郁和孤独——这两个密不可分的孪生姐妹。这忧郁可能有人称它为伤感，这孤独也许有人称它为寂寞，但都是心灵深处的感受和情绪，不是肉身的东西。那种忧郁不是靠人絮絮叨叨来排解的，那份孤独也不是叫上一群人热闹一番可以驱赶的。还是莎岗她说得好，她说："孤独是在猎兔犬赛场上被放出来的小野兔，后头有一群代表我们热情和友情的高大猎犬，气喘吁吁地在追赶。猎犬永远都抓不到这只小野兔，却以为只要拼命总能追上。直到门砰地关上，他们才在这扇小门前紧急刹车或者迎头撞上。"在这段陈述中，她很好地给我们诠释了孤独。孤独是和热情、热闹相对立的，毫不相容的。热闹通常非但不能消除孤独，相反地，它逼迫得越紧，孤独就会奔跑得越快。孤独是离群索居的，被忧郁的微光罩着的。对待这种感受的态度和承受力也因人而异。有很多人将忧郁和孤独视为贬义词，所以他们就不大能承受得起，极端的方式可能会是自杀，像《蓝色的灵魂》中的罗伯·贝西。而有少数人则相反，觉得忧郁和孤独是迷人的诗意的东西，主人公伊莲娜只要将二郎腿一跷，烟圈一吐，刹那间，她就将忧郁如花一般诗意绽放。对莎岗，也一样，她时时刻刻处在忧郁和孤独中，也正是这深沉的忧郁和孤独让她颓废，还让颓废看起来优雅。但是这不排除她还是希望被人理解，希望有人理解她对忧郁孤独的那份体会。是啊，人本来就是一个矛盾体，一方面追求个性，要求异，另一方面又追求认同，要求同。所以她创造了伊莲娜和萨巴斯提安这对兄妹，来寄托她的矛盾，她的谜一样的渴望。

所以，只有莎岗可以写《蓝色的灵魂》。她从构思故事着手，从故事走入随笔，从随笔走入自剖，再从自剖进入故事，迂迂回回，结果写故事的人迷失在自己写的故事中。书评说这是专属莎岗的法式文字游戏。

这个写故事的人、玩游戏的人就是莎岗——一个孤独忧郁的精灵。

寂寞的呼兰河

大概是因为电影《黄金时代》，最近好多人在评论萧红。我觉得好奇，于是也凑热闹，找了《呼兰河传》来看。很快就看完了，原来是一本非常寂寞的书！

她写呼兰河的风俗：跳大神，放河灯，看野台子戏，逛庙会；写呼兰河的乡土：手裂开口的冬天，有火烧云的傍晚，泥泞的土坑子，卖凉粉，卖豆腐，卖麻花；写呼兰河的街坊：扎彩铺，药铺，染房；写呼兰河的人：贫穷，闭塞，落后。

书中的团圆媳妇多可怜！一个不过十二岁的孩子，做了媳妇。因为刚进夫家，见人就笑，第一天吃饭就吃了三碗，被前来围观的邻里一致认为不知羞涩。婆婆为了给她一个下马威，天天踢踢打打，最终一个天真活泼的女童被折磨得卧床不起。婆婆倒是花了很多的钱请人做法、跳大神，为她治病，还居然当众给她洗澡，说是给她除秽气，却不过是让左邻右舍来围观，供大家娱乐。后来她死了，草草埋了。邻居们去喝丧酒，倒是个个喝得醉醺醺的像过年。“对待一个人还不如对一只鸡”。

书中的有二伯多可怜！年过半百的人了，没有一个落脚处。破破烂烂的被子天天睡醒了就卷好，时时准备搬动，因为第二天晚上在哪里睡都不知道，反正哪里有一个能放平睡下的地方，就在哪里过夜。一个人还不如一只狗！

书中的磨倌冯歪嘴子多可怜！天天起早摸黑地在看不见户外的草屋内打磨，外面什么天气都看不见，隔着窗和他讲几句话的人走没走都不知道。就这样，他还偷偷娶了媳妇，生了两个孩子。因为太穷了，根本没有东西吃，所以孩子年纪增长了，身形却看不出大来，但也是一天天地过着日子。

所以萧红说："生、老、病、死，都没有什么。生了就任其自然的长去；长大就长大，长不大也就算了。老，老了也没有什么关系，眼花了，就不看；耳聋了，就不听；牙掉了，就整吞；走不动了，就瘫着。这有什么办法，谁老谁活该。病，人吃五谷杂粮，谁不生病呢？死，这回可是悲哀的事情了，父亲死了儿子哭，儿子死了母亲哭，哥哥死了一家全哭，嫂子死了她的娘家人来哭。哭了一朝或是三日，就总得到城外去，挖一个坑把这人埋起来。"

唉，看看，她把每件事每个人都写得如此寂寞冷清，所以写出那么寂寞的呼兰河的萧红想来也一定是被寂寞呛到要落泪的。

她的童年只有一个玩伴——她的祖父。她的乐园只有一个——她家的后花园。她怀了孕，身居客店，男人独自回家从此一去不返，把她遗弃了。生出来的孩子被她送了人，最后据说夭折了。然后她跟了萧军，原不错，两个人都是写文章的好手，她的文学生涯也正式开始了。但是没有多久便和他感情不和了，于是只身东渡日本。回来后和萧军分开，再嫁人，生了一个孩子又夭折了。然后她辗转去了香港。才三岁就得了肺病，又被误诊，开错刀，于是古岁就香消玉殒。

沧桑的萧红如此仓促如此曲折地过完了三十一年。末了在香港时遥想故乡，遥想童年，寂寞地写完《呼兰河传》。

那天我看其中小团圆媳妇故事的时候，是边看书边听《中国好声音》的决赛，到最后在《中国好声音》如此热闹的节目里都看出寂寞的况味来。寂寞的人在唱歌，寂寞的人在听歌，仿佛不过如此。

说起娱乐节目，必须要说《饥饿游戏》，它是所有类似节目的夸张版本。一个个少男少女被分区选出来，然后参加一个个生死较量。要打到别人都死了，唯一活下来的那位才是冠军。然而冠军也还没完，再把历年的冠军拿来比，最后要怎么比才算到了头，只有天知道！

对于节目本身而言，谁是冠军其实根本不重要，重要的只是要有人看，就是收视率。是不是有点像书中的团圆媳妇？一个小女孩的生死对呼兰人，其实根本不重要，重要的是每天要有那么点新事旧闻来消遣。困苦的呼兰人自己生活得那么辛苦不易，却热衷于在别人的更不幸更不易中毫无同情地掠取乐趣寻找娱乐。团圆媳妇就是不幸地非自愿地被选中了，参加了一个众多人观看的娱乐节目，而且她的对手太多太强大了，他们是一批冷酷和蒙昧的呼兰人，而她为了让大家娱乐，付出了幼小的生命。

而观众就不寂寞了吗？其实是更寂寞。如果自己能和自己安然地过日子，为什么要去管人家团圆媳妇怎么过日子？因为寂寞，所以才要凑热闹。要听听人家怎么唱歌比赛，要看看人家怎么人杀人，要看看人家团圆媳妇怎么过日子！

如果能常常热闹，也不坏，但是这个愿望未免太天真。其实人到末了，还是要面对独处这件事。比如你病了，比如你老了，比如天黑了，比如曲终人散了。所以我们要学会一点处理独处和冷清的本领，要学会不靠娱乐节目过日子，不靠团圆媳妇的八卦过日子，不靠消遣他人过日子。但是这个本领太难学。

写到这里，让我想起萧红写河灯："当这河灯，从上流的远处流来，人们是满心欢喜的，等流过了自己，也还没有什么，唯独到了最后，那河灯流到了极远的下流去的时候，使看河灯的人们，内心里无由的来了空虚。"

河灯是寂寞的，看河灯的人也寂寞。热闹之后的冷清就是这样的，有一种寂寞就是这样的。萧红就看明白了，而且也练就了独处的本事，可她却不甘心，就像萧军说的："有多少理由她早该自杀！"可是无论处境多么艰难，她就是顽强地想要活下来。为什么没有她爱的人好好来爱她？为什么这么年轻就要离开这个世界？为什么如此才华横溢的她要服输？于是这不甘心像一朵暗处的小火苗，照着她的寂寞，照着她来写寂寞，来写这样一个寂寞的世界。

寂寞白先勇

台湾是个有文化的地方，有很多我喜欢的作家。

写历史，是李敖，像就着壶烈酒，听铿锵的京戏，比如《失空斩》。

写乡愁，是余光中，像支着油纸伞，着青衣布鞋漫步于江南小巷。

写寂寞，就一定是白先勇，要点燃一根烟，在夜晚的昏黄的电线杆下，眯着眼睛，一口一口用力地吸。

星期六下午外出，有两个小时的闲暇，懒得穿马路去图书馆，于是就窝在车里就着音乐看白先勇的短篇小说，看他告诉你寂寞是什么。那么寂寞是什么呢?

寂寞是《玉卿嫂》，爱上一个人，而那个人却不爱你。

美丽文静的玉卿嫂年纪轻轻成了寡妇，但是放着大户人家的奶奶不做，屈身去当保姆。关于其中的原因，几乎没人知晓。真实的情况是：她爱上了一个小后生——干弟弟庆生。她为了养他，和他有机会在一起，毅然决定到外面去当保姆。可以为庆生想的她都想到了。过节了，换季了，被子要换洗了，食物补品要添加了，她都安排妥当，包括房子也是她为他租好。庆生得的是痨病，她担心他身子弱，千叮万嘱不要他去外面做工，只要他在屋里等着她。如此痴情的女子！她抱着他时，曾在他肩上咬破他的皮肤，留下了深深的齿痕。她爱他都已经爱到咬牙切齿，可是庆生却偏偏爱上了一个年轻貌美的小戏子，还和小戏子偷偷幽会。他可不要玉卿嫂囚禁着他，他要自由，他要自己的生活。于是某一天，玉卿嫂打扮得漂漂亮亮地去会庆生，用刀子杀了他，然后她自杀了，她的身体倒卧于庆生的血泊怀抱中。痴情的玉卿嫂，爱一个人爱得太深，也就寂寞得太深，非要彼此用命来赔。

寂寞是《十七岁》，没有一个爱的人也没有一件爱做的事。

杨云峰是个富家子弟，衣食无忧，可是每天就像梦游一般，背不了课文，做不来数学，一无所能。父亲很期许他成才，把他送到重点中学，又请家教。可是他的脑子里根本学不进一点东西。于是留级，逃学，虚度年华。大家笑话他，奚落他。他也对自己完全没有信心，没有一个朋友，没有一个可以讲话的人。真是一个寂寞的十七岁的男孩子，有大把的青春和时间，却不知道用来干什么，不知道自己到底喜欢什么，要做什么。他不懂得这个世界，这个世界也不懂得他。类似的富家子弟多的是，寂寞了，就抽烟、喝酒、玩女人，拼命堕落。可是他寂寞到连堕落都学不会，最后唯一的出路是想要去当和尚。

寂寞是《谪仙怨》，自己受着苦，却要告诉别人自己过得很好。

母亲借了债，送女儿凤仪出国留学。凤仪写信给母亲说她在纽约一切都好，开始在酒馆里打全天的工了，赚了好多钱，让母亲放心花钱，不必担心她。而实际上，她在纽约却陪着欢笑无奈地做着陪酒女的工作，对着男人叫 honey。明明堕落了，却对着妈妈坚强地说自己上进着，这样的寂寞只有上帝知道。

寂寞是《孤恋花》，世界上没有一个爱你的人。

娟娟从小母亲就疯了，她被父亲绑在猪圈里当猪养。长大一点点，父亲又霸占了她。后来被卖到青楼，又被一个嫖客虐待，最后她杀了嫖客，自己也成了疯子。娟娟的寂寞是从出生到死都不知道爱的滋味，面对的只是一次比一次更严重的残害。寂寞成这样，疯了也罢了。

寂寞是《游园惊梦》，二十岁的青春被锁在六十岁的富贵里。

一个二十岁的昆曲名角蓝田玉，昆曲唱得绝世。一曲《游园惊梦》让六十岁的钱将军夜不能寐，就娶她回家做了正牌的夫人。于是天下的荣华富贵都由着她挑，可她却是寂寞的。偶然一次她醉了酒，把丽娘的春梦唱成了自己的，和乐师吴师傅有了点什么。然后她知道她为什么是寂寞的了，因为在所有的荣华富贵的日子里，其实她只活过一次。荣华富贵有什么用？如果没有一个你爱的人，你还是寂寞的。

白先勇用那么多故事让我们看到了种种的寂寞。不是没有人爱，就是不被爱。不是没有人懂你，就是你不懂别人。那么多的人在那条寂寞的长河里，苟延残喘。

车外开始下雪了，细细的雪珠子落下来，在玻璃上蹦两下就化成小小的水迹。然后有很多的雪珠子落下，很多水迹。一个个水迹慢慢连起来，就变成水流，那恐怕就是寂寞在哭泣了，是寂寞流的眼泪。

耳边是 Bryan Adams 在唱歌。一个永远穿牛仔裤、白汗衫，永远拿一把吉他的寂寞的 Bryan Adams，用他磁性的嘶哑的嗓音，在唱歌，一句一句唱的是什么呢？又是唱的寂寞。

困在文字和音乐的寂寞情绪里，几乎要窒息。终于打开车门出去，然后用力地关上车门，将白先勇和寂寞统统都关在里面！

站在雪地里，大力抖抖衣服，然后抬起头大口地呼吸。

想想，其实也没什么，因为不管你如何寂寞，总是还有一个人比你更加寂寞，就是他——白先勇！

姹紫嫣红《牡丹亭》

几年前要回中国，要去大使馆签证的话，那可是辛苦。早上要五六点去签证中心门口排队，前几十名才能拿到号，才有资格入内递表。所以那时候这里的华人都在抱怨，说回乡的路途第一关就被卡在自己的同胞手里。我就是这么早去过一次，队已经排得很长，在长廊绕了两个弯之后才在大楼临街的屋檐下排上队。排就排吧，反正我带了本书，也很安然。但是有一个签证处的中国工作人员硬是让这个早晨变得很恼人。她是一个其貌不扬但是很唠叨尖刻的中年妇女，不断地来来回回地沿着长队走动，凶巴巴地对大家训话，要求我们好好排队，到室内后不能碰她桌子上的文件啊、东西啊云云。在加拿大，这种做派基本上是见不到的，但是一大早的，大家大概也都懒得理会她，只是眼神里都流露出强烈的愤怒和鄙视罢了。我瞥了一眼她的背影，后脑勺堆了一坨的头发中央，扣了一个两个C标志的发卡，明晃晃地刺眼。我不大懂名牌，但这个标志我知道，因为我喜欢过可可·香奈儿，看过她的传记。但是因那个女人在头发上把“香奈儿”的发卡一别，那一刻我好像连带可可·香奈儿这个人都不喜欢了。

奇怪的是，就在那种时刻，我前面的一个四十岁上下的男子回头向我问话。他的普通话明显带有香港口音，他问我在大陆的什么地方可以听到昆曲。我那时候真是无知者无畏，马上回答说："在江苏的昆山。"后来查一下，居然被我蒙对。然后他问我怎么去，我说先到上海然后坐车过去。当然我又是对的。他犹豫了一下，又问我看过《牡丹亭》没有。我说没有。他停顿了一下，告诉我他就是为了看《牡丹亭》去的，说《牡丹亭》真是太美了。那时候我心里吃惊得厉害，居然有香港人为了《牡丹亭》排了长队办签证飞到中国去！

这是我第一次在书本外听到有人跟我讲《牡丹亭》。后来几年里差不多就忘了。

某一天，在图书馆偶然看到《牡丹亭》，就随手拿来翻。猛一看，一共五十五出，都是文言文，想来很难读懂。可是看到一句"晴丝吹来闲庭院，摇漾春如线"，倒是看得懂的，不就是说春风像丝线一样地摇摆荡漾，绵软地吹到了清闲的院子里吗？而且马上有很多春天的画面出现在眼前，飘荡的柳丝、红砖绿瓦……觉得好美。反正书也不厚，就借了回家。然后，就一本正经地读了一遍《牡丹亭》。

读了才知道原来《牡丹亭》是那么浪漫的一本书！明朝是那么浪漫的一个朝代！汤显祖是那么浪漫的一个剧作家！浪漫到可以让人为了爱情生，为了爱情死，还可以为了爱情由死而复生！汤显祖在序中说："如丽娘者，乃可谓之有情人耳。情不知所起，一往而深。生者可以死，死者可以生。生而不可与死，死而不可复生者，皆非情之至也。梦中之情，何必非真？天下岂少梦中之人耶！必因荐枕而成亲，待挂冠而为密者，皆形骸之论也。"

什么意思呢？就是说那些没有爱到可以出生入死的爱情，都是形骸之爱，都不是至情至性的真爱。真爱至爱就是要以生死来相酬的。多夸张的观点！那么书中的丽娘和柳郎到底爱成怎样呢？要羞死多少天下人呢？

说南宋时期有个杜太守，养有一女，年方十六，尚未嫁娶。她和其他女儿家一样，平日里是“长向花荫课女工”。杜太守看她春来在闺阁闲得厉害，就为她请了个叫陈最良的家教，说要她知书识字。这个陈教授呢，虽然心里早看清了所谓“人之患在好为人师”，可还是好为人师。他先让杜小姐将文房四宝备好。刚好我们来看看这位杜小姐的丫鬟春香都拿了些什么文房宝贝来：墨呢，是螺子黛，是画眉的；笔呢，是画眉细笔，自然还是画眉的；纸呢，是花哨的薛涛笺；砚呢，是两个头的鸳鸯砚。看到这等风情万种的笔墨纸砚，倒是陈教授先傻了：这个女孩儿成天价都弄些什么呢？所以发誓要好好教导教导她。

于是就从“关关雎鸠，在河之洲，窈窕淑女，君子好逑”开始教。这一教，不得了，好端端的淑女丽娘开始感叹了：“圣人之情，尽见于此。今古同怀，岂不然乎？”对啊，雎鸟都有公鸟追，美女自然就要有帅哥追啊！这一思量，寂寞就来了。乘杜太守去慰问农民兄弟不在家，陈教授刚好又请了几天农忙假回乡下去了，身旁又有春香在怂恿，于是就到后花园赏花解闷去了。接下来就是有名的“游园惊梦”桥段，写得非常美，我多剪贴一点原文给你赏玩。

说丽娘在牡丹亭游园，一路上自言自语，说的都是掏心掏肺的女孩子家的闺房话：

“翠生生出落的裙衫茜，艳晶晶花簪八宝镇。我一生爱好是天然，三春好处无人见。不提防沉鱼落雁鸟惊喧，羞花闭月花愁颤。”（这里是她在说自己的天然美态，很臭美。当一个女人自己都知道自己美，通常麻烦就不会少。）

“原来姹紫嫣红开遍，似这般都付与断井颓垣。良辰美景奈何天，赏心乐事谁家院！”（这里是她说春光再好，可惜没人陪伴的惆怅。姹紫嫣红的花儿全开了，也不过都落井里去了，没人看呀。春色如许，就是十二亭台赏遍了也是枉然，没人陪呀！）

然后她就低头自己寻思：春色恼人一说是真的！怪不得很多古代女子会在春天里觉得烦恼呢。像人家崔莺莺倒是遇到了张生，才子佳人相依相偎多好啊！我都二八年华了，我的睡情谁曾见过，腼腆谁赏过呢？什么时候有人来折我这枝蟾宫桂呢？

想着想着她就在园中睡着了，就做起梦来。梦中突然出现了个白面书生，手持柳枝，逶迤而来，要她题诗。结果那书生居然抱起她，转过芍药栏，到了牡丹亭畔，紧靠湖山石，把她领扣松了，衣带宽了。然后居然在梦中“紧相偎，慢厮连”，竟如此这般共享了云雨之欢。园中的花神处事极不严谨，故意招引了很多花儿蝶儿的，一起来煽风点火，结果让丽娘动了春情，迷失了芳心。所以说很多事情有鬼神作怪，就由不得人。

醒来之后，丽娘还是一直觉得困。第二天她去园中还想找那个梦境，可是牡丹亭、芍药栏，硬是这般凄凉冷落，杳无人迹。她就伫立在那棵梅树边，掉眼泪：“花花草草由人恋，生生死死随人愿，酸酸楚楚无人怨。待打香魂一片，阴雨梅天，守的梅根等相见。”

自此，她就茶饭不思一病不起，只能在闺房里唱：“径曲梦回人杳，闺深珮冷魂销。”春香劝她：“若再愁烦，怕十分容貌不上九分瞧。”她一听，吃惊不小，难道我瘦了不成？于是拿出菱花镜来照，一照，果然人比黄花瘦。于是马上吩咐春香素绢、丹青伺候，开始为自己写真，一定要在枯萎之前，留下这千古姿容。很有计划的一个女子，知道未雨绸缪。画完之后，她在画旁，题诗一首："近睹分明似俨然，远观自在若飞仙。他年得傍蟾宫桂，不在梅边在柳边。"

我想这诗说的是：近看呢，就分分明明觉得这画中人以前见过，远观呢，就觉着她飘然若仙。如果将来有个人可以陪伴在她身旁的话，那个他非梅即柳。写得像个谜面，等人揭底。

然后叫画匠将画裱好，又嘱咐春香日后将画藏于牡丹亭畔，太湖石下，那是后话。

杜老夫人何等伤心，一个娉婷娇女，怎么就得了春病？就急急地叫陈教授来给这个学生治病。陈教授一想，这病不就是从毛诗"君子好逑"来的吗，那么病就要从"既见君子，云胡不瘳"开始治呀！然后当场从诗经"摽有梅，其实七兮"中加了三颗，开出了一共十颗梅子的药方，说可以治这个"君子"病。这种教授不但误人子弟，而且实际上是要了学生的性命。这药方当然是治不好病的，可怜的病婵娟在嘱咐春香将她葬于园中梅树下以后，无可奈何香消玉殒。

这边厢的丽娘都去阴曹地府了，那边厢的男主人公怎么还没出现呢？

男主人公原名柳春卿，年方二十，聪慧俊美。据说是唐朝柳宗元的子孙，所以也是偷天妙手好文章。一晚他做梦，梦到个园子，有个美人立在梅树下，对他如送如迎。美人还说只有遇了她，他才有姻缘之分，发迹之期。于是第二天他就果断改名为柳梦梅。

一日柳梦梅遇到故友韩生，说是韩愈的后代，两人相谈甚欢。韩生劝他去找识宝钦差苗中郎，以图功名。柳梦梅觉得韩生说得对，就辞了老仆，上路了。在多宝寺还真遇上了为天子觅宝的苗中郎。他对苗老说：“你这里摆着的明月珠、珊瑚树都是虚舟飘瓦，小生我才是擎天柱、架海梁，才是真正的宝贝。”

苗大人一听，这年轻人谈吐不俗，有气概，便鼓励他去参加考试，以面见天子，更资助了他盘缠。于是这位帅哥，山一程，水一程，身向牡丹亭畔行。结果风萧萧，雪飘飘，他在路上病了，刚好被丽娘的陈教授遇上了，就带他到梅花观养病暂住。

这梅花观可不是别处，正是丽娘原先的宅第。杜老先生被提拔，带了夫人搬去了淮扬当差。因丽娘葬在园中的梅树下，杜老先生就叫人在此造了个梅花观，以供奉丽娘牌位。此观就交由陈教授和石姑看守照应。

含辛茹苦，在三年之后，柳公子终于不远万里来到牡丹亭。那么丽娘呢？

丽娘在阴间被关了三年。这时，她正在冥府冤死城等候阎王发落呢。阎王一看到丽娘就呆了，这个女鬼漂亮，这气色根本不像在泉台啊。再一听丽娘哭诉，原来她不过就做了个梦，梦见了一个帅哥，然后好端端的就死了。阎王听不懂了，天下人哪有这种死法？都这样容易死的话，他不要忙死了吗！再悄悄翻了翻婚姻簿，果然有柳梦梅一人，还真说他俩要成婚配。所以呢，阎王就让丽娘离开了这冤死城，让她去找她的梦中情人。丽娘就成了一个自由的女鬼了。看到了没？古时候的阎王都和现在的不同，都是善良浪漫的呢。

再说柳梦梅呢，感冒好了一点，无事可做，就在园中闲逛。恰巧逶迤到后花园，又来到湖山石畔，还就看见了那个画盒子。于是拿回房中，焚香观瞻。打开一看，咦，这画中的姐姐又像观音，又像嫦娥，面熟啊！又看到下面的题诗：“近睹分明似俨然，远观自在若飞仙。

他年得傍蟾宫桂，不在梅边在柳边。”这又柳又梅的，不正是说的自己？于是夜夜烧香对画磕头，想把画中的姐姐叫出来和他相会。一夜，丽娘的魂魄刚好云游到梅花观，刚好听到他在叫姐姐，叫美人。这“三声两声一叫，想起花亭水亭，趁着风清月清，于是无情有情”，丽娘哪里只是一个感动了得，便自称是邻家女子，来“剪烛临风，西窗闲话”，就进屋来。一个未嫁，一个未娶，一个香艳，一个俊雅，又互相觉得面熟，于是“金钗客寒夜来家，玉天仙人间下榻”，两人如鱼得水，点勘了春风第一花。之后，丽娘便夜夜过来和柳生谈笑欢会。几天后他们的说话声未免惊动了观中的道姑，道姑进来问柳生屋里还有谁在。丽娘见瞒不过，只好将真情告诉了柳生，说她是丽娘的香魂，为了他一梦而终，并要求他三天之内挖墓开棺，让她还魂，好和他做人间的夫妻。这柳生为了女色，胆子也够大，还真的就掘墓开棺。而丽娘还真就还了魂，真就成了他的妻子。

这世上的女人一旦做了妻子，哪个妻子不要求丈夫上进呢？丽娘她也催了柳郎赶考去。

话说当时边关不宁，有金兵侵扰，很多重臣都在忙打仗的事，皇帝就让先前那位识宝钦差苗大人去兼职，又做了主考大人。苗大人懂经的，他说“看宝易，看文字难”，阅读文章的事让他头都大了，可偏偏就是柳梦梅的文章让他一眼喜欢上。柳生开首写道：“三秋桂子，十里荷香，一段边愁。”看，他还真了得！这开场的三句话，马上就点破帝王愁。满目的桂花，满地的荷花，良辰美景，可这些都排解不掉帝王心里对边关的忧愁！然后他又论述了“和”“战”“守”的时机及优劣，把苗大人佩服得不得了，当下就决定让柳生当状元。

但是好事多磨，因为战事，发榜日期延后，柳生只能回家等候佳音。

丽娘看他回家，反正等发榜闲着也是闲着，想起来她的父母如今还没联系上，就又派他去淮扬打探一下父母的情况去。柳生就再次风雨兼程。

话说在淮扬的杜老先生又被朝廷任命了去淮安打仗，由于战事紧张，他让杜夫人和春香去了临安，自己去淮安。杜老先生后来在淮安招安了贼人让边关太平先不说，先说杜夫人和春香在夜里到了临安，急急地找落脚的地方住。刚好那夜丽娘屋里用完了灯油，让石姑去借油。石姑出门，没把门关严，所以杜老夫人进去后，不想就遇到了丽娘。母女相认，这又是一奇！

再说柳郎他到了淮扬，听说杜老去了淮安，然后就赶去淮安。到了淮安他就到府上敲门说女婿来访。这把杜老先生吓坏了，女儿都死了三年了，怎么倒还来了女婿？所以只当他是骗子，见都不见，就直接把他关牢里去了。

既是淮关平定，这时候皇上发榜了，状元郎当然就是柳梦梅。可是满地里却找不到柳状元。丽娘急死了，杜老夫人想一定是她的不信邪的老相公将柳梦梅当骗子扣下了，于是和丽娘一起找过去。当她们找过去了，杜老先生也不放人，就连这女儿他都以为是鬼，要么就是谁装神弄鬼地骗他。

因此大家僵持在那里。后来这个案子硬是奏报了皇上。果然皇恩浩荡，皇上降旨将杜老升了一品，柳梦梅升了翰林院的学士，又撮合夫妻团圆，父女相认，完美大结局。

这个故事就这样讲完了。或许有人会说这个汤显祖，满口荒唐言，都是胡说八道。可是我想汤显祖的《牡丹亭》是写给那些相信他的人的。据说当年这《牡丹亭》一发表，大家都争先恐后地去读，人家《会真记》的销路都直线下降了。而且很多梨园的名伶都在戏台上唱《游园惊梦》唱得哭死过去。可见，相信的人还挺多。

这个故事我也是不信的，可是这并不影响我喜欢《牡丹亭》。我喜欢汤显祖的文字里面醇厚浓艳的才情，里面的好诗好词是一句连着一句，深情是今生连着来世，而且全员出动，唐宋名家的诗词都拿出来用；侍女、老师、阎王，每一个角色都善良深情。

汤显祖和曹雪芹一样，都是才情横溢之人。只是曹侯悲观了些，让绛珠仙子下了凡又把她活活伤心死了。但是汤才子却是乐观的，把丽娘伤心而死作为故事开头，然后让她做鬼也找到梦中人，还让丽娘又活了过来。汤才子说“若有香魂不相遇，只是未到牡丹亭”，所以林姑娘要是没住在大观园，而是住在牡丹亭，境况也会绝然不同。

现在来讲《牡丹亭》的两个粉丝。

白先勇就是其中一个，他自己就写过《游园惊梦》。故事说一个六十岁的钱将军爱昆剧，他在看了一个红翻天的昆剧名伶演过《游园惊梦》后，对她朝思暮想，后来就娶了二十岁的她做了填房夫人。本来也都生活得安好，可一次她喝醉了酒，唱《游园惊梦》，唱乱了神志，迷迷糊糊地好像和乐师有了云雨之欢。她才猛然意识到除了那天和乐师在一起之外，她这一生原来都是寂寞的。然后她觉得她的生命是死了一回又复苏了。但是钱将军又在不远处迷迷糊糊、凄凄婉婉地呼唤她、提醒她……故事就在那些恍惚的、复杂的情状中结了尾，搞得神叨叨的。看起来白先勇是雾化了汤显祖的《游园惊梦》，让情更不知因何而起，却让人心凌乱至此。

于丹教授也是《牡丹亭》的粉丝，她写过一本《游园惊梦——昆曲艺术审美之旅》。她描绘了昆剧的种种美，比如悲壮之美、深情之美、梦幻之美、苍凉之美，在大维度上，让我领略了昆曲之美，也让我有了一股看昆剧的冲动和热情。

后来，我在网上看了白先勇策划的现代版的昆曲《牡丹亭》，真的是惊艳。丽娘的美，真是美得让我动心。她的容貌、发式、服装，每一个部件、零件都是美丽的；她的身段、唱功，每一个声形也都是旖旎的；再加上高科技的灯光音响，真是流光溢彩。听她一句“不到园林，怎知春色如许”，像一口现打的鲜奶油入口，把心都融化掉了。再一句“踏草怕泥新绣袜，惜花疼煞小金铃”，这小脚踏在泥里不但怕把新袜子弄脏了，还怕把花踩痛了，活脱脱一个敏感多情的女孩儿。我好喜欢！

说起戏曲，我小的时候就喜欢。那时候和大人们挤在一起，围着一个电视机，看得津津有味。在那个年纪，我最喜欢的其实不是曲调或戏词，而是喜欢花旦的头饰和衣服，最迷的是她们的水袖。袖口延伸出白白的一米多长的布，收着的时候一层层有次序地叠起来，堆在手背上。放下来的时候呢，只要手轻轻一抖，便风一般地甩动起来。收着、放着或收放之间都饱含了柔美和情致，而且有趣的是每一个动作都是一个暗喻。比如用水袖轻掩其口，代表在偷笑了；一只手扯起另一个水袖遮住脸，代表害羞了或者是悲痛欲绝了；用水袖在眼前虚拭呢，代表在拭泪了；两人都扬起水袖并搭在一起就代表拥抱了；水袖一甩，拖地而去，代表我走了，不理你了。我不知道还有什么道具能比水袖更含蓄、更有象征性、更耐人寻味了。

细想来，中国传统女人的迷人之处，或者说和西方女人的不同之处，就是她们水袖一样的柔美、细腻、多情和含蓄。这是中国女人的魂魄性的东西。丽娘身上有，林姑娘身上也有。那个签证中心戴双 C

发卡的女人身上肯定没有。

所以那位香港的先生要不远万里地去寻找。

所以子衿也要花几年时间才走近《牡丹亭》。

和山楂树一起变老

在市中心办事，中午有两三个小时的空闲，刚好温哥华图书馆就在对面，便走进去。这个图书馆浩浩然，占了六层楼面，书海无边说的就是这个吧。在中文书籍区，中文书并不多。可一路浏览过去，发觉很多喜欢的作家的书，龙应台、李敖、莫言……然后看到《山楂树之恋》。知道它前一阵很红，这书曾把张艺谋都看哭了，他又将它拍成了电影。我拿下来翻了翻。

这一翻居然让我把它借回家，顺便还借了《山楂树之恋 2》。看完了，还让我有兴致来写读后感。

《山楂树之恋》写什么呢，写的是 20 世纪 70 年代少男少女的纯真爱情。一个成分不好的叫静秋的城里姑娘在乡下体验生活，一个部队高干的儿子叫老三，在乡下勘探队。两个人差不多是一见倾心，然后悄悄试探对方是否喜欢自己，等确认之后，又都尽量地为对方的幸福着想。最后到静秋工作落定，他们差不多可以光明正大地在一起时，老三却被诊断出了白血病。为了她的幸福，他自己悄悄躲起来。于是她呢，像梦游般到处寻找他。最后，她知道了实情，赶去医院看他。

她看到了临终的他。他呢，为了见到她，硬是熬了两天。一直等到她来，才闭上眼睛。

我看书一向是很容易动情的，常常情不自禁地落泪。但是奇怪的是，对于这本据说把那么多人看哭了的书，我居然从头看到尾未曾掉一滴眼泪。感人是感人啊，点点滴滴都是爱一个人所想到的事，一举一动都是爱一个人所要做的事，初恋不都是如此？可是美得太稚嫩，太纯粹了，像琼瑶笔下的故事一样，未免缺乏摄人心魄的现实感召力。因此我这种看书已经很刁钻的人哭不出来，也不会给这本书很高的评价。

我倒更有兴致来讲讲《山楂书之恋 2》。照常规，续集一定是原文好评如潮之后，欲罢不能，来应景的，通常都不会好看。但是这本续集，我倒觉得有些看头。

《山楂树之恋》是讲初恋的， 就是高中生的你一下子爱上高中生的她或他。《山楂书之恋 2》却是讲成熟爱情的，讲那份辗转反侧才找到的爱。

杨红大学快毕业，还没有男朋友。着急中，见有人追，就急急忙忙和他约会了。他是快速进攻型的。差不多是第一次握手，第二次拥抱，第三次就接吻了。旧观念中的她认为既然接过吻了，就要嫁他，于是就嫁了。结婚后才发现他们的兴趣爱好完全不同。她是喜欢厮守着、依偎着过日子，他呢，好赌成瘾，常常打牌打到深夜才回家。回来之后，就弄醒她，和她做爱，以便他自己容易入睡。

在这样的寂寞中，隔壁的琴声终于打动了她。她开始和琴的主人交谈，发觉和他很谈得来，哪怕就是闲聊几句，她都觉得满满的快乐，不像和自己的老公在一起，几乎无话可说。慢慢地她就喜欢上隔壁的那位男士，那位男士也喜欢温柔细腻的像诗一般的她。后来老公在牌桌上听人讲起她和那人相见频繁，回家便要挟她，说如果她和隔壁那个继续往来，就会杀了那个男子，而且如果她要和他离婚，他会去自杀。

善良的她信以为真，她不想隔壁的琴主人受伤害，也不想老公自杀，当然就放弃了这份感情，虽然心中是滴血般的痛。

在忙碌和隐痛中，十年过去了，他和老公有了一个儿子，自己也升为大学里的副院长。有个机会她可以出国进修，在出国前她便开始去补习班强化英文。补习班的英文老师叫彼得，他的外国思想和她的旧观念大相径庭，所以她对他很不以为然。

后来到了美国，她又得以和彼得相处。在相处过程中她发现彼得的很多观点和理念其实都是极深刻而睿智的。关键是她发现彼得懂得她而且会欣赏她。和他相处，她的身心像一把长久被搁置的提琴，一旦被抚动，依旧发出清越的声响。原来自己是那么美好的女子，原来生活是该如此生动有趣！

在经历过只有性，没有爱的婚姻之后，在经历过错失一段爱情之后，这次她决定勇敢地投入彼得的怀抱。

她是幸运的，因为爱情的大门第二次为她打开。在那里，她才长大，她懂得了原来有了性了并不一定就爱了，而只有爱了，性才会美好。这样简单的道理，没有真正体会过心灵相爱的人，是无法懂得的。而杨红终于懂得了。

书中没有明确地告知结局，故事的末了，只是说杨红在国内的原配丈夫突然发生车祸了，可能残废，她只能飞回中国。结尾并没有明确地告诉大家杨红最后跟谁在一起了。其实结局已经不重要了，重要的是她知道了爱她的人在哪里，她爱的人在哪里，真正的爱是什么样子。

相形之下，静秋和老三的相爱便显得缺乏张力了。他们不能尽情相爱的主要阻力就是静秋太羞涩了，太碍于那时候男女相爱的禁忌了，次要的阻力是她不想让人知道她在恋爱，怕让人知道了她就只能留在农村不能回城里了。当然后来老三还得了绝症。虽然这据说是真实故事，但未免老套了些。他们在寻找爱的道路上，是多么幸运！他们一见钟情，而且情深无比。没有太经受风霜的花朵也美，可就是没有那种摄人魂魄的力量。

杨红的故事给我们呈现了现实情境中的矛盾冲突。大多数人都不会像静秋和老三那样有运气，两个互相喜欢的人一下子就碰到了。他们的情感遭遇往往可能是先和一个人结婚，而且在遇到另外那个对的人之前，他们绝对不会知道自己身边的人是对还是错。以后，不知道是幸还是不幸，遇到了那个自己觉得对的人，才会恨不相逢未婚时。那么怎么办？说到这里，明眼人会嗤之以鼻，不是第三者插足吗？是，也不是。对真心相爱的人而言，谁是第三者呢？

但问题也不是那么简单。因为回过头来，前一次的婚姻已经触发了一连串的反应和结果，孩子有了，家有了，亲戚朋友也在周围织好了社交的弥天大网，你又怎能一走了之？你必须承担前次婚姻赋予的责任！但是，在另一方面，又有那么一份炽热的爱在身旁，那份爱让人陶醉得不能呼吸，而你又很想去圆满！

所以我们要追问的是在责任和真爱之间到底该何去何从？能解决这个棘手问题的人，才是高手。彼得说，爱必定可以以另外一种形式存在，也许不是婚姻，也许不是分手……他只是这么想，这么相信，但是途径，他也还在寻找。

静秋种了一棵山楂树，稚气地在朝阳中意气风发。杨红收获了成熟的山楂，红红的，甜甜酸酸的——真正的山楂的味道，生活的味道。

脑海中突然产生一个想象：若干年之后，在某个城市，我会又走进一家图书馆，又是从头到尾地将书浏览一遍，然后又看到艾米的新书——《山楂树之恋3》。讲的自然是老去的静秋或者满头白发的杨红，让我们看看到那时候她们的生活和爱情又将以怎样的形式存在。

也罢，就让我和她们一起变老。

一场荒凉的爱情战争

——《倾城之恋》

我比较喜欢看原著，如果没有特别大的造势，我通常不知道也不看什么改编的电影或电视剧。这几天听几个朋友讲连续剧《倾城之恋》。有人说喜欢柳原这样的男人，很有男人味。有人说流苏真高贵。我觉得讶异，流苏怎么是高贵的，柳原是怎么有男人味的？《倾城之恋》几年前也是看过的。我这个张迷就是不记得张爱玲笔下出过什么仕女，什么酷男。

巧的是今天又在女友惊鸿的朋友圈看到她的抱怨：“朋友写了我最喜欢的《倾城之恋》的书评，但是我感觉她根本没看懂白流苏，所以解析得一点都不透彻。”然后是一个链接：《倾城之恋：我在墙根下遇见范柳原》。

惊鸿的抱怨驱使我点开了那个链接。文章一开头便说：“张爱玲的小说很难见到特别真情流露的部分，很纯粹的那种……而这个就是。”

我惊呆了，这些都跟我对原著的理解大相径庭。于是一赌气，决定也来写一篇书评。

动笔之前，慎重起见，又重看一遍原著，才终于觉得有资格来讲几句。

这篇小说讲的是白流苏和范柳原之间的爱情故事，而在我看来更像是一场荒凉的爱情战争。

主人公流苏二十八岁了，是结过婚又离婚的“残花败柳”。离婚后蛰居在没落了的曾经是望族的娘家七八年。在被她亲哥哥骗光了钱之后，她就开始遭受家人赤裸裸的讥讽和嫌弃，但又无处可去，所以她面临的境况是极其尴尬和困顿的。一次，在遭受羞辱而痛哭之后，她照着镜子，听着外面的胡琴，突然觉得胡琴里诉说的那些“辽远的忠孝节义的故事”，与她毫不相关了，她倒是眼风一扫，油然地生出了报复的诡秘火苗。

后来，她陪妹妹去相亲，结果本来要介绍给妹妹做男友的叫柳原的人却看上了她。按照当时的道德评判标准，她或许应该顾忌抢妹妹的男人的嫌疑，在相亲会上只是去旁观和陪衬而不介入任何轻举妄动。但是就是那股诡秘的火星子，驱使她接受与柳原共舞的邀请，而且跳了三回。

电视剧大概编得让流苏在抢男人的戏码中看起来完全是无辜的，所以流苏也就成了个高尚的女人。但是不管怎么说，柳原感兴趣的人是流苏。

于是她和柳原开始谈恋爱，也就是他们之间的爱情战争正式开始了。

她的现实状况让她分不清她到底是爱上柳原这个人，还是爱上了柳原会带给她摆脱困境的可能性。现实就是这样的，爱情是一种奢侈品，人如果不够独立和平等，他的爱情就无法单纯。

对于流苏，不可否认地，她一开始的动机就是为了嫁人，她希望通过嫁人那根救命绳索将自己从寄人篱下的窘境中拯救出来。

在她那种状况下，要分清爱的是什么，其实也根本不重要，重要的是必须让他娶她。柳原是真的对她有兴趣而且完全有能力让她跳出苦海，而她能拴住他的东西又那么少，所以她必须认真应付。柳原通过徐家转弯抹角邀她去香港，她是猜到了的，如果要保持大户人家淑女的矜持，这样去香港是不妥当的，但是她又必须去。“流苏的父亲是一个有名的赌徒，为了赌而倾家荡产，第一个领着他们往破落户的路上走。流苏的手没有沾过骨牌和骰子，然而她也是喜欢赌的，她决定用她的前途来下注。”张爱玲说得再清楚不过，她必须赌一把，于是她只身跟着徐夫人去了香港，其实就是去会柳原。

在香港，和柳原面对面的相处，她处理得非常谨慎。她既不能向柳原袒露内心，说我要你娶我，也绝不能献媚投靠，这样他会看轻她。她有的东西实在少得可怜，她能够给柳原的，除了“我爱你”这句情话以外，一无所有。如果这句话出口，这最后的一枚棋子放下去，换不回柳原娶她，那她就全盘皆输了。于是她小心翼翼和他周旋，又要吐着花香让蜂儿围着转，又不能很快让蜂吸到蜜，这两种尺度把握得不好，蜂儿都会走开。辛苦吗？辛苦！其实在张爱玲笔下，从来没有高尚的女人，永远只有这种无奈的有点小心机的女人。

男主人公柳原受西方教育长大，又是风月场的老手，“他把女人都看成他脚底下的泥”。平日里他看多了袒胸露背的西洋女人，就像看惯了花园中大片大片艳丽的牡丹。一日，一个身穿旗袍、外表肃静、真心深锁的东方美人，像睡莲花般开放在他眼前，让他从久已麻木的审美疲劳中猛然醒来。这个恋爱高手居然为了流苏夜不能寐。于是他用了一个小计谋骗了她来到香港，让他们有时间在一起谈恋爱。

在虚浮的情场，他说多了也听腻味了“我爱你”。这句话对于他都成了口头禅，包括结婚他都认为太仪式化。但眼前这个喜欢低头的女人看起来并不像其他女人那样稀罕他，居然不对他说“我爱你”，这让他对这个女人又爱又恨，愈加无法释怀。

他也同样地，不肯轻易、随便地说“我爱你”。更何况这句话对于东方人，可能意味着我要娶你，可是他没有准备要跟谁结婚。

后来，在某个夜里，他忍不住打了个电话给流苏，说了那三个字“我爱你”，说完又挂了电话，让流苏觉着像做了一个虚幻的梦，恍惚、遥远又近在咫尺。

这就是柳原追女人的高超技巧。他追她，却又疏远她。他把谈恋爱当成两军对阵，虚虚实实，战术多变。但是他就是喜欢谈恋爱，根本没打算和流苏结婚。最后的安排不过是给流苏在香港安置好了房子让她自己住，自己却买好了船票要去英国，而且还不确定什么时候回香港。

到这时候，流苏没有赢，因为他没有娶她，但她也没算输，因为至少他养着她在香港独住，她不用在上海受家人的闷气。

富有戏剧性的是，柳原上船离开那天，战争爆发了，去英国的船不开了。于是柳原只能在炮火中回去找流苏。停火之后，在萧条的战后香港，他们只能一起买菜烧饭，过起了居家的小日子。

在这两个自私的人眼里，爱情不过像“巨型广告牌，红的、橘红的、粉红的，倒映在绿油油的海水里，一条条、一抹抹刺激性的犯冲的色素，窜上落下，在水底下厮杀得异常热闹”。但最后，战争让他们安静下来。柳原说要和她结婚，并在报纸上刊登和她结婚的消息。那一刻，她泪如雨下。她终于赢了！

但是她赢了吗？她赢了，赢得了婚姻，但是她没有赢得爱情。因为在故事的末尾，刻薄的张爱玲写了什么？她说：“柳原现在从来不跟她闹着玩了，他把他的俏皮话省下来说给旁的女人听。那是值得庆幸的好现象，表示他完全把她当作自家人看待——名正言顺的妻，然而流苏还是有点怅惘。”

所以，还是张爱玲说得透彻：“他不过是一个自私的男子，她不过是一个自私的女人。在这兵荒马乱的时代，个人主义者是无处容身的，可是总有地方容得下一对平凡的夫妻。”他们不过是一对平凡的夫妻！

以前就曾被这本书里一句话触动过，这次还是最记得那句。一晚，柳原和流苏在城墙下，柳原说：“这堵墙，不知为什么使我想起地老天荒那一类的话……有一天，我们的文明整个的毁掉了，什么都完了——烧完了，炸完了，坍完了，也许还剩下这堵墙。流苏，如果我们那时候在这堵墙根下遇见了……也许你会对我有一点真心，也许我会对你有一点真心。”在我理解，这段话是本文的中心。

其实张爱玲不过在描绘一个爱情游戏，这个游戏也是流苏和柳原之间的高层次的调情。大家都希望爱情地老天荒，但是爱过的人又都知道爱情的不可靠，所以大家又都变得难付真心，但是爱情到某一天会安稳下来，哪一天呢，就是地老天荒的那一天。

在那个时刻，总有那个时刻，战争会结束。在我们的镜头下，烽烟熄灭了，所有的文明都毁了，我们筋疲力尽地坐在残垣断瓦中。一股荒凉的风吹来，镜头慢慢缩进，定格在一根青草上，它在烽火的余烟中徐徐拂动。然后镜头再徐徐后退，我们看到在荒凉的残存的城墙瓦砾中，坐着一个男人和一个女人。于是世界回归到最初的伊甸园：

一个男人、一个女人、一堵墙根，没有善恶果，没有蛇。只有到那个时候，他们没有顾忌，没有谎言，相依相靠，相互忠贞！所以不是爱情忠贞到地老天荒，而是地老天荒让爱情的忠贞成为可能。

为了消灭爱的罗愁绮恨，成全梦幻般的忠贞爱情，完成这个爱情传奇，张爱玲发动了一场战争，她让整个香港为此沦陷了。

所以，《倾城之恋》不是讲倾城美人得到了爱情，而是城倾了，美人得到爱情，爱情被促成了结果。

文弱而高贵的爱意

——赫曼·赫塞的《生命之歌》

不知道在你读书的经历中，有没有读过一本书，好看到让你舍不得看下去。不是因为曲折的情节，而是你被主人公的话语击中，每句话好像都发自你自己的肺腑。那些你想不明白、讲不明白的感受和想法，他却帮你清晰地分析和表达了出来，于是你和作者和周遭达成某种通透的彻底的理解，让你喜出望外。

于我，这本书便是《生命之歌》，作者是1946年诺贝尔文学奖的获得者——赫曼·赫塞。

《生命之歌》讲的是一个叫库恩的男孩子，从小就模模糊糊地喜爱音乐，也上了音乐学院，但没有很明确的生活目标。一次由于逞能，带着一个女孩子从过高处滑雪下坡，摔断了腿。之后，他的生活发生了重大的改变。他开始变得非常自卑、忧郁和孤独。在隐居过程中，彻底的孤独让他的音乐灵感喷薄而出，创作出了优美的音乐。后来他的音乐被一个叫莫德的当红却颓废的歌唱家发现并演唱，他开始小有名气。也因为莫德的推荐，库恩进了乐团当提琴手。在参加一个家庭音乐会时，他认识了主人的女儿歌特罗德，她美丽温柔，和他心性相通。他爱上了她，但是她呢，只是喜爱他的音乐却并不爱他。

他介绍莫德给歌特罗德，让莫德唱男声，让歌特罗德唱女声，一同合作他新写的歌剧。于是，在音乐上，库恩一举成名，但是他却发现歌特罗德和莫德相爱了，他差点伤心绝望到要自杀。后来，莫德和歌特罗德结婚了，但可惜的是他们婚后并不幸福，后来分居，最后莫德自杀了。而库恩和歌特罗德都将伤痛埋在心里，终身维持普通朋友的关系。

情节看起来并不复杂，但是赫塞对人物的心理活动和心理转变的描写却极其细腻和精到。在他的引领下，我们和主人公一起探求我们内心的欲求，寻求心灵的自由和生命的意义。与此同时，我们发现了生活中的真、善和美。

让那些文学教授来跟你讲这本书的浪漫主义或者人文主义吧，而让我来跟你分享我个人的阅读感受。

我最喜欢的是赫曼·赫塞对库恩在山中独处的时候的描述。

因为腿瘸了，他回到故乡。回家后，每个人都用同情的眼光看他，小心翼翼地对待他，这刺痛了他的自尊心，让他比双腿不能健步如飞还要难受，于是他变得异常自卑而郁闷，天天将自己关在屋内，忧伤地看着窗外。好在很快他逃亡般地独自去旅行，来到瑞士一个僻远的小山庄，那里只有一个旅馆，住着他一个客人。他终日徜徉于山间、林间，呼吸纯净的空气，聆听潺潺的溪水，仰望积雪的山巅，体会云雾缥缈。天晴的时候，他都要去一处小溪边，看成千上万只蝴蝶在他身旁翻飞停留。

他逃离人群，来到深山，像孩子一样被大自然这个母亲环抱，敞开心怀接受大自然对他的抚慰和滋养。他受伤的心灵很快就修复了。

一个暴风雨的夜晚，过往所有的痛苦和快乐在他身上融合成一股激流，汇成一股音乐的旋律奔泻而出，他的第一首音乐就这样诞生了，那是他的生命之歌。于是，他真正地理解了音乐，也找到了内心的坚强和平静。

在这里，我看到一颗敏感的心灵，在美丽宁静的大自然中得到滋养，日复一日。某个风暴之夜，他体内沉睡的激情被激活，然后流淌出来，成为伟大的音乐作品。我看到了一个艺术作品的诞生过程，看到了艺术和艺术家是如何同生并共息。对一个艺术家而言，这也正是生命的意义所在吧——他被自然之母宠爱，他也懂得并描绘出了这种爱。

还有一部分我极爱的，便是描写库恩爱上了歌特罗德后，怎么处理他和她的关系。

库恩对歌特罗德应该是一见钟情，第一次见过面握过手之后，就开始到处追寻她的身影。第一次在她家演奏，就觉得他的音乐是为她写的，是向她在倾诉他的快乐和悲伤。他的心中产生一种从未体验过的幸福感，他突然明了那就是爱情。而且也就是她，在他表演结束之后，指出了他音乐中的问题，因为她和他一样理解他的音乐。以后他们一起唱歌做音乐，他按照她的声音写了他的第一部歌剧，他们不但同样深刻地理解音乐，而且同样深刻地理解彼此，可是他却感觉不到她和他一样的欲求和热情。他说：“她爱的不只是我的音乐，也爱我这个人，但是却没有热情。我将她对我展现的温柔善意归因为不堪的同情心。假设有另外一个健全、外表英挺的男子，而她像喜欢我一样喜欢他，她可能就无法维持这么久的单纯的友谊关系，这样的想法挥之不去。”他对感情的观察如此敏锐！是的，她并不爱他！因此在爱情道路上他只是伫立守候。但是这也正是他的爱情观，他追求的是互相的倾心爱慕而不是单方面的进攻和占有。即使后来莫德去世了，他还可以向歌特罗德求爱，但是他也没有这么做，因为他没有觉得她也同样地需要他，他就这样远远地爱着她，直到永远。这是他对待爱情的态度和方式。

为他伤感的同时，我却尊敬他，因为他虽然文弱，但是高贵。他谱写的爱情之歌同样地神圣有尊严。

我一直在想，如果我在二十多岁时读了这部书，我的整个人生会不会因此而不同？我会不会变得更有勇气去面对自己的相貌平平、才气平平，更有勇气在自己喜爱的文学之路上步伐坚定，更有勇气去跟随自己的心而不是根据世俗的标准来规划人生？一个没有多大意义又意义极大的假设。

这是赫塞带给我的冲击。所以我喜欢赫塞，喜欢他的《生命之歌》。

决绝卡门

听《卡门》已经好久。音乐一起，脑子里就会有一个场景：一个艳丽的女子，耳鬓插着红花，一手撩起绚烂的红裙，一手挎在腰间，气势昂扬地踏着音乐的节奏翩翩起舞。音乐的热烈、恢宏和欢快真是独树一帜。惭愧的是，我一直不知道原来这是部歌剧，就是专门描述这样一个妖媚、邪恶的女子，而且不知道它源于比才改编的梅里美的小说。

星期六下午在图书馆看到一本书，叫《卡门》，作者是法国作家梅里美，由傅雷翻译，便借来看。随意翻两页，觉得有一点冒险小说的格调，并没有让我爱不释手，就丢下了。当天晚上不知何故无法入眠，便再拿起《卡门》来看，然后一口气看完。在夜深人静时分看《卡门》，居然会有不寻常的阅读感受，就像夜色中广漠的露天演出厅，就我一个观众在观看一场恢宏的歌舞剧。小说的结尾尤其震撼我，后来我居然一夜未眠。

卡门是个波希米亚流浪女子，美得厉害。按西班牙人的说法，一个美女必须具备三十个条件，换句话说，描述她要用到十个形容词，每个形容词要适用于身上三个部分。比如说，她要有三样黑的：眼睛、头发和眉毛；三样细致的：手指、嘴唇和颈项。卡门就是具备了这样的三十个条件。

刚开始的时候她在烟厂做工，收工时一大堆男子向她求欢，但是她却只对一个沉默不语的军士感兴趣，那个年轻的军人叫唐·若瑟。她在离开前独独向他抛下一朵嘴角咬着的皂角花。后来卡门在烟厂和人打斗被收押，看管她的人正是若瑟。若瑟挡不住她美艳的诱惑，在运送卡门去监狱途中居然将她放了。他因此被拘押一个月，还被革掉班长一职，贬为给将军看门。

又遇见卡门就是在将军府，他看见卡门在将军面前卖弄风姿。卡门认出了若瑟，就偷偷约若瑟相会，和他有了一夜情。第二天，若瑟忍不住对卡门的思念，再去找卡门，却看到卡门和他的排长混在一起。他嫉妒极了，就和排长打了起来，在殴打时他无意中杀了排长，自己也身受重伤。然后卡门帮他藏身，还细心照料他直到他康复。由于被通缉，若瑟便只能落草为寇，加入了卡门的土匪队。

接下来，他又杀了卡门名义上的丈夫。后来发现卡门又迷上了一个斗牛士，他气急败坏，决定要带卡门远走天涯。他跟卡门说："我爱你，卡门。都是为了你，我杀了人，做了土匪。我们现在有的是钱，我们离开这里，我不想一生只是杀你爱的人。给我一条生路，也给你自己一条生路。"结果卡门怎么说？她说："我曾爱过你，可是现在不爱了，我要自由，没有自由，我情愿死。我可以跟你一起死，但不可能跟你一起活。"听完卡门的表白，若瑟一气之下杀了卡门，流着眼泪，亲手埋葬了卡门，然后投案自首。

故事就这样结束了，很简单，却是一个具有震撼力的故事。

它震撼我的正是卡门居然为自由不怕一把来自深爱她的人架在她脖子上的刀！

如果最后没有卡门的那段话，没有她的死，那么这个小说就只是一部三流作品。卡门为谋生做土匪，抢东西，她不择手段，不讲一句真话。可是她面对自己的爱情和自由之身却来不得半点虚假，半点妥协：要么爱，要么不爱；要么死，要么自由！爱你，奋不顾身，和你在一起；不爱了，让我自由，让我走。

天下之大，我要问问谁可以如此决绝？天下之大，只有波希米亚的流浪卡门。因此卡门一定要穿一条红裙，一定要咬一朵皂角花，一定要跳斗牛舞，一定要妩媚，一定要尽情挥洒她摄人心魄的美，一定要泼洒疯狂、力量和生命……

木石情缘

前一段时间看过一个网上调查，也不知道靠不靠谱，问现在的男生们会选谁做妻子，黛玉还是宝钗。结果是90%的男生选了宝钗。几天前又听一个极熟的朋友很认真地感慨，少不更事时以为林姑娘好，后来才知道其实是宝姑娘好。我觉得很诧异，宝钗就那么抢手，黛玉就那样被冷落吗?

为了更好地来讲一讲这位被90%的男生拒娶的林姑娘，我又重新看了一遍《红楼梦》。但是看完了，最想讲的人却是宝玉，而且发现从古到今，最懂得女人和爱惜女人的恐怕也非他莫属了。

要讲宝玉，就一定要先听曹雪芹讲他的身世。

说西方灵河岸上，有一块三生石，因女娲补天的时候没有用到，他便逍遥自在。一日逛到了警幻仙子处，就被邀在赤霞宫住下了，成了神瑛侍者，每天做的事不过走走逛逛，灌溉灌溉花草。后来投胎人世，就成了衔玉而生的贾府的宝玉。

宝玉到了人间，还是当初在赤霞宫的脾气，每天的作为就是为身边的几个女孩儿无事忙。他的眼里姑娘们都是水，不管小姐丫鬟，他看见水就觉得清，个个都想去怜爱。

他最贴心的丫鬟是袭人，其实也是他的小妾。袭人的忠心自是常人不及（什么时候要专门说说袭人，她是我个人很讨厌的一个红楼人物），而这位宝二爷对她也是关爱有加。袭人被她母亲接去家里几天，他就留着她喜欢的酥酪等她回来吃。但第二天就忍不住溜出去看她了，嘱咐她早早回家（备注一下，这里宝玉说的家是他的贾府。他以为所有女孩子都是他家的，她们的家就是贾府）。袭人病了，他给倒茶漱口，喂药，小心服侍，谁是主子，谁是下人，他是不分的。袭人故意怄宝玉，说早晚要离开贾府，宝玉急得哭，说："只求你们同看着我，守着我，等我有一天化成灰了，谁也顾不了谁了，再各自去。"看看，宝玉就是如此细心，如此任性，如此稚气，也如此可爱。

再说晴雯，也是宝玉房里的一个丫鬟，他对她也是不吝宠爱。早上在贾母处吃到一碟豆腐皮的包子，知道晴雯喜欢，就借口说自己喜欢，要留着晚上吃，叫人送回，晴雯一看就知道是给她的。宝玉一早写了三个字后就去外面逛，晚上才回。晴雯抱怨说为了在门上挂他的字，到现在还手冷。他就连忙伸手给晴雯暖手。晴雯失了手，扇子掉在地上，折了骨。宝玉说她太不小心了，不会过日子，这句话可把晴雯气到了，然后两个人吵吵闹闹。一直到晚上，宝玉从外面回来，拉了她的手劝道，那些东西原不值什么，如果她喜欢听那一声响，故意砸了，也使得，只是不能用它们来出气。那晴雯就说，她就喜欢听撕扇子的那嘶一声响。然后宝玉就把他手中的扇子给她撕了，还叫麝月把床底下一箱的扇子拿来给她撕，说什么"千金难买一笑，几把扇子，能值几何"。听听！这温柔富贵乡的二爷，如此诗意，如此率性。

他看到龄官在地上用树枝写"蔷"字，看得痴了。直到看龄官衣服湿了，才觉得下雨了，情不自禁地提醒龄官说下雨了，但是却忘了自己也在淋雨。他就是如此怜香惜玉。

他还为麝月梳头，为金钏烧香，为平儿洗手帕，为迎春、香菱垂泪。

他就是这样一个充满爱意和诗意的护花使者。薛蟠、贾环他们气不过，为什么天下就一个宝玉，那么多姑娘都对他好？但是他们不知道的是宝玉对姑娘们有多好。

宝玉对别的姑娘都那样好，那么他对宝姑娘和林姑娘到底要好成怎么样？

先说宝姑娘，曹雪芹这么写："今忽然来了一个薛宝钗，年岁虽大不多，然品格端方，容貌丰美，人多谓黛玉所不及。而且宝钗行为豁达，随分从时，不比黛玉孤高自许，目无下尘，故比黛玉大得下人之心。" 所以我们知道，论外貌，宝姑娘也长得美，人多谓黛玉所不及。论才气，其实她也不在林姑娘之下。在诗会中，曹雪芹让黛玉赢了菊花诗，却让宝钗赢了螃蟹咏。曹雪芹甚至把她写得比黛玉还要博学，她可以开得出一套惜春画画用的材料清单，光笔就一口气列了十几种，什么颜料、碗碟，什么锅，什么铲，她都知道得清清楚楚。她还知道非常多的典故，居然还了解《鲁智深醉闹五台山》那样的戏份，并早在其中领略到了戏词的美丽。她待人宽容得体，和姑娘们一起可以琴棋诗画，和老辈的人一起知道逢迎承让，就是对下人们她也施恩体谅。老太太、太太喜欢她，姑娘、丫头们敬重她。就连对她有敌意的黛玉，最后也被招安，认她为金兰之友。所以在整个贾府，她通行无阻。

宝玉也为她的冰雪肌肤动容。但是坐在她边上看着她的玉臂，宝玉想的却是：要是这肌肤长在林妹妹手上还可以摸一摸。

宝玉挨打，宝钗去看他，说什么“早听人一句话，也不至有今天。别说老太太、太太疼，就是我们看着心里也……”这后半句欲言又止，她自己觉察了，先红了脸，把宝玉听傻了，看傻了，满腔的感动，不觉心动神移。但是也不过如此而已。

既然她有貌，有才，有气度，那宝玉为什么就不爱她呢?

宝钗进京本来是待选宫中的才人的，所以虽然她口口声声姑娘家要重女红，但其实是有大抱负的。你看她写的一首《临江仙》：“白玉堂前春解舞，东风卷得均匀 ..... 好风凭借力，送我上青云。”这样有抱负的诗词是园子里其他的姐姐妹妹写不出来的。但是这恰恰是宝玉最不喜欢宝钗的地方，他不喜她一颗追名逐利的心。而且可恶的是她还要规劝宝玉走仕途经济的道路。宝玉生气啊，说：“好好的一个清净洁白的女子，也学得沽名钓誉……真真有负天地钟灵。”那天她又这么劝，宝玉干脆说：“姑娘请别的屋里坐坐，我这里仔细腌臜了你知经济学问的人。”他就是讨厌一个姑娘家成天“酸文假醋”地提醒他立身扬名。在这点上，他特别喜欢黛玉的纯粹。怪不得在梦中，他都说：“都道是金玉良缘，我偏说是木石姻缘！”

说到宝钗和宝玉的骨子里的不和谐，不妨留意下宝玉和宝钗偏爱的颜色。宝玉最喜欢红色，红胭脂、红肚兜、红斗篷，因为他是个有热血的性情中人。而宝钗每天一颗冷香丸，雪白肌肤，素色衣服，净色房间，她是很有心计的冷美人。一个是一团火，一个是一堆雪，想着也难配。

所以在性格和爱好上他们格格不入，所以其实林姑娘用不着不放心。但是林姑娘就是林姑娘，眼泪一定要还尽了才罢!

现在我们要说林姑娘了，终于要说林姑娘了！那我们也先来说说林姑娘的身世吧。

说三生石畔有棵绛珠草，宝玉在赤霞宫居住时，在灵河岸走动，看到了石畔的这株仙草，觉得甚是可爱，所以每天以甘露灌溉。这株仙草后来吃饱了秘情果，喝足了灌愁水就脱胎换骨，修成了美丽的人体，因为“尚未酬报灌溉之恩，故五内郁结着一段缠绵不尽之意”，所以她下凡还泪来了。这株仙草就是“世外仙株寂寞林”的黛玉。

所以她和宝玉的木石姻缘是在仙界里就搭配好的，来到人间也照旧地搭配着。一个百般地要去灌溉，要去疼爱；一个百般地要去还泪，要哭……这对下凡的天仙就这样互相牵着绊着，互相依偎着，互相深爱着。

你看，他们第一次见面，黛玉暗想：好生奇怪，倒像在哪里见过的，何等眼熟！宝玉看了她，笑道：“这个妹妹我曾见过的，恍若远别重逢一般。”这一见如故，当然是必然的。书中又描述说，他们日则同行同坐，夜则同止同歇，他们言和意顺，如胶如漆。可不是！

一日宝玉去找黛玉，黛玉在午睡，他怕她吃了午饭就睡觉，一时存了食，又恐怕晚上走了困，就要陪她说话，帮她解困。黛玉让他别处逛逛再来，他说他见了别人就腻，所以就躺在黛玉身旁，给黛玉编排什么林子洞老鼠精的故事。温馨得了得！

宝玉第一天上学去，先辞了贾母、王夫人和贾政之后，还特地到林姑娘那里道别，千叮万嘱：“好妹妹，等我下学再吃晚饭，那胭脂膏子也等我来制。”黛玉说：“你怎么不去辞辞你宝姐姐来？”他笑而不答，才一径上学去。缠绵得了得！

一日他们在薛姨妈家喝酒，晚了回家，下面的小丫头给他戴斗笠，才刚一抖开，他就觉得太重了，说不好。黛玉说：“过来，我与你戴吧。”他就忙忙地近前去，“黛玉用手轻轻笼住束发，将笠沿掖在抹额之上，将一颗核桃大的绛红簪缨扶起”，然后，他乖乖跟了黛玉一起走。和顺得了得！

宝玉听紫鹃说黛玉要回苏州家去，“便如头顶上响了一个焦雷一般”，顿时就病了，还哭道：“以后除了林妹妹，谁都不许姓林。”而且就是摆设用的船模，也要拿走，因为他怕那是林妹妹坐的船，怕林妹妹会走掉。痴情得了得！

姑娘们聚在一起笑谈惜春画大观园的事。黛玉因为要取笑刘姥姥，所以题名《携蝗大嚼图》，大家都笑倒了。黛玉也笑得云鬓都乱了，宝玉便朝她使个眼色，黛玉就知道了，到里间去将云鬓抿了抿再出来。默契得了得！

宝玉在花下看《会真记》，刚好看到落红成阵的时候，一阵风吹过，落花落了他一身，他就兜着花瓣，来到池边，将花瓣抖落池中。看着满地的落花，他正在踌躇，黛玉来了。她担着花锄，挂着纱囊，拿着花帚，葬花来了。这正合了他的心意，而且黛玉给了花更洁净的归宿：用纱囊兜了，埋入花冢，日后随土化了。整个大观园，就这两个人长着一样的九转回肠。后来黛玉看到了宝玉在看的《会真记》，于是一起并肩坐下，一起津津有味地看邪书。看，俨然就是一对恩爱小情侣的样子！

几天后，黛玉生气了，不理宝玉。宝玉又看到地上的重重落花，心想一定是林妹妹生气了，连花都不来拾了，便自己把花儿兜了，登山渡水，奔前日黛玉葬花处将落花葬了。刚好听到黛玉在哭：“侬今葬花人笑痴，他年葬侬知是谁？”宝玉一听也痴了，叹道：“早知今日何必当初。”怎么说呢，意思大概是：我们从小一起长大，青梅竹马，凭我心爱的，你要就拿去，我爱吃的，你爱就留给你。现在你大了，就不理我了。我哪里错了，要骂要打随便你，我都不灰心。谁知你总不理我，让我摸不着头脑，丧魂失魄。这一说，黛玉完全软化了，两人又是心贴着心。

宝玉给贾政打了，在家养伤，迷糊中听到哭声，一看是黛玉，忙坐起来安慰她：“我这伤是装的，你不用当真。”黛玉哽咽了半天：“你从此可都改了吧。”宝玉长叹一声：“你放心，我就是为这些人死了，也是情愿的。”听听，这是他的叛逆宣言！只有黛玉是懂的，可是舍不得他受苦啊，所以就让他妥协一下改了呗！可是宝玉的意志却更为坚定。

又说贾家阖府给王熙凤办寿，唯独宝玉一早溜出去，专门跑到很远的水仙庵去祭祀死去的金钏。宝玉回府后谎称自己去了北静王府，其他人也就信以为真，却只有黛玉一人知道宝玉干什么去了，还借着正在看的《荆钗记》说：“这王十朋也不通得很，不管在哪里祭一祭罢了，必定跑到江边子上来做什么！俗语说，‘睹物思人’，天下的水总归一源，不拘那里的水舀一碗看着哭去，也就尽情了。”她说这话实际是在告诉宝玉，只要心意在，在哪里都可以祭祀金钏。结果说得宝玉讪讪的。看，除了黛玉，这个贾府还有谁更懂宝玉这个痴儿？

他们好的时候就是这样，贴心贴肺地默契。但是吵的时候更多，而且每一次都要死要活，但是根本的原因还是爱，而且爱得太深了。

第一天见面就为黛玉说了句“你那玉是件稀罕物儿，岂能人人皆有”，他一听气死了，拿起胸前的宝玉来就摔，这神仙一样的妹妹都没有这劳什子，我要它干吗？他这一闹，弄得黛玉也哭了一夜。

一日，他和宝钗说了会儿话，湘云来了，又一道去看了湘云，所以他耽搁了一段时间才到黛玉那里。黛玉就怄他，亏在哪里绊住，要不早飞来了。宝玉也生气了，非要和你一人好吗？然后两人死啊活啊，又争吵起来。后来宝玉说，我怎么会为了她疏远你？黛玉说，我为的是我的心。宝玉说，我也是为我的心，难道你就知道你的心，不知道我的心不成。然后黛玉低头不语，随后问他为什么衣服穿得少。宝玉说，就是见她恼，他一暴躁，就脱了。你看，这对冤家！

黛玉看到宝玉身上的一个她为他做的荷包不见了，以为宝玉送了人，气得什么一样，把正在为宝玉做的香囊也剪了。宝玉也气了，你看，明明我将它藏在胸口，贴身挂着呢，你怎么可以这么不懂我的心！那么这个也还你。黛玉气得拿起荷包来也要铰，宝玉吓坏了，赶紧夺回来再戴上，黛玉往外走，他连忙跟上，说，你到哪里，我跟到你哪里。然后黛玉才嗤地笑了。

这样的小两口多有意思，就是吵闹，也如此美如此迷人！

我个人认为高鹗续写的红楼写得不错，但是就写不到曹雪芹那么细致和有趣。然而，下面一段却写得非常出彩。

黛玉问宝玉："宝姐姐和你好，你怎么样？宝姐姐不和你好，你怎么样？ 宝姐姐前儿和你好，如今不和你好，你怎么样？今儿和你好，后来不和你好，你怎么样？你和她好，她偏不和你好，你怎么样？你不和她好，她偏要和你好，你怎么样？"宝玉呆了半晌，忽然大笑道："任凭弱水三千，我只取一瓢饮。"黛玉道："瓢之漂水，奈何？"宝玉道："非瓢漂水，水自流，瓢自漂耳。"……

这样的问问答答，将黛玉和宝玉的性格，以及两人的关系写得淋漓透彻，这一段就是曹雪芹亲自来写，也未必敌得过。

黛玉就是不放心，不放心宝玉对有金玉良缘之说的宝钗的态度，所以他们的种种可能的情状，在这里都问了个透，宝玉的心里就死心塌地地只有林姑娘，所以在这里也答了个透：我心里只有你林姑娘，只取你一瓢。林姑娘还不放心，那么瓢是在水上漂的，怎么办？宝玉说那不是瓢在漂，是水流了，可瓢还是跟着水在动！我就是跟定你了。你静我静，你动我动。看，多好！

后来宝玉因为失了玉，就病了，一直迷糊，呆坐在房里。黛玉听了傻大姐的话，知道宝玉要娶宝钗的事之后，“身子有千百斤重，两只脚却像踩着棉花一般，心中痴痴迷迷起来，径自来找宝玉。见黛玉来了，也不起来让座，只瞅着嘻嘻地傻笑。黛玉自己坐下却也瞅着宝玉笑。两个人也不问好，也不推让，只管对着脸傻笑起来。忽然听着黛玉说：‘宝玉，你为什么病了？’宝玉笑道：‘我为林姑娘病了。’”

两个人都生病和恍惚了，但是心里还是有着彼此。宝玉虽一直说些疯话，但只要一提及林妹妹，却觉得明白些。他说：“我有一个心，前儿已经交给林妹妹了，她要过来，横竖给我带来，还放在我肚子里。”你看，他的心都交给了林妹妹管着了！

林妹妹呢，一生中基本上没有亲情，没有友情，只有一个真心对她的宝玉，还有她对宝玉的爱情。当知道宝玉娶宝钗了，她的生命也就结束了。爱在，生命在；爱不在了，这个躯体也不用保全了，她就带着她的灵魂回她的仙界去了。

这是一个多么纯粹的爱情故事，一段多么专心的木石情缘。不记得从哪里看来一句话，说在《红楼梦》以前，中国连一个像样的爱情故事都没有。我想大概是对的。

现在回到开头，我们讲到大家要娶宝钗为妻，而不是黛玉。照理这都是私事，萝卜青菜各有所爱，但是饭后茶余谁不喜欢八卦，恰好我也喜欢。上海话有个字形容一些女人，叫“作”，很耐人寻味，细想来大概是说她们，不，是我们吧，说我们莫名其妙就生气，没来由就闹别扭，再或者说是胡搅蛮缠，大概这类的意思吧。一个字居然让我用了几句话都说不清楚！我想这个字可能很适合形容黛玉，她就是那么难琢磨，你就是那么难让她放轻松，那么难让她开怀笑，但是黛玉这么作的女子，偏偏与宝玉这样的富贵闲人刚刚对胃口。这富贵闲人几个字用得极好。要喜欢得了黛玉，就一定要是个富贵闲人。

首先要富，就是不大需要为金钱操心，这不一定是说钱多，而是行动和思想不为钱财拘绊。黛玉说：“我虽不管事，但每常闲了，替他们一算，出得多，进得少。”但是宝玉宽慰她：“凭他怎么后手不接，也短不了我们俩的。”意思就是不要想那么多，我们只要相爱就行了。

然后要贵，就是要有一种脱俗的气质，要有一颗纯净的心灵。宝玉是耐不得俗气的，他不会趋炎附势，也逃避争名夺利。进一步，他还具有诗人的气质，而且是个自然主义诗人，他歌颂最天然的美：美景、美人、美物。他的才气、灵气不凡，只看他给大观园题的字：“沁芳亭，有凤来仪，杏帘在望，稻香春，蓼汀花溆……”给姑娘们取的名：袭人、鞶儿、麝月……个个别出心裁，雅致脱俗。

最后还要闲，就是要有可以用来浪费的时间。这一点何其重要。下人们嘲笑宝玉：他们家宝玉是相貌好，里头糊涂……看见燕子就和燕子说话，河里看见了鱼就和鱼说话……宝玉就有这么一颗闲心，一颗关怀自然、关怀美、关怀人心的纯粹的心。愿意听听风声，看看下雨，听听姑娘们的心事。

这三项，做到一个都难得不得了，更不要说要做全了。

大凡男人，他们赚钱那么辛苦，工作那么忙，压力那么大，不富，不贵，不闲，哪里还有余力来应付黛玉这样的女人？即使有点小空，也要看看新闻，玩玩微信，打打球，玩玩牌，让生活尽量简单，尽量轻松。回家，还有女人在哭，怎么吃得消？所以这个世界上本少有宝玉。

对现代人来说，宝钗还是有着种种的好处，前面讲过，她不但才貌双全，而且心胸豁达，不但有持家的能力，而且有社交能力、管理能力，真是上得厅堂，下得厨房。男人娶这样的女人，自然轻松多了。

就是作为女人，也是结交这样阳光的闺蜜比较好，成天林姑娘一样哭哭啼啼怎么了得？成天盯着一个人死去活来地爱着又怎么得了？微信上有很多段子，都在教女人一个道理：要放得下，要退一步才海阔天空。我们的现实生活中其实本也没有多少黛玉。

真正的宝玉和黛玉本是神仙，是神仙下凡。一对神仙到人间来谈那么一场恋爱，是让凡人长长见识的。

曹雪芹写得再明白不过，他写了这么多，不过是告诉我们一切都是宿命。就是太虚幻境的册子里都写好了的每个人的命，到时去根据剧本演一演就行。所以宝钗和黛玉本不是可以选的，是早就命定的，宝玉也不是等得到的，会指派给谁的。

如果有一点小空，你会不会随手去翻翻《红楼梦》也是注定了的。

让大地感觉孤独

最近一有闲就看梭罗的《瓦尔登湖》，由于很少有大段空闲时间，一次只能看上几句话几行字，因此看书的速度极慢。虽然缓慢向前，但是他对大自然的观察和感受，他的思想和观点，对我还是很有魔力，所以渐渐地被他营造的时空团团围住，感觉自己很像个虫子在他织成的茧里慢慢爬行。结尾是这样的一个故事，说一个农夫家有一张六十年前用苹果树木板做的旧桌子，里面有一颗在更早前就活在树中的虫卵，大概是受到一个“温热茶壶”的孵育，有一天突然孵化了。那只强壮而美丽的虫子又花了一两周时间向外咬破桌子，终于在几十年后爬了出来。我想他是用这个故事来说明多少美丽的生命被枯死沉闷的社会生活深埋，但就是有一些会最终突围，打开翅膀来享受夏日阳光。而我大概也受了这个暗喻的影响，在周末午后看完全书之后，觉得自己也很有破茧而出的冲动，所以要来说说这本《瓦尔登湖》。

梭罗是 19 世纪独树一帜的散文家、思想家，大概也可以算作诗人或哲学家。

他出生于 1817 年，从小便受过良好的系统教育，1837 年毕业于哈佛大学，之后便任教于康科德学院，并接管了它。可他天生是如此热爱大自然，热爱自由，以致他藐视一切社会成规，甚至蔑视学校，这让他看起来像个十足的粗鲁的原始人，和同时代的人格格不入。1841 年为了让自己有更多闲暇来追求理想生活，梭罗关闭了康科德学院。1845 年，他在瓦尔登湖畔自己修建了一间小木屋，从此隐居林间、湖边两年，只和日月、花草、树木、虫鱼为伴，并写成《瓦尔登湖》。《瓦尔登湖》是一本散文集，就是描述他在瓦尔登湖的生活情况。

19 世纪中期，是一个火车刚开始盛行的年代，梭罗认为那是一个极其物质化的世界。可是他却反其道而行之，力将物质生活极简化。现在也常听人讲极简主义，但我们讲的极简主义和梭罗的极简恐怕还是有很大的距离。我们的一些所谓极简，比如要买一个没有花纹的碗，要逛好几个商店才最终买到，然后心满意足地坐在沙发里安慰自己说向极简主义前进了一步。而梭罗的极简主义是根本不用碗，基本上摒弃了所有的物质享受。最为了不起的是，他不只是口头上说说而已，他是个极简主义的伟大的行动家和实践家。

他对物质的要求仅在于满足人体的基本需要，比如温暖，不挨饿，有个安身之所。隐居于瓦尔登湖之初，他拆了一所旧农居，用了很多旧材料，自己和泥灰，造了间屋子，一间将客厅、餐厅、卧室合为一体的简陋的屋子，但是能遮风避雨，这就让梭罗称心满意了。屋里所有物件都用钉子挂在墙上，一目了然，他认为这样很简洁，在需要用哪些东西的时候一下子就可以找到。

对于食物，除了他自己种植土豆、甜玉米和豌豆，自己捕鱼和偶尔杀生之外，他还有一份食物购置清单，上面明确记载了一年内仅需要的十四种食物，包括米、糖浆、玉米粉、猪肉、面粉、糖盐等等。

到最后他认为没有盐的食物也很可口。

关于穿的衣服，他也简单到仅用来保暖和蔽体。他让裁缝去做衣服，裁缝说他要的款式时下的人都不穿了，这让他很惊讶，他不明白时下的人为什么会影响到他的衣服款式。他惊讶于裁缝除了测量他的体形，为什么就不丈量他的性格？大家为什么都只看重外在，根本不注重内心呢？

关于旅行，就更简单了，他从来都是徒步，除非从此地到彼地的过程中没有任何让他感兴趣的东西，他才会偶尔搭一搭火车。

他对物质的欲望如此之小，因此他可以把物质生活维持到如此基础的程度。既然物质生活如此简单，所以他根本不需要花很多的时间工作，只接受做些短期零工，赚到可以维持他一小段时间内的基本生活费用，他就不干了。用一个耳熟能详的故事来讲他很适合。说一个渔夫大清早捕了一天够吃的鱼，就晒网休息了。一个商人觉得他这样做不明智，就建议他要多捕鱼，然后购置更多渔船捕更多鱼。渔夫问那是为什么，商人说那样赚很多钱后就可以天天晒太阳，享受生活了。渔夫诧异了："那和我现在有什么两样？我现在就已经在享受生活了呀。"

不用很多财富就能享受的生活为什么要等到囤积过多的财富之后再来享受呢？怎么可以舍近而求远呢？这正是梭罗的思想和逻辑！

但是，这听起来很不上进，是，根本就不上进！爱默生都为此觉得可惜，他可惜如此有智慧的梭罗只是做了采浆果远足队的首领，而没有为整个美国出谋划策。关于这点，说真的，我都觉得梭罗有点那个。看他的文字，我以为他会喜欢闲云野鹤的庄子，可奇怪的是他喜欢孔子。他在文中多次引用《论语》，什么"德不孤，必有邻"，什么“匹夫不可夺志”，但是他理解的“志”只是整天关在他的小阁楼里，独自思想。他喜欢孔子的很多修身信条，但是我认为恐怕还是由于语言隔阂，他没有真正理解孔子。孔子修身是要用来平天下的，可不是像他一样只是小楼听一夜西风。

更有趣的是我们这位博学的蔑视豪宅和盛宴的梭罗蹲在棚屋里，发现了一个真理：体力活动减少，对食物的需求也会减少。他总结道只有拼命劳动的人才常常觉得饿，才每顿都要吃很多，这样就必须更努力工作。我们类推一下，你的房子越大，就越需要更多的家具来填充，家具越多，房子就不够大了，就要更努力工作来买更大的房子。欲望也如此，欲望在了，你要填充，越填充，欲望就越大，所以你必须为了填充欲望而成天团团转。你看，梭罗早就看出来了——这是一个无望的死扣!

梭罗对物质的欲望极小，所以他就有了大量的闲暇，他差不多是康科德地区最没钱但是最闲的人，任何时候说要去远足，他都可以马上出发，而且不用带任何行李，当然也没有任何行李可带。

那么，他有了那么多闲暇，来做什么呢?

大概来说，早上的时间他通常用来看书，上午耕种他的土地，然后便全身心地投入大自然。他先去瓦尔登湖洗个澡，再在林间、湖畔独步几个小时，观察观察树林中的树、草、昆虫、飞鸟，研究研究瓦尔登湖的水、鱼、冰和湖底。不同的季节，不同的天气，一天的不同时段，大自然都会呈现出不同的姿态，他就是那个有心人，一一体会并记录。他对大自然的了解已经到了对每一种花在几号会开都了如指掌的程度。爱默生说任何时候梭罗在林间醒来，他只要看看周围的花草和天空，就可以告诉你当前是什么季节，是几点钟光景。他对瓦尔登湖区的了解就是这般细微和精准，超过任何一个勘测队，一个资料库。

也许你会好奇，一个如此纯粹的大自然的赤子，他笔下的大自然会是什么样子？

他说春天的草叶，“像长长的绿带，从草地上流入夏天”。

他看到的蓝鸟“把天空背在背上”。

春天来的时候，湖上的冰会开裂，他描述说：“那惊人的隆隆声像打炮一样响，似乎它的冰镣从头到尾被撕裂了”。

他说：“大地充满了生机，最大的湖也像管中的水银球，对大气的变化非常敏感。”

他看到雏鸟“静静地平平地蜷伏着，时常把头藏到叶子底下，只留心听着母亲从远处发来的指示”。

他确信“地球还在襁褓之中，到处伸出婴儿的手指”。

他的描绘很生动很有活力吧？是的，整篇《瓦尔登湖》，就是那么纯粹地描写了自然和他的思想，纯粹到几乎单调。最具有故事性的描述是关于一次他亲睹的蚂蚁大战。他花了差不多半天时间来观察红蚂蚁和黑蚂蚁的战争，最后还把一片木屑带回家，那木屑上有三只蚂蚁还正在战争中。他把木屑罩在一个玻璃杯下面，用显微镜观察蚂蚁的战斗。最后他写下了这几个蚂蚁的战斗过程，写得英勇惨烈，荡气回肠，和美国独立战争有得一比。但是他并不悲悯战死的蚂蚁，他认为自然界的一切都有它的道理，因为他对大自然的了解太深太透！

在自然界中看美不胜收的天然景色，听美不胜收的天籁之声，这就是他毕生所求吗？当然不是。他的高明之处在于他将这些外在的天然原料吸收之后，转化为心灵的养分，让内心充盈而富足。他的内部世界富有到根本不需要任何陪伴，一人一心，便是一世界，完美无缺。所以他从不觉得孤独，从不需要朋友。相反地，他认为孤独在大部分时间里都是有益于身心健康的。和别人在一起，甚至和最要好的友伴在一起，很快就令他感到厌烦，感觉浪费精力。他出去置身于人群中时，多半觉得比待在自己的室内更孤独。

很少听人如此高调地歌颂孤独。想起梭罗在写春天时，写到一种看起来像鹰的在高空自由飞翔的空灵的灰背鸟，说："看起来，它在宇宙中没有伙伴——独自在那里运动，除了它嬉戏的早晨和天空之外，不需要任何人做伴。它其实并不孤独，可是它使下面的大地感到孤独。"看到了没有？他让看他的人感到了孤独，让大地感到孤独！

和大自然毫无芥蒂地相处，除了享受孤独之外，另外一个好处也许就是他说的"会让人善良"。因为空气如此清新，春光如此和煦，怎么会让人不心生柔情？他说："在一个春光宜人的早晨，阳光如此灿烂，所有人的罪恶都得到宽恕，最坏的罪人也会回头。宁静有益的气息让人类返回善良。"

你信吗？我信！

梭罗也高调地以为他自己富有——心灵的富有。还是听他自己来讲：

"一个诗人在欣赏了农场上最珍贵的部分以后便离去。而那个粗鲁的农夫则认为他只不过拿到几个野苹果。唉，诗人把农场入诗，而农场的主人却经过许多个年头还不知道。须知这诗歌是一道最美妙的无形篱笆，诗人把农场几乎全围起来，挤出它的奶汁，刮走它的奶油，得到了全部乳脂，留给农场主的只是脱脂奶。"

所以，他虽然没有农场，但是他的眼睛掠夺了农场的所有美景，美景变成诗意留在心里，写下诗歌做成了篱笆，隔绝了外人，让他自己成了他诗意农场的农场主。而让看似物质富有的农场主只拥有荒芜的农场的空架子。

你信吗？我又信了！

了不起的梭罗，在我的心里他就是那只自由的灰背鸟，在天空中无牵无挂地孤独飞翔，他让下面的大地感觉到了孤独！

生命中无法承受之昆德拉

只有两位作家，我看过他们所有的书，一个是张爱玲，另一位便是米兰·昆德拉。

张爱玲写爱情居多，而昆德拉的书却涉及了生活的很多层面，爱情、亲情、道德、责任等等，似乎他有能力分析透每一种人，每一种人性，好像我们的每个小动作、每个小心机他都了如指掌。

他讨论得最多的终极问题莫过于生命的轻和重，莫过于人生的玩笑和认真。

比如他写阿姆斯特丹的古老教堂："街道的这一边是鳞次栉比的房屋，一楼的橱窗后面，所有的妓女都有一间小屋与舒适豪华的坐垫大椅，她们只穿了胸罩和比基尼内裤，挨近玻璃窗坐着，看上去像无聊的猫。此地不仅妓女门户林立，还可以看到不少出售大麻的咖啡店。妓女的世界和上帝的世界之间，街道散发出的臭气，像一条河划分着两个王国。街道的另外一边是建于十四世纪的歌德式大教堂。"

你看，他将上帝和妓女放在一起写，上帝在这边，妓女在那边，中间隔着一条有臭气的街道。这就是他看待世界真善美、假恶丑的独到之处，让人搞不明白他在赞扬谁还是批评谁，让人分不清上帝和妓女孰轻孰重。文章的字里行间充满调侃戏谑，却弥漫着沉重的感伤。

读这样的文字，总是先在心里微笑，过后又有一片伤感的乌云盖过来，然而这种伤感又让我觉得很过瘾，很痛快。

于是我就想，抽烟的感觉大概就是这样的吧！抽呢，知道对健康无益，但是不抽呢，在别的东西中又找不到这样的好滋味。因此，我也理解了戒烟为何如此难，那么戒掉昆德拉就难上加难。

又一次看昆德拉的《生命中无法承受之轻》。多年以前很辛苦地看过两遍英文版。每次看，都有不同的发现和感受。因为其中有很多哲学命题，都夹杂在几个人物和故事里。像复活节藏在草地里的诸多彩蛋，一个孩子要是只在草地走一遍，可断不能看到所有的彩蛋。

看了几遍之后，才慢慢明了原来昆德拉在书里布下了他思想的天罗地网。

《生命中无法承受之轻》从尼采和哲学家们讨论不休的一个哲学命题——永劫回归开始，他的观点是：如果生命可以重复回归（return），那么你现在的每一步每一个选择都意义重大，因为它决定了你以后来世的每次生命，他们不断要被复制，被重演，因此此生你将沉重无比；相反地，生命如果不会重复回归，那么你这一生根本轻如鸿毛，因为现在的每一步每一个选择都不会影响前生，也不会影响来世，所以完全可以不负责任，完全可以随心所欲。那么，你此生就活得轻松了吗？结果是同样不能！因为它将导致道德的深刻堕落，因为一切都早已被预先谅解，被允许。

这听起来很难理解！于是，他开始给我们讲托马斯和特里莎的爱情故事。

托马斯，他相信生命只有一次，是无足轻重的，所以他玩世不恭，像一朵闲云，一只野鹤，卷卷舒舒，飞飞停停，全凭兴之所至。尤其对于爱情，他否定忠诚，不要求别人的忠诚，也不对别人忠诚。

特里莎，她却相反，将生活看得很认真。她相信爱情和忠诚，相信灵和肉的完全统一，彻头彻尾信奉一夫一妻。

这两个人相遇，真是纯属偶然。托马斯是个离了婚的外科医生，因为代替另外一个医生出诊，到了特里莎居住的偏远小镇。由于等火车，他在旅馆的小餐馆用餐。他要了一杯酒，刚好特里莎是招待，她送了他一杯白兰地。一个小时后，她刚好下班，他刚好要去火车站，于是她送他去火车站。十天后，她去布拉格看他，巧的是她刚好在他的居所得流感发烧了，只待了一个星期。后来，她就从小镇搬来和他同住。没多久，这两个人就结婚了。

虽娶了特里莎，但托马斯仍不改风流的习性，还是不断地外遇和外出幽会。对于他来说，灵和肉是可以完全分开的，同别的女人幽会好像是一个男人有踢足球的业余爱好，哪个男人只因为喜欢踢踢足球而忘了老婆的？当然踢球的当下会暂时忘掉，但这和爱不爱特里莎没有关系。他无法理解为什么特里莎那么在乎他喜欢“踢足球”。

我还有另外一个比喻大概也可以来描述托马斯。他大概觉得他和特里莎是两个星球，大方向是他围绕特里莎运行，但是他为什么不能再自转几下，和别的星体打打照面呢？

对于特里莎来说，就很不同了。托马斯是唯一和她身边那些小镇上的人不同的人，她觉得托马斯是唯一一根可以将她从肮脏的环境中吊走的绳索。既然抓到了绳索，她就不想松手，再掉回原来的地方。所以她一心只沉重地跟着、爱着托马斯。要说体育活动，她只玩一对一的单打；要说星球，在她的宇宙里只能放得下两颗星，她一颗，托马斯一颗，而且只能互相凝望。

当她不断发现托马斯同别的女人幽会的证据，就是不断发现托马斯还和很多别的女人打球，还发现有别的星体，和她一样地在托马斯周围时，她陷入深深的忧虑和苦闷。最后怎样呢？她变得老做噩梦，梦见她被埋在坟墓里，眼睛里都是泥土，什么都看不见了，托马斯却离开她和别人去寻欢作乐。过一段时间他来看她，问为什么她这么苍老了，其实她是想他想的。从他离开后就没睡过才这么苍老的，可她说不出口。可是托马斯见状却说："你看起来这么累，那还是再休息一下，我过段时间再来看你。"因为托马斯不陪她，她睡不着，所以看起来累，但是托马斯看到她累，就要离开她让她休息……这样互为因果找不到头的一个死循环。

她的生活沉重到要每次流着汗从这样的梦中醒来。她觉得快要窒息了，最终决定放手。她留了封信给托马斯，说她不想成为他的负担，回布拉格了。爱如果沉重得成了负担，那不是就离题万里了吗？那么离开他，她便轻松了吗？显然没有！她做任何事只是想阻止自己再去找他，再去想他！没有了托马斯的她魂不守舍。

托马斯呢，和特里莎在一起的时候，老是要对特里莎撒谎，老是要安抚特里莎，特别是要一次又一次地听她讲那么恐怖的梦境，听完了还要尽力安慰她，这让他觉得疲倦。他觉得这样的生活太沉重了，重得都快要被压死了。

可是某一天，特丽莎走了。没有了特丽莎缠绕的托马斯，又觉得每天的日子没有了牵挂，太空虚了。他像一个气球，轻飘飘的，慢慢地找不到地面了，然后越飞越高，要飘浮得失去踪迹了。于是，他又突然觉得轻得不可承受了。所以在特里莎离开之后，他克服千难万险地又去找她。

于是他们又一同生活了多年。最后由于车祸，两人一同丧生山崖。

这样的故事不好说写得好或坏，但是却很有趣，让我们看到生活和爱情态度完全不同的两类人，如何奇奇怪怪地纠缠在一起，轻轻重重的不平衡构架起了一座我们称之为夫妻的广厦。

关于轻和重的对立和不可分割，昆德拉还写到了斯大林的儿子，非常有意思。

斯大林的儿子，被关在狱中，和几个英国兵在一起。英国兵因为不满意他总是不弄干净粪便，使卫生间很脏很臭，不断要求他清洁。可是他是谁呀，他可是斯大林的儿子！他可不愿意老是被他们围着，整天谈论无足轻重的粪便。于是他要求看守监狱的军官来调停。军官更觉得为粪便的事立案，无聊，也不理他。最后，斯大林的儿子受不了这种不可承受的轻转化成的重，奔出牢房，撞触监狱的电网而死掉了。

可是他的死并没有将他和粪便分出轻重来。一边放着粪便，一边放着斯大林儿子的天平的指针一动也没有动。为了讲道理将故事写成这样的，也只有昆德拉。

昆德拉还说起了贝多芬。说有一回贝多芬去向朋友讨五十佛林的欠债，朋友说："非如此不可吗？"贝多芬说："非如此不可！"同样的几个字因为不同的音调而有了不同的意义，这让贝多芬觉得有趣，于是他用这几个字的音调谱了一个弦乐四重奏。其实四重奏本身只源于一个好笑的灵感，可是后人却没有把它当笑话来对待，而是把它当作对生活的严厉拷问："我的生活非如此不可吗？"然后有人严肃而又决绝地回答："是的，非如此不可！"

所以我们又一次把一个玩笑看得太过认真了，把轻的东西看得重了。

就像昆德拉自己说的：“轻重是一对神秘的对立。”

昆德拉把这种对立解剖得非常清楚。其实一本书只讲这一个概念就了不得了，可是昆德拉却讲了更多。

在托马斯的故事里，我们还可以看到昆德拉对另外一个哲学命题的阐述：偶然性和必然性。

昆德拉在文中一一列举了让托马斯和特里莎相遇相识的偶然因素。

如果托马斯的同事不是临时病了，要不是距火车离开还有一会儿；要不是那天特里莎刚巧在咖啡馆当班；他们要不是一个要去赶火车，一个又刚好下班；要不是特里莎来看他，又刚好在他的寓所病了一个星期……这两个如此不同的人又如何可能一起生活了几十年？但是换一个角度，这就是必然，要不然怎么有那么多偶然因素都在为同一结果而一致努力？也就是说因为有太多的偶然性在起作用，所以让结果看起来变得很必然，变得“非如此不可”。

我想到那枚被抛起的高尔夫球，草地那么大，我们不知道它会落到哪片叶子上，但是只要有人发了球，它又一定会落到某片叶子上。落到哪里呢，其中有很多偶然的因素，比如发球人的用力程度，发球人的腰有没有在很好的状态，球飞起的高度，户外的风速，等等，好多的因素。草地上的每片叶子都在等待被偶然所击中，但是当我们分析清楚了每种因素是如何对球落地起作用的，那么在这些合力之下，其实球落在哪片叶子上又是必然的。

生命中很多契机和高尔夫球一样，也许只是一个具备必然性的偶然性事件，所以对整个似乎无法操控的偶然事件进行严肃思考就显得太较真了。所以昆德拉说："我们一思考，上帝就发笑。"上帝不过随意丢了一个球，我们却要那么认真地去等球、捡球和思考。我们生活得何其沉重!

谈了这个偶然性和必然性的哲学概念之后，昆德拉可以收尾了吗?不，他还有很多概念要谈。

不得不提昆德拉在书中谈到的两个非常有意思的概念，它们让我对生活中的一些现象变得很警觉。

比如媚俗。昆德拉这样说："媚俗引起前后相连的两滴眼泪。第一滴眼泪说，能看到孩子在草地上奔跑，真好!第二滴眼泪说，与全人类一道，被孩子们在草地上奔跑的情景所感动，真好!正是第二滴眼泪让媚俗成为媚俗。"

难懂吗?其实很难懂的，但我觉得有趣极了!我一直想为媚俗找个同义词来说明它，比如俗气，比如献媚，可是又不是俗气和献媚。它好像更接近矫情和作秀。如果你发现周围事物的美，只是单纯地去欣赏和陶醉，这是单纯的审美，一点问题都没有，昆德拉不会为此嘲笑你。但是进一步地，如果你为自己能发现这样的美而感动，那就是媚俗。昆德拉要嘲笑的便是这种进一步的情感泛滥。我们的媒体和政治人物常常是玩弄媚俗的高手，他们用这个叫媚俗的伎俩来收买观众的同情和眼泪。比如，主持人在采访和讲谈中声音哽咽，当众落泪，那便是媚俗中的矫情;政治人物当着媒体镜头拥抱一个孩子，那便是媚俗中的作秀;大家在游行队伍中，为群体性的激情热泪盈眶，那就是媚俗中的滥情。

按照昆德拉的意思，媚俗是政治运动的美学理想。

看看，就连这种人类心机都被昆德拉发掘出来，深刻解剖，想想他真是可怕!

比如暗喻。昆德拉是一个剖析暗喻的高手。

他认为人和人之间的相识是有暗喻在起作用的，比如一本书，一幅画，一首乐曲。当两个陌生人都对某个暗喻有触动的时候，就是对上了接头的暗号，就会自然而然地觉得互相亲近，这个暗喻就会催化和加速两人的相识相知。

比如特里莎去布拉格看托马斯的那天，腋下夹了一本书——《安娜·卡列尼娜》。昆德拉认为这本书是一个暗喻，是代表同类的一个接头暗号。所以当托马斯看到特里莎拿着书，马上暗号就对上了，就不知不觉地一径通向了特里莎的怀抱。

后来，托马斯又因为另外一个暗喻无法遗弃特里莎。昆德拉这样写："特里莎是个被放在树脂涂覆的草篮里顺水漂来的孩子，而托马斯在床榻之岸顺手捞起了她。他怎么能够让这个装着孩子的草篮顺流漂向狂暴汹涌的波涛？如果法老的女儿没有抓住那只装有小摩西逃离波浪的筐子，世上就没有《旧约全书》，就不会有我们今天所知的文明。多少古老的神话都始于一个营救弃婴的故事！"你看，多妙的暗喻！托马斯以为自己是在营救弃婴，而且可能是另外一部《圣经》刚要开篇。这让托马斯在没有意义的生活中突然发觉了意义，所以他觉得无论如何都不能放弃特里莎。

但是托马斯也因为暗喻而陷入政治旋涡，因而从医生降职到洗窗户工人，最后成了农场的司机。这个暗喻源于一个希腊神话。

说俄狄浦斯是一个被遗弃的婴孩，被波里布斯国王收养，长大成人。一天，他遇见一位显贵官员沿着山路骑马而来。一场口角，他竟把那人给杀了。后来，他成了伊俄卡斯达王后的丈夫，当了底比斯国的国王。他一点儿也不知道他在山里杀的人就是自己的父亲，而与他同床共枕的竟是他母亲。由于他杀父娶母的罪孽，命运之神降灾于他的臣民，他的国家瘟疫蔓延，人们痛苦不堪。俄狄浦斯得知自己正是灾祸之源，便自刺双目，离开底比斯流浪而去。

托马斯，这个小知识分子，喜欢上这个神话，于是用这个神话来讽刺执政当局。他责怪当局将他的祖国治理得如此贫穷，而且还落入苏联之手。他在文中嘲笑道："执政者难道不该有俄狄浦斯的勇气对现状负责，也刺瞎双眼吗？"

在一个言论自由的国家里，这不过是一个小知识分子的小小即兴玩笑，本来轻如鸿毛，可在当时，他却遭到了巨大的责罚。他被迫放下手术刀，成为一个擦窗户的应招工人。

从俄狄浦斯的暗喻故事，昆德拉让小说又回到关于轻和重的主题。生命中无法承受重，也同样无法承受轻。生命是个无法承受的玩笑。这便又回到了昆德拉反复咏叹的主题。

了不起的是他在一本小说里将那么多精深的哲学概念放在一起，互相穿插、陪衬，非但不让人觉得乱，反而趣味倍增。他完成的小说像音乐一样多重奏。这就是米兰·昆德拉！

张爱玲在小时候喜欢一个作家（我忘了他的名字），写文章说："我要快快长大，长大了就可以嫁给他。"我也曾想过嫁给昆德拉。而昆德拉在书里借助主人公的口说他很讨厌女人喜欢这个那个名人，然后想着爱他，嫁给他。你看，原来这样的心思也早已被预知，早已被嘲笑！

这个生命中无法承受之昆德拉！

因为你，我才活下来

——我读《少年派》

看过李安的电影《少年派》，画面拍得美，美得无话说，但是内容我好像没看懂，蛮好一个故事都讲完了，又说可能不是这样的，搞得晕头转向，不懂它到底要讲什么，但终究也没有去深究。

前一阵子在朋友圈看到一个转载，是书玉的《少年派的移民故事》。书玉的文章还没看，先看到了被朋友放在眉头的书摘："那些中文写的所谓的移民故事，都还在他乡重述着早已老掉牙的熟悉的世界，中国式的故事——淘金发财的故事，躲避苦难的故事，投机钻营的故事，蝇营狗苟的偷情故事，含辱负重的吃苦故事，衣锦还乡的荣耀故事。他们也许浸透着人的各种欲望和挣扎，却无法让你看到人与神交谈的那种灵动和光彩……"

看起来她是在挖苦写移民故事的中文作家了。我既不是作家，更不会写什么移民故事，却立刻被激怒了。不过就看了一场《少年派》的电影，为什么骂了一群中文作家呢？就像乔布斯开创了苹果品牌，不会做"苹果"的中国人都沦为笨蛋不成？鞭策是可以的，但不能用这么讽刺的口气。

另外哪怕我再没看懂《少年派》，也不觉得那是一个移民故事，不过就是父母想移民，就跟着坐了船，可是船翻了，后来根本不是移民的事了。但是我想，在看过《少年派》的原作之前，我做任何的评论都是不慎重的。于是我找到了原作，认真读了一遍。

《少年派》是一本好书，本来情节如此独特就已经了不起了，而且用来陈述情节的文字又那么细腻生动，还不乏深刻的思想，所以真是一本不可多得的好书。虽然李安的电影拍得够好，特别是画面拍得很美，但是文本的优美和缜密终究不是声像可以替代的。

派是非洲一个动物园园长的儿子，从小聪明、善良，对宗教富有热情。在他十六岁的时候，由于印度的政治气候，父亲决定移民加拿大。于是父亲带领全家以及很多野生动物一起登上一条日本货船，要横渡太平洋。不幸的是船突然在海上发生故障，在一个风暴之夜快速沉没海底，只留下了派和几只动物——孟加拉虎、斑马、黑猩猩，和一只鬣狗偶然凑巧地登上了同一艘救生艇。几天的弱肉强食之后，只剩下他和那只虎。然后他就和那只孟加拉虎亦敌亦友地在海上生死与共，一共漂泊了 227 天后获救登上陆地。

书中有太多关于宗教和动物的知识和内容。如果作者扬·马特尔没有花两年时间研究宗教，没有花一年的时间专门研究动物，不是像书中的“我”说的那样，“我”拿到宗教和动物学的双学位，真无法把宗教和动物写得如此深入。

看完书之后，我想我知道这本书大概是讲什么的。它是讲人和上帝，人和自然，以及人和动物的关系的。

派从小就有颗爱宗教的心。由于姨妈的关系，小时候先受洗了印度教。他觉得庙宇里香烟的气味，变幻的光影，鲜亮的色彩，神秘的鼓声，甜蜜的歌声，都通向无边的宇宙的灵魂。他说通过它们，感觉自己在宇宙的位置。

在十四岁时，他随父亲去山间度假。很偶然地，他偷窥到一个全身白色法衣的神父神态安详地靠着一张小桌子临窗读《圣经》的样子。这神父周遭的一切都设定得如此简单、朴素、整洁，神父看起来又如此敞开心扉，充满耐心，他似乎等待你去倾听你的一切烦恼，并随时准备为你排忧解难，提供指引。于是他被感动了，他走进了那位神父的房间。神父给他讲了很多关于上帝之爱的故事，他被深深感染。他说，原来基督教在本质上只存在于一个时间里，那便是“现在”。于是他又信了基督教。

十五岁的时候，一个偶然的机会，他又为伊斯兰教所吸引。

他每周四去庙里，每周五去清真寺，每周日去教堂，不亦忙乎。大家都嘲笑他，质问他怎么可以信三种不同的宗教，他觉得尴尬，但是他实在只是想爱上帝。诠释上帝的方式不同，所以有那么多不同的宗教，那么为了爱上帝，三个都爱不行吗？

就是这样一个上帝的赤子，将自己完全包裹在上帝的光环之中。可上帝何尝轻饶了他？上帝给了他多少磨难啊！让他在一夜之间没有了所有家人，让他和一头猛虎同坐一舟，让他挨饿，让他受冻，让他经历狂风大浪。上帝让他孤独，孤独到只有天空和大海之间一个渺小的他；让他恐惧，对死亡的恐惧远远大过死亡本身；让他绝望，绝望到躺在甲板上一点求生的勇气都没有。所以他说要爱上帝有时真的好难啊！但是无论如何，最后上帝还是留在他身边了，上帝让他经历了九死，最后还是给了他一生。

所以人和神是一种什么关系？写到这里，我想起村上春树写

《1Q84》，其中提到一个空气蛹的概念。说我们人体是一个蛹，被包裹在某种精神意念之中。这个概念用在这里就是说，人如果毫不怀疑地相信上帝，那么上帝就是那团包围人体的精神气团，人像一个婴儿被气团包围，就像被包围在母腹胎盘中一般。人经历再大的困难都有母体做保护，当然如果成功了，也是依靠母体的帮助。于是神就以这种方式留在人的身边，而且就这样对相信他的人起作用。

无神论者是不相信上帝的，不相信什么气团的，那么对不信上帝的读者来说，《少年派》是讲人和自然的关系的。

由于一次偶然的海上意外，货船在太平洋沉没，派被丢入一艘救生艇中，和一只猛虎同舟共济。猛虎的威胁我们以后再说，只一个人在一条小船中，颠簸于无边无际的汪洋之中，就够有张力的了。这没有吃没有喝的日子要怎么过？没有指南针的航行要怎样才能靠岸呢？更不要说大海掀起万丈巨浪，几度要把船掀翻，要将他葬身海底。更不要说烈日晒化了他的衣服，几乎要晒干他的皮肤。更不要说鲨鱼攻击他的小船，几次要吞他入腹。更不要说离奇的食人岛供他淡水、海草，却带着酸性要慢慢腐蚀他。

但是了不起的是，派总能绝处逢生。就说水，他就是在救生艇上发现了少量的淡水和储备食物。在用完这些水之后，他就动用救生艇上的蒸馏装置自制了淡水。当这些装置都用破了之后，他就靠雨水来维持生命。后来他漂到了食人岛，就有富含淡水的海草供他吃个饱。

所以我不得不说，凭借自己的聪明、意志，以及不息的生命之火，一个大自然中的少年将大自然打败了。

所以人和自然是什么关系？是今天自然滋养了人类，明天自然又破坏了人类生活。是人类时时离不开自然，又时时向自然挑战的生生不息的生命循环。

最有趣的，我觉得是派和猛虎的关系。

在十岁的时候，派的父亲就让派见识了一下猛虎的威力。猛虎扑食的力量让在铁栏杆外的派吓到腿都发抖。父亲警告说，永远不要靠近虎，虎永远不是人类的伙伴。

在沉船之时，刻着这种烙印的派在救生艇中看到猛虎在水中奄奄一息，天性的善良居然让他在大难当头时向猛虎递过一根船桨。等他开始后悔，已经来不及了，那只孟加拉虎已经登上了船。于是他给自己设置了一个必须和猛虎共船的局面。为了躲避虎，他用桨和救生衣在救生艇后面做了一个外挂式的小舟。后来又用他的动物知识开始驯虎，用一个哨子来强化条件反射，用一点排泄物来划分各自区域。开始的一段时间正是虎的威胁调动了他的生存斗志，让他忙碌让他充实。后来慢慢地，他开始扮演了一个动物饲养员的角色，除了驯虎，还要为他觅食，他不但为自己捕鱼，也为虎捕鱼。合格的驯虎员都必须这样做，不是吗？渐渐地，在心里，虎成了他的朋友，在他和虎都奄奄一息的时候，他对虎倾诉自己的绝望。就这样，在一种非常特定的环境中，他和虎成了朋友。

在这里，我更喜欢把虎当作一个暗喻，把它比作我们的敌人。我们谁都不喜欢天天和敌人在一起，但是在某种意义上，是不是正是我们的敌人让我们成长，让我们奋斗，让我们生生不息？

就像派说：“因为你，我才活下来。”我们的敌人是否也是我们活下来的一个理由？多么深刻又耐人寻味的一个哲学命题！

在看完书之后，我已经对争论这是不是移民故事的事儿不大感兴趣了，但还是认真地看了一遍书玉的文章。看完她的全文，我发现书玉本人也完全不在意争论华人写移民故事的优劣上，她只是将移民的艰辛和深海沉船做比较。我倒是喜欢她写的第四部分，“这是一个关于讲故事的故事”。她说扬在为我们讲故事的同时，也在跟我们讨论一些讲故事的问题，比如：我们为什么要讲故事？什么样的故事才算一个比较好的故事？

是的，扬在最后用了一个开放性的结尾，就是在一个人和动物的接近神话般的故事之后又一转身，讲了一个野蛮残忍的人吃人的故事，后面的故事血淋淋地撕毁了前一个故事。派让作者在两个故事中选一个来相信，作者选了前一个，所以我们很详尽地看到了前一个故事。但是就是故事结局的开放性，才让我们感觉到真实生活的另外一种可能性和残酷性，让这个故事的内涵和外延更为丰富和广阔。我之前看不懂的地方正是这个故事的精当之处。之前激怒我的文字正是给我启发的明灯。

所以正像派说的：“因为你，我才活下来。”

巴别塔迷思

卡罗琳·帕克丝特作为一个新作家，在 2003 年创造了一个奇迹。她的处女作《巴别塔之犬》一上市居然盖过红极一时的《达·芬奇密码》和《追风筝的人》，登上畅销书的榜首。一看这样的介绍，我立刻就把这本书拿在手里不放了。想想看，《达·芬奇密码》《追风筝的人》多好看呀！

熬了两个晚上看完，果然是一本好书！

小说开始于一个《圣经》故事，这是一个我熟悉并很喜欢的故事，它似乎能告诉我很多道理，所以不怕麻烦一定要讲给你听。

说很早很早以前，天下人只有一种语言。大家不管走到哪里，说的话彼此都听得懂。有一天，人类突然妄想要造一座天塔，塔顶通天，以展示人类的力量。然后还真开始造了，造了一半的时候，耶和华看见了，吃了一惊：人类居然有这种野心，想争夺我的荣耀！怎么办呢？耶和华就弄乱了人类的语言，让每个人都说不同的语言，从此人类讲话互相之间就听不懂了。无法交流的人们因此就没有造成那座天塔。那座塔叫巴别塔，通常，是用来警示人类的狂妄自大。通俗来说就是：

不要牛，比你牛的多了去了；不要高调，调子高的人多了去了。还有一种警示可以说：就知足吧，不要心比天高。

回过头来，在这本书里，作者将这个小故事放在前面，为什么呢？我想作者是给读者一个提示，提示读者这个小说大概要讲和语言、交流、沟通有关的事。

果不其然！故事是说一个下午，语言学教授保罗的妻子露西突然从院子里的老苹果树上掉下来，去世了。警察调查下来说是意外死亡，但深爱着妻子的保罗就是不相信，总觉得蹊跷。可是目击妻子死亡的只有家里的狗，怎么办呢？于是作为语言学家的他就想可不可以让狗来告诉他些什么。所以他离职，决心教狗说话，来搞清楚露西到底是怎么死的。

当然，到最后他也没有教会狗说话，但还是凭借各种蛛丝马迹发现了妻子的死因，原来露西是自杀。露西在小时有过心灵创伤，长大后有较为隐蔽的易怒和忧郁的心理疾病。通常情况下她看起来很正常，而且绝对有创作天分，但是当情绪失控的时候，她的情绪和表现就会变得非常不可理喻。她知道自己的问题，所以尽管她知道保罗多想要个孩子，还是拒绝生养，她怕她的疾病让她养不好孩子。大概是意外吧，她怀孕了，但是她没有告诉保罗。在怀孕两个月后因为保罗要帮助她，她拒绝，所以她和保罗有一次激烈的争吵，之后情绪失控，自杀，但是却无意地制造了一个意外死亡的假象。

作者卡罗琳一边用她缜密的理性推理将故事像悬疑小说一样地层层打开，一边用她温柔细腻的心灵通过她优美的神话般的笔触为我们展现了保罗和露西相遇、相爱的样子，特别地展现了有心理疾病的露西她原本的样子：快乐的样子，生气的样子，灵动的样子，有才气的样子，神经质的样子。不管什么样子，卡罗琳都把她写得动人心弦。

只是这么动人的女子，怎么就像梦一样地香消玉殒了呢？尤为令人痛心的是保罗和露西还深爱彼此。他们在一次买卖旧货的时候认识，然后第二天就开始约会。第二次约会时，露西突发奇想地鼓动保罗和她一起去迪士尼乐园，没有任何计划和准备他们就开车上路了，为期一周。这种说走就走的疯狂举动和新鲜体验让保罗马上坠入爱河。九个月后，保罗求婚，露西知道自己的精神问题，所以拒绝，再半年后，他们结婚。

露西是帮人做面具的，她的想象力和创造力非凡，做的面具很有市场，但是后来她慢慢沉迷于为死者做面具。某一段时间当艺术灵感没有了的时候，她就特别忧郁。保罗想尽办法要帮她振作，为她设计主题，去图书馆找资料，可是露西接受不了保罗的帮助。

露西一直活在她的梦里，她的过往就是一个个古怪离奇的梦。从四岁到四十岁，她把梦一个个都写了下来。她梦见自己的身体成了一个花园，被青藤缠绕；她梦见自己在一座房子里漫游，嘴里都是碎玻璃；她梦见自己裸体出现在母亲招待客人的晚宴上；她梦见自己从很高的地方掉下来……

她也一直活在童话里，各种童话。她最喜欢仙女皇后的故事。故事里说珍妮爱上了勇士坦林，可是坦林被仙女皇后爱上并带走了。然后珍妮去救他，在一个夜里，她守候在树林里，当所有仙子都骑马经过时，她一把将坦林从马上拉下来，紧紧抱住他，无论仙女皇后如何暴怒，把坦林变成什么凶恶的野兽，她都不松手，紧紧地抱着坦林……

可怜的露西一直觉得自己就生活在这样的梦里和童话世界里。她就是珍妮，从仙女皇后那里抢走了皇后最好的骑士，所以皇后要挖她的眼睛来报复她。一会儿她又觉得自己太理解仙女皇后，自己就成了仙女皇后，要报复坦林，要报复珍妮。

在她失控的时候，保罗抱着她，深情地呼唤她："你是我的女孩儿，你才是我的坦林，你才是我最棒的骑士，我不会放你走。"

可是露西听不见，露西的心一直在不为人知的过往和不被人理解的童话中流浪和沉沦，无人可以安慰。就是在保罗这么温暖的怀抱中，露西的忧郁还是像劲草，不断滋长，最后忧郁到自杀。

故事写到这里，大家都会说那是因为露西病了。对，她是病了。可这病又何尝不是一个暗喻？暗喻一种交流障碍，从一个人到达另外一个人的心灵障碍。语言不通是一种障碍，但是更可怕的是大家讲同一种语言，也有交流沟通的障碍，实际上这种障碍比比皆是。

写到这里一定要讲昆德拉的误解字典。昆德拉对人和人之间的理解障碍有很深的体察。

在《生命中不可承受之轻》一书中，弗兰茨和莎宾娜，一个是大学教授，一个是画家，语言相同，而且还是情人，但是两个人却有着很深的理解障碍。

弗兰茨爱死莎宾娜了。一天他很热切地对莎宾娜说："莎宾娜，你是个女人！"他以为这是个赞美，在他心里说莎宾娜是女人，那代表对一种价值的肯定，因为并不是所有女人在他心里都可以被称为女人。但是作为艺术家的莎宾娜却迷糊了，她不理解为什么弗兰茨要强调这点，对她来讲，女人的概念和男人的概念一样，都是被赋予的，既然是被赋予的，就没什么好强调的。她从不为是个女人骄傲也从不想反抗。所以当弗兰茨说完这句话，他们四目相对的时候，一个想的是：我在表扬你，你感动吗？另一个想的是：你为什么这么强调我是女人，不奇怪吗？因此在互相凝望时，他们的内心其实是隔着银河的。他们相处的时间很短暂，最后莎宾娜招呼都不打一个就逃之夭夭了。

现在的人都知道互相理解的重要，所以大家口口声声要互相理解，但真正要做到谈何容易，这里牵涉到生活经历、知识结构、价值观、信念等很多因素。除此之外，让互相理解变得复杂的还有一个因素是，在我们的思维过程中有很多捉摸不定的潜意识和情绪，并且它们还在不断地变化。

我最近很喜欢琢磨意识流这种东西。按照约翰麦奎尔博士在《失落的本质》一书中的理论，人类思维的构成包括了三个部分：原始大脑、潜意识和有意识。有意识就是我们的理性、逻辑、意志力的部分，这部分才占了整个思维系统的 10%~12%，而潜意识的部分占了 88%~90% 的比重。所以我们看似严肃的很多思考和决定不一定完全由理性来控制，相反，常常地很大程度上要被潜意识和意识的摆动性操控。在一个痛苦挣扎的恋人心中，“我要离开你”和“我要拥有你”的想法不断在心中角力。在她说“我要离开你”的时候，另外一个“我要留下来”的欲望也在旁窥探，伺机蠢蠢欲动。在某个时刻，指针停下来，一定要她说一句话，做一个决定的时刻，而那时意识的钟摆如果刚好停在“我要离开你”，那么“我要离开你”就成了决定，反之亦然。所以，面对这么复杂的思维和意识状况，让我们怎么懂得？

普鲁斯特在他的天书《追忆逝水流年》里，描述了斯万的困境。斯万把他的情人安置在家里，他能整天看见并占有她，可是他并不无忧无虑，为什么呢？因为他情人的小脑袋一直在思考，他无法知道她在想什么，谁知道情人的小脑袋是不是正在想着要离开他，想逃跑呢？

所以他只有在她睡着的时候凝视她，才可以松口气，才觉得完整地拥有了她。这种精神性的意识性的东西才是爱一个人和了解一个人最恼人的地方。

所以真正爱一个人，理解一个人有时候是多么难的一件事！

耶和华何尝只是弄乱了我们的语言系统，他还弄乱了我们理解他人的思维系统。

突然想到柳永写《雨霖铃》，“执手相看泪眼，竟无语凝噎”。柳永当然是描写离愁，但我觉得把它用来描述两人四目相对之时，心中纵有千种风情，更与何人说，更有谁来知的惆怅更好。

一停顿，发觉我正在犯一个错误，我以为自己正在用文字陈述什么道理，但不过也是一个巴别塔的痴心妄想，不造也罢。

还是让我回到我看《巴别塔之犬》这本书最初的动机——就是纯粹的喜欢。没有什么道理，就是喜欢，这么简单而已。

永恒的快乐

深夜的时候看完卡缪的《快乐的死》，觉得余音绕梁，回味无穷。反复追问的是在二十岁的年纪，卡缪何以把存在观、快乐观写得如此精当？诺贝尔文学奖发给他，真正当之无愧。

主人公梅尔索，从小和母亲同住。十几岁时母亲病了，他不得不中断学业，边工作边照顾母亲。母亲在和病痛斗争十年后去世，留下他一个人生活在一个三层楼楼上的单间里。他白天在逼仄的邮局上班，下班后就在昏暗的阳台上看天空和街上的行人。他一直孤独，一直不快乐。

后来他认识了一个叫萨格勒斯的残疾的富豪。萨格勒斯喜欢和他聊天。他也觉得萨格勒斯很特别，便常常去拜访他。萨格勒斯告诉他："人没有钱，不可能快乐。"萨格勒斯还很肯定地说："我发现某些精英分子，他们精神上自命清高，以为金钱不是快乐所必需的，那很蠢，不是真的，某种程度上是懦弱的。"这些话大大地震撼了梅尔索。

梅尔索太想快乐了，他不由得相信萨格勒斯说的是真理，并且去实践。于是他做了谋划。在某个清晨，神不知鬼不觉地，他居然就杀了萨格勒斯，偷了他的钱，又制造了萨格勒斯自杀的假象，然后远走高飞。

终于，在三十多岁时，他有钱了，也有了时间。他先是孤独地到处旅行，后又和三个女大学生一起在山顶的“世界之屋”体验过一段纯粹的精神生活，之后便在海边的山坡上买了一幢屋子独自安顿下来。可是他快乐了吗？实际上，他依然没有完全快乐，至少不快乐的时间比快乐的时间多得多。因为快乐的东西如此短暂，一段情感很快腻味，一段性爱无法持续高潮，一种自由无法无拘无束。就是他自己本身都如此矛盾。他讨厌群居，和人相处，听人说话让他觉得倦怠。他满心地渴望孤独，只想要一个人待着，想看清楚时间在他眼前一秒一秒地走出意义。可是当独处的时光降临，他又觉得非常不安。独处时他说：“四周尽是松弛垂软的时光，时间像水底淤泥般汩汩作响。”你看，他仿佛踏入了淤泥，看时光在冒泡。

后来，当他终于调整好自身的生活频率，和大自然和谐共振，他的心得以平静下来。但那时候他病了，胸膜炎。他看着自己在人生的最后一年，最后一个月，最后一个星期，最后一天，最后一分钟，最后一秒中渐渐离开这个让他不快乐，但他又执着地从中寻求快乐的世界。他说：“快乐的生活并不能更长或更短。当下的快乐就是快乐。死也不能阻碍什么，它只是快乐的一场意外。”

是的，死亡是我们在追寻快乐的过程中的一场意外。对于快乐，他说：“最重要的是自由追求快乐的意志，一种永远放在心上的强烈意识。其余的，女人、艺术作品或世俗的功名，都只是借口，那是等我们去织绣的空白绣品。”

他的这句话我非常喜欢，我喜欢他用这种智慧的方式来解释快乐。

快乐如果是追求快乐的意志，那么快乐就有了行动感，这好像更接近快乐的本源。于是我突然领悟，我也可以这样来解释很多一直搞不确切的词语。比如远方，远方到底是什么东西？现在想来，远方其实不是一个特定的地方，而是我们不断追求远方的坚定意志。比如爱情，爱情也许不是特定的对某个人的情感，而是我们求索爱情的一种坚定意志。

说远了，让我言归正传。卡缪在书中要跟我们阐述的是关于存在和快乐的哲学思想，但是肤浅的我似乎并不迫切地要寻找有关存在、快乐的终极答案，我更喜欢看他描绘对存在、自然的感知，也就是他优美细腻的思绪。按照卡缪的说法，思绪是构成人生中一切孤寂的秘密。

那么让我来跟你分享感染我的几个思绪片段。

“他拿起手表，看着指针从一个数字移至另一个数字，不禁赞叹五分钟感觉起来那么无穷无尽。想必这手表替他开启了通往无所事事之最高境界的崎岖痛苦之路。”

他在干吗？他只是无所事事地在看手表。可是他看到什么？他看到指针无休止地走，从中看到了时间的无穷细化，看到了永恒。看到这里，我立即想到另一位存在主义大师萨特在《呕吐》中的一段描述，有异曲同工之妙。

说主人公没事可做，便垂手跑到窗前，观看大街。他一直看着一个老妇人从远处走来，从他窗下经过，再走远。他从正面看她，到侧面，然后看她的背面。老妇人有规律地走走，然后停下来弄弄围巾，再走，再停下来弄弄围巾，再往前走，几个动作不断重复，一直沿着大街走去。

在这里萨特看的不是指针，而是老妇人，他说她的未来就在那里，驻守在街道上，并不比现在更模糊。在目不转睛的凝视中，我们和萨特一起看到老妇人的过去、现在和未来。这里有什么？有永恒！

这是极有启发性的思维。时间在流逝，从一个瞬间到另一个瞬间，另一个又到达下一个，空间在移动，从那里到这里，又到那里，虽然每个瞬间都稍纵即逝，位置总在移动，但因为每个瞬间、每个空间都可以被无穷地细分，因此我们在其中看到了永恒。其中很关键的一个要素是我们必须对我们存在的时空投以目不转睛的凝视。这要求什么？要求我们孤独和凝望。所以可以推理得到的结论是：孤独和凝望是我们发现存在之永恒的要素。

卡缪另一个于我心有触动的思绪是，他对人和大自然的连接性、协同性的认可。

梅尔索一生中没有爱过什么女人，因为他认为爱情会束缚他，让他远离快乐。但是唯有露西妍让他觉得有精神上的需要和依赖。他居然还和露西妍名义上结了婚，当然他只接受她偶然过来陪他住个两三天。奇妙的是他握着露西妍的手的时候，他感到了大地的安慰力量。

“她（露西妍）把整个脚底板贴放在暖热的石板地上，以此为着力点，轻盈地迎风蹬步前进。在这个举动中，她的洋装服帖着她，勾绘出她平坦紧致的腹部。她向后拢的一头金发，小巧直挺的鼻子，乳房曼妙的曲线，让她展现出一种她和大地协定相连的秘密默契，使她的举止四周的世界都得听从。梅尔索感觉她的一举一动仿佛和世界相连了。”

他握着她的手，彼此一言不发地走在路上，他和她的步调神秘地一致，这个过程中，他感受到了和她的协同；因为她和世界的协同，他也和世界协同了，于是他找到了这个世界的全部意义。

最后，当梅尔索终于孤独下来，成了大自然的一部分，日出的时候起床游泳，日落的时候看太阳西下，他顺应了大自然的节奏，于是他终于感觉世界是属于他的了，“并感觉从红色大海转为绿色大海的短暂片刻，每一秒都为他呈现某种永恒”。于是他找到了比较长久的安宁和快乐。

最后他虽濒临死亡，可是却找到了快乐，他看到天神在对他微笑，他自己也在微笑。在最后一秒中，“他成了众多石子间的一颗石子，在内在的喜悦中，回归静止世界的真相”。

就这样，跟着他的思绪慢慢走来，我发现我这种对哲学理论一窍不通的人似乎也看到了他点亮的哲学微光。当我们可以悉心关注包围我们的时空，并在时空中找到我们和它的内在连接，那么我们便得到了大地之气、世界之气，我们便找到了永恒，也找到了永恒的快乐。

旖旎的文字世界

——托马斯·沃尔夫的小说

托马斯·沃尔夫的书只要看几页，就可以心悦诚服地被征服。他恢宏的思想和深刻的洞察力被披上了诗意的想象力外衣，像风一样，在浩瀚又多变的生活海洋上任意地游走驰骋，翻云覆雨，所向披靡。他的小说像是希腊美艳的海伦，披着名贵的天幕一般的黑色丝绒长裙，拖地的裙上缀满了每一颗都价值连城的珠宝，逶迤而来，高贵迷人，她的一丝一发、一笑一颦牵动全世界所有男女的灼热目光。对，就是这样的！

所以，我想他应该是最了不起的美国小说家！不对，那么海明威呢？那么他是最伟大的美国诗人！不对，那么惠特曼呢？那么他是用诗来写小说的最伟大的美国作家！好了，就那样吧，不要太谨小慎微了，有时候不把话说得绝对，就一点都不好玩。

我看了他的两部小说，《天使望故乡》和《网与石》。说真的，他的小说太长了，前一本六十万字，后一本六十五万字。据说已经被编辑删减了很多，否则更长。可见他的才气是满到了溢出来。还没有出门，刚迈出左脚，就是一首散文诗，再跨出右脚，又是一大段抒情诗，所以他边走边吟唱。小说推进缓慢，很有普鲁斯特洋洋洒洒意识流的味道，但是感觉完全两样，如果普鲁斯特是苏州园林，那么托马斯便是北京故宫。

那天深夜看《网与石》，看到我差点要吐。在精神上那么迫不及待要看下去，可体力上又那么疲倦，头一次体会什么叫力不能支。

如果你没有时间来看它们，那么让我来讲给你听吧，相信我可以把小说最优美的部分呈现给你。

这两部都是以自传为基础的小说。就文字而言，两部都非常优美。就情节来讲，我更喜欢《网和石》。

《天使望故乡》讲他从出生到十九岁入大学前期间的历程；《网和石》主要讲他大学生活到工作，从十九岁到二十六岁之间的遭遇，包括了他在二十五岁开始写《天使望故乡》的心路历程。他在二十七岁，凭借小说《天使望故乡》一举成名。

托马斯于 1900 年出生在美国南方，父母是极其奇异古怪的人。托马斯的母亲是个地产投机商，极其吝啬，爱财如命。房产买了一处又一处，为不断的无休止的投资和丈夫吵架分居。她将自己房子的每个房间都出租，开起了旅馆，给自己才留了一个房间，还要和别人合用厨房。为多挣几个钱，还要为房客煮饭……托马斯的父亲是个墓碑雕刻匠，精力旺盛，酷爱远游，一生都渴望远方，又嗜酒如命，真正的不醉不休……这样没有诗意的父母倒是生出了他，一个极其敏感的文学天才。

在摇篮里他度过了最孤独和无助的婴儿时光。他说："由于肌肉控制的能力尚缺乏，口齿也不清楚，加上一阵阵的寂寞，脑子里只能胡思乱想。"由于没完没了的睡眠，每个亮晶晶的日子就那样变混沌了。还在摇篮里的时候，他就意识到了语言文字的重要，可不，要是一出生就会看书和说话，为什么要那么绵长的痴睡呢?

他两岁时就对字母感兴趣，一看可以看几个钟头，潜意识里他知道那里有通往外面世界的密码。三岁时父母给他买了很多书，父亲还教他背儿歌，然后他便拿着书背，邻居以为他三岁就认识那么一本书的字，都惊为天人。不过他确实也认识了很多字，那时候他都已经可以阅读《格力佛游记》了，父亲也会给他念莎士比亚的名段。他记忆力很好，所以六岁前就可以大段大段背诵莎翁的诗句或台词。

他六岁入学，也是那年他学会了写字。

十一岁被送入私立学校，开始接受良好的文学教育。

十二岁开始就成天做白日梦，遨游在一个想象的内心世界中。他想什么呢?我简要地说给你听听。说某天他救了一个富有的被丈夫欺凌的美丽妇人，妇人的美貌让他钦慕。然后重点来了，重点是当那位社会地位高贵的夫人感激地邀请他深闺浅酌，要投怀送抱的时候，他将她丰腴的玉臂、苗条的胴体，轻轻地推开了。一直等到发生境内革命，那位夫人流落成平民，他才又救她出来，娶她为妻。看，他男子汉的尊严即使在爱情梦想中都毫不含糊。那时候他十二岁!

他还想某一天火山爆发了，其他所有男人都逃难出走了，只有他幸存。于是他独自沉湎于名贵的糖果食品店，吃遍所有山珍海味，跑到地窖，尽情享用来自世界各地的美酒琼浆，还要随手砸碎金颈的香槟瓶，让美酒汩汩流出。每天随他高兴地换衣服穿，每天换房子住，换床睡，每天用淘汰法选三名美女向他曲意殷勤，用市政府的大钟把其中一个叫来服侍他。他所要的就是那样奢侈又孤独的生活。是的，绝对的奢侈，绝对的孤独。那时候他十三岁!

后来他学会抽烟了，他说，他渐渐地跟美丽的尼古丁姑娘亲近起来，她像可爱的幽灵缠在他的脑中，把她娇喘的香气留在他的鼻孔里，她富于刺激的香吻留在他的嘴唇上。看他这样写，写得如此旖旎，你不想抽支烟试试？那时候他十四岁！

十五岁时他差不多熟读了所有英文抒情诗，而且颇有心得。

十六岁进入大学，在写作方面崭露头角，成为校刊编辑。

二十岁毕业，那时候他深爱的沉默孤独的哥哥阿宾因病去世。看着哥哥渐渐地枯萎，他在文章中用了很大的篇幅来描绘死亡，写得非常精细。你看："在过去的许多钟头里，从那具羸弱的躯体里发出来的断断续续的声息，似乎代表生死之间最值得珍惜的一点东西，现在停止了……突然间不可思议地，阿宾长长地深深地吸进一口气，他的眼睛又张开了，他的两眼在可怕的刹那充满了他整个一生的景物，他似乎脱离了躯体毫无依恃地坐起来，是一瞬间的火焰、光明、荣耀，终于在死亡中与他孤独的人生旅程寸步不离的幽灵会合，同时他利刃般的目光最后扫视了一下屋子，以藐视一切的大无畏精神，立时三刻隐蔽到死亡的阴影中去了。"这是他在写阿宾的死，由此让我们看到了整个人类的临终。

看到阿宾死去，更坚定了他离开故乡的决心。然后他去哈佛大学继续深造。

一个美国南方小城里的人来到北方的大城市会怎样呢？他写得再尖刻不过："世界上没有人比美国南方来的人更热爱和忠于那片热土了——至少在口头上如此。他们一旦离开那片热土，到这个国家其他不怎么公平和幸运的地方谋生，就会随时为捍卫那片南方故土的荣誉而战……事实上，除了永远地回到南方并在那里生活这件事之外，他们几乎愿意为挚爱的古老的南方做任何事情。”看他这么写，你会想到些什么？我想到的是很多移民到国外的华人除了坚持要生活在国外，他们似乎愿意为祖国做任何事。一个多么奇怪的悖论。

毕业后，他在纽约大学执教，租了一个小房子独自生活。白天他拼命写作，做一个文字国的君王，晚上他孤独地在街头独走，像个乞丐。那时候他愤怒，因为没有一扇门为他打开。那时候他二十三岁。

他哪里知道他距离美丽的爱情、辉煌的荣耀都只有一步之遥。

二十四岁时，他在一次去欧洲旅行的归途中，遇到了一生中的挚爱——埃斯特·杰克夫人。她是一个中年戏剧服装设计师，容貌姣好，身材瘦小，精力充沛，活力四射。在海轮上经人介绍，他们认识了，然后一起看过演出，喝过东西。除此之外他还爱上她了。航行结束他们各自回家，他觉得特别思念她，一直等待她的信，但是一直没等到。于是他就开始怀疑她已经将他忘了，他说：“她不过在一次旅途中随意戏弄了一个恋人而已……她既然回了家，就有她自己的家人、朋友，再次的旅行，然后更多的恋人和浪漫故事。”这样想来，他觉得他被伤害了，于是决定忘记她。可是她如花的容貌，快乐的表情，充满活力的身体，以及在拥抱中的承诺，都带着幻景般的熠熠光芒不断地闪烁在他的记忆里。最后，他决定写一封信。信中他态度高傲，对他们相处的日子一笔带过，还很随意地说如果她愿意来一见的话，他会十分高兴，如果不愿意见的话，那也没有关系。他的信一共写了十七页。他后来不断压缩、润饰，尽量让信读起来随意文雅，最后定稿的最佳书信仍旧十一页长。他将信投入邮箱因为不放心又取出来，然后又丢下去再取出来，光是这样投递一共花了他两天的时间，直到信都起皱卷边了，才一狠心寄走了。

第二天早上，他就接到埃斯特的电话，约他晚上去看她的剧团的演出。他终于又看到了他的埃斯特，有多少话要讲，可是演出之后，她叫了车，送他回家，如此而已。一个“徒劳的不圆满的结局”！

直到他二十五岁生日那天，她约他一起吃生日午餐。他记得她约的是十二点，于是满心幸福地等她到来。可是十二点她并没有到来，他的幸福的美酒一滴一滴流走了，他觉得他被愚弄了，怒气冲冲地离开。就在那时，他听到她在身后叫他，他转过身看到她红着脸生机勃勃地快速跑来，他知道这个世界为他打开了大门，他们彼此紧握着手。她说：“看到你不等我就要走了，我的心都刺痛了。”晚上他们一起喝酒了，他告诉她他所有的梦想，她说：“你会的，你是最棒的！”他觉得幸福极了，一边是心爱的女人，另外一边是辉煌的理想。他喝醉了，酩酊大醉，她送他回家，当他意识到她是在送他回家，想把他孤零零地遗弃，他愤怒极了，当她的面狠狠地关上车门，让她滚，回到家他就失去了意识。那天，他二十五岁！

第二天早上还是她打电话来问候他，约他晚上看演出，他一直想要她为前一天的事道歉，她怎么说呢：“听着，我和你之间没有什么要交代的，没什么要解释的。当我在船上遇到你，我就知道我始终都理解你。当我看到你的信，看到信中的笔迹，就知道是你写来的。我清楚自己又找到你了，昨天，当我来见你时，看见你准备离开，我以为你要离我而去，这种想法就像刀子在心上转动，然后你转身站在那儿。就这样我们待在了一起，当时只有我和你。就是那么回事，我始终理解你，我们始终在一起。没有什么需要解释的。”是的，还有比这个更简单更朴实的爱情表白吗？没有了，就是透彻的理解，就是在一起。于是他们之间的所有疑虑和拘谨都烟消云散了。他们相爱了。

他说她无情地居住在他的生命中，主宰他生活中的每个行动，每份感受和回忆……如果她只是栖居在心底，或者像一个骄傲的女皇踞坐在他大脑的暂时意象里，那么她完全可以通过某种意志的努力驱走她。但是，她已经置身于他的肌肉里、血液里、生命里，就像一个再也无法从其母体驱逐出去的精灵，微妙且有力……她随着他的每一次呼吸来来去去，随着每一次脉息的搏动跳跃、运动。

他对她说："我能用你的肉体喂饱我自己吗？把你的生命和娇艳全部吸进我的身体，带着你到处走动，把你吸进我的肺里，把你放在我的脑海里，把你永远放在我的血液里，去挫败敌人，嘲笑死亡，爱我并安慰我，用智慧增强我自己，使我的生活处处顺利，使我因你的爱情永远健康、强壮、愉快和成功！"

而她底气十足地大声说："行，永远都行！"

他们两人都相信这是真的。

在她的爱情滋养下，他也疯狂地开始了《天使望故乡》的创作。

在二十六岁，他写完了该小说。可惜的是等待独具慧眼的出版商出现的日子太长了，他的自尊受到了重创，他一天都等不及了。于是诗人疯狂的成功渴望变成自暴自弃，诗人蓬勃的激情变成了莫名的怒火，他不但开始伤害他自己，也开始伤害她，于是狂风暴雨都侵袭到埃斯特的身上。埃斯特想要鼓励他振作，想要让他从迷失中看见希望，想劝告他不要浪费自己的才华，可是这一切努力只是让他觉得更加压抑，让他觉得尊严荡然无存。于是他们不断地吵架，每次她都泪流满面地被暴怒的他赶走。最后他决定离开她，孤身去欧洲。

他登上去欧洲的巨轮，一上船就收到了她充满爱意的信，于是他满载着对她的思念远渡重洋。

十月的夜晚，埃斯特坐在一条孤独的长凳上，想念他。她想去找他，告诉他有些事永不会变，有些事会万古长青。

小说写到这里就结束了，我刚好也累了，像一棵水草，被大海的惊涛骇浪拍打累了，恐怕也连累到了你。

他和埃斯特，据说会在《你不能再回家》中重逢，我非常期待。

坐在那里，我不断地想沃尔夫怎么能将往事写得那么真切，那么好。写书的时候他二十五岁，我相信他能写好他的二十五岁，因为很多意识流的作家是带着录音笔边走路边记录思绪和意识的，这让写意识流这件事听起来没那么难。而他怎么能将他的六岁，他的十二岁，他的二十岁时的心绪在那么多年后仍写得那么好？还有十二岁时的阳光。看他写《金色之城》那章的时候是在晚上，那时我戴着耳机在听《维也纳森林》。他大概这么写："这束光芒呈黄褐色，像放纵的女人躺在胡桃木床上的性感四肢；这光芒呈褐金色，像古老的砖砌建筑，散发金钱和商业的气息；在黄昏的戏院里，这光芒呈纯金色，带着纯金般的热情和色泽照耀在女人纯金色的胴体上；在大饭店里，这光芒呈纯金色，像又粗又壮、光滑温暖的条纹大理石柱子，就像在深色圆瓶里密封多年的佳酿。此外这光芒，完美而丰富，就像秋日里宜人的田野，呈褐金色；就像收割过的田野，呈红铜色，堆放着一束束饱满的赤黄色玉米，在那些巨大的仓库里储藏着熟透了的香气四溢的苹果。"

他这样的描写让我耳朵里听到的《维也纳森林》热烈的音乐也刹那间呈现出金色的光芒，我仿佛看见欢快的男女穿行在金色的阳光闪烁的树林中。树林里葡萄成熟，苹果成熟，芒果成熟，他们大杯大杯地畅饮美酒，载歌载舞……我好像第一次在音乐中如此确定地感受到画面，感受到秋收和快乐。文字的魔力和音乐的魔力巧遇了，他们交织在一起，交相辉映，让漆黑的夜晚光明如同白昼，让我不由得站起来，急迫地想要告诉什么人，想要邀他来共舞。

我想天才沃尔夫的脑袋像一块巨型海绵，吸收了成长过程中所有点滴的感觉，然后这些感受被分区规则摆放，都静静地存放在他的记忆岛屿里。在他二十五岁写作的时候，仿佛一个统帅一声令下，它们全部整装列队，准备接受他的检阅，听从他的调遣。如果要写十二岁，他只要向十二岁的海岛岸边抛出一根缆绳，然后他便可以渡船而去，和它们会合。

想起前几天，我看了张老师的几幅画作，一幅叫《少陵原之雪》，很是喜欢，便问她这是哪里，她说在西安。然后我说："要在西安住很久才能画完它吧？"她说："哪里，画这幅画的时候人在温哥华。"我就很惊讶了："你画画不需要参照？"她说："都是靠记忆和想象。"哦，原来画画都可以这样呢，和沃尔夫很像。真正的高手都已经不在临摹和写实的阶段，他们的作品都成就在记忆和想象的境界中了。

这便是他众多网中的一个记忆之网。

可惜的是如此才华横溢的天才英年早逝，三十八岁时在一次旅途中死于肺炎。

他的书每一本都很长，但是并没有几部。还有《时间和河流》和《你不能再回家》，我还没有看，只是想着便觉得欣喜，它们像珍藏的佳酿，在不远处等我去开启和品尝。

《老人与海》与海明威

诺贝尔文学奖的作品，看过一些。有些时候真不大理解为什么诺贝尔文学奖选了某个作家。看完海明威的《老人与海》，对于1954年的诺贝尔文学奖颁给他，觉得实至名归。

小说情节简单，然而描写得细致精到，荡气回肠。说有个老渔夫，由于气候和坏运气，连续八十四天都没有捕到鱼，但他没有灰心丧气，仍然坚持出海捕鱼。他驾船到远海，放下鱼饵。下午时分，一条比他的船还长两米的大鱼上了他的鱼钩，然后他被鱼拖着走了两天两夜。最终他将鱼杀了，绑在船身，准备回家。正如他预料的，事情不会这么简单。大鱼被杀之后，暗红的鱼血往海里下沉，鱼腥味引来了鲨鱼，他和鲨鱼奋力搏斗，杀死了鲨鱼，但是鲨鱼已经吃掉了四十磅鱼肉。然后又有两条鲨鱼来了，成群的鲨鱼也来了，他虽然打败了所有的鲨鱼，可惜鲨鱼吃掉了所有的鱼肉。他筋疲力尽，却只带回了鱼的骨架。

很少看到如此缺乏人物的小说。小说中只描写了一个孩子，一个老人，一片海洋，几条鱼，几只鸟，却展现了无比细致的内心世界，呈现了无比生动的大海的面貌。就像海明威自己说的：“我试图描写一个真正的老人，一个真正的孩子，一个真正的大海，一条真正的鱼和许多真正的鲨鱼。然而，如果我能写得逼真的话，他们也能代表许多其他的事物。”

书中的孩子是个非常善良的孩子，从五岁起跟老人出海捕鱼。老人教会了孩子捕鱼，孩子尊敬他，爱他。由于老人的运气实在太差了，在连续四十天没有捕到鱼的时候，父母不让孩子跟老人出海了。可一旦孩子跟别人打鱼归来，就会尽他的能力，坚持照顾打鱼归来的老人的生活。他对老人说：“只要我活着，你就绝不会不吃饭就去打鱼。”他边看着老人吃东西，心里边想着要为老人弄块肥皂，弄条干净毛巾，弄件衬衫，再弄件冬天的外套，还有鞋子，再来条毯子……他一样一样地为老人着想。老人出海好几天未归，他会天天早上去老人的窝棚，看老人是否回来。那天，他总算看到老人回家了，但老人睡着了，又受了伤。他一边掉着眼泪，一边去外面给老人弄吃的。最后他对老人说：“我要同你一起去打鱼……我还有很多东西要学……我要把什么都安排好。”

《老人与海》本是一个悲剧性的故事，但是这个善良的孩子却带给大家一点温暖，一点希望。

老人是一个善良的老人。他极富同情心，也极其知足，知足到让人心酸。比如他同情海燕，心想大海如此残暴，为什么这些海燕如此柔弱和纤巧？它们可是生来就柔弱得不适宜在海上生活！

他同情被他捉到的鱼，本来它们可以在大海中自由游动，现在却被他杀死了。

他甚至同情他的敌人，比如鲨鱼。因为鲨鱼不是食腐动物，它们那么崇高而美丽。他对鲨鱼说：“快回家吧，回到妈妈那里去。”

他用代表女性的“她”来称呼大海，因为他爱大海。虽然有时大海很残暴，可是他知道那不是她的错，她也没有办法。他甚至觉得他以打鱼为生是何等幸运，如果天生要以捉天上的星星或者太阳为生，那才命苦呢！

老人是一个富有经验的渔夫。他知道风和云预示着什么天气。他知道如何精确地将钓饵放到合适的位置。他知道什么鸟儿的俯冲代表海水下游着什么鱼。他知道如何让手和脚牵着绳索感觉鱼的动静，同时让自己休息一会儿。他也知道如何补充自己的体力。

老人是个极其孤单的老人。老伴过世了，只剩下他一个人。以前墙上挂着妻子的彩色照片，可是看着觉得自己太孤单了，就取了下来，放在屋角一块搁板上，一件干净衬衫的下面。一个人外出捕鱼，太孤单了，孤单到他必须自言自语。他同鸟儿说话，问它们是第几次出海。他同鱼儿说话，问它们累了没有。他同自己的麻痹的手说话：“这算什么手啊，随你抽筋去吧。变成一只鸟爪吧，对你可不会有好处。”他自言自语说他的朋友很多，除了鸟啊、鱼啊、星星啊，还有他的梦。以前他老是梦到妻子，梦到风暴，梦到很多地方，到最后，他只梦见狮子了。在我看来，这狮子应该是个隐喻，代表勇气。其实孤单的老人，除了勇气之外，一无所有。

老人是个勇敢的老人。他年轻的时候，跟人较量手劲，较量了一天一夜才赢了。八十多天捕不到鱼，他也未曾灰心丧气，也许明天就转运呢！第二天，他依然早早出海，认真准备。大鱼来了，跟大鱼斗，鲨鱼来了跟鲨鱼斗，任何困难来了，他都不逃避，都尽力搏斗。他说：“人不是为失败而生的。一个人可以被毁灭，但不能被打败。”

你看，这位老人善良，勇敢，富有经验，可是命运却未曾为他做相应的安排。他一生穷困，妻子早逝，没有孩子，孤苦伶仃。最近又八十多天没有捕到大鱼。总算钓到了，可鱼又太大了，他被鱼拖到远处了。即使最后成群的鲨鱼都被他制服了，但他也未能带回丝毫鱼肉，他真是倒了血霉。从物质上讲，他真是一无所有，一个彻底的输家，可是我们又不能这样讲，因为他有可贵的勇气。勇气，这股勇气，成了我们人类和逆境抗争的鲜明的旗帜，是海明威将它高高举起。

最难写的小说，最卓越的艺术作品就是这样的，在最简单的情节和叙述中，让读者看见最辽阔的世界。这不愧是海明威的巅峰之作。他自己都说："这是我这一辈子所能写的最好的作品。可以作为我全部创作的尾声，作为我写作、生活中已经学到或者想学的这一切的尾声。"

每次看完一部好作品，我总不自觉地会对作者产生好奇：他是什么样的人，经历过什么事，才可以写得这么好?

于是，我去看《海明威传》，得以多了解一点海明威，就放在这里作为补充。

他出生于一个小康家庭。父亲是医生，母亲谙熟音乐。他从小就接受了母亲的艺术熏陶。

他的骨子里天生有股英雄的劲道。十八岁时他离家，离开家的第一件事就是寻找一个战场。这时正值一战，他辗转到了巴黎。一到巴黎，他立刻叫了一辆出租车，告诉司机带他去"炮弹落下来的地方"。他多付了很多钱，司机才载他在巴黎城中穿行来寻找炮弹。总算听到炮弹从头顶呼啸而过，击中了附近的教堂，他才愿意待在这条街上的饭店里。第二天他又和志愿人员去米兰打仗。你看，他就像他小说中的主人公一样，都是铁骨铮铮的汉子。

他的一生做过的事太多了。他当过军人，留下浑身疤痕，也当过记者，还是个钓鱼的好手，不错的拳击手，斗牛赛马的狂热爱好者。他喝烈酒而且讲究美食，当然他最后是以作家著名。

他二十六岁时出版第一部短篇小说集《在我们的时代里》。

二十七岁出版成名作《太阳照样升起》，描写战后一批流落欧洲的青年的迷惘、彷徨和幻灭感，小说被称为“迷惘的一代”代表作。

长篇小说《永别了，武器》（1929 年），以他在意大利战场的经历为背景，描写一对恋人的幸福被战争摧毁的悲剧；《丧钟为谁而鸣》（1940 年）以反法西斯主义为主题，描写一名美国志愿兵在西班牙内战中英勇牺牲的事迹。这两部反战小说被誉为现代世界文学名著。

随着他名气日涨，对他的负面评价也猛涨，人们说他忘恩负义，说他野心勃勃，说他江郎才尽，等等，他花了很多时间和精力充满激情地来和这些负面的东西斗争。他特别耿耿于怀他人说他才尽。在1951 年，他改版了他在十五年前的报道《在蓝色海洋上》，写成《老人与海》，他总算可以欣慰地说，现在发表《老人与海》，也驳倒了认为他已经才尽的那一派批评意见。看，他对那件事多么耿耿于怀！

中篇小说《老人与海》于 1952 年获得普利策奖。

读过几本他的书之后，你会发现，他的作品都在叩问生和死的命题。早期的作品多半带有对生的戏谑，虽然在战场，他也在戏谑。到《老人与海》，只是一个老人面对大海，对死亡却变得非常严肃了。多年的人生体验终于让他深思熟虑了吧。

海明威在《死在午后》就明确指出：“所有的故事，要深入到一定程度，都以死为结局，要是谁不把这一点向你说明，他便不是一个讲真实故事的人。”

海明威这个当时世人眼中的巨人在年老后，病痛缠身，才思枯竭，已经无法写作了，像一个英雄没有了武器又筋疲力尽，他实在没有力气跟这个世界斗了。于是他选择彻底地孤寂和休息，于 1961 年 7 月 2 日饮弹自尽。

像他自己说的那样："我比从前更爱生活。但是我万一得了重病，我希望去得快点儿。我父亲是自杀的。我年轻的时候，还认为他是个懦夫，但是我也学会了正视死亡。死自有一种美，一种安静，一种不会使我惧怕的变形。"

海明威就是那样无畏的一位英雄，我心中一个真正的铁打的男子汉！

好巧，一部二十分钟的油画动画片《老人与海》也获得了奥斯卡动画短片奖，是俄罗斯年仅四十岁的艺术家用手指在玻璃上完成的油画作品。我觉得有意思的是，当年海明威为写《老人和海》，花了很长时间研究赛尚的油画，他是将赛尚的油画搬到了文字中，现在好，有人又将海明威的文字搬回油画。艺术的相通相容，可见一斑。而其中的精神内涵，我们就这样代代相传。

荒漠中的灿烂千阳

不知道你有没有看过《放风筝的孩子》，真是写得好，非常细腻非常感人。我是几年前看的，记得看过之后刻意地看了几遍这个作者的名字——卡勒德·胡塞尼。

后来又看到这个名字成为另外一本书的作者，当时就想《放风筝的孩子》已经写得这么好，再出一本，不过瞎混，怎么再有可能超越？就像我不大相信曹雪芹可以写第二本书一样。而且书又很厚，所以我几乎没有犹豫就略过它。你看，我就是这样的人！

不久前在小玉庭，看到装饰用的书架上，这本书被放在中央，就有点惊讶，于是就想，我应该看看这本书——《灿烂千阳》。

我是不大追求情节的，但是这本书实在有太多的故事在里面。

故事发生的地点是阿富汗，时间在 1960—2003 年之间。

先说的是一个叫玛丽安的小姑娘，她的父亲是一方富贾，财产众多，妻子众多，儿女众多。她的母亲原本是父亲家里的一个女佣，在怀了玛丽安之后，就被隔绝到一个远离人群的小屋里去住。玛丽安出生之后就一直跟母亲住在那个小屋里，有十五年之久。每周她父亲来看她一次，派人来送日用品一次，一个《可兰经》教师来讲课一次。在那么闭塞的童年里，永远西装革履、手指修长、香味飘逸的父亲的来访是她最盼望的时光。她感觉父亲是爱她的，也坚信父亲是爱她的，倒是母亲老说父亲虚伪，让她颇为反感。在她十五岁生日时，父亲说可以满足她一个要求作为生日礼物，结果她的要求是去城里父亲的戏院里和其他的兄弟姐妹一起看电影。然而第二天父亲并没有依约派人来接她去戏院。于是她自己走路去城里找父亲。真正的灾难开始了。父亲躲在豪宅里没有接待她，让司机劝她回去。她倔强地蜷缩在屋外过了一夜，第二天一早还是坚持要见父亲。后来，父亲的司机强行送她回小屋，结果却看见她的母亲自杀了，因为母亲以为女儿也丢弃了她，她的唯一希望破灭，就上吊了。然后她被接到父亲的房子里住了两天，之后就被那些父亲的妻子们说了媒，把她嫁到喀布尔，嫁给一个将近五十岁，比她大三十几岁的鞋匠。让她最伤心欲绝的是父亲居然没有一丝一毫要保护她的意愿。于是，从未出过远门的她就在两天内，带着怨恨、悲伤和恐惧嫁到了喀布尔。她因为几度怀孕，几度流产，最终没能生育而被丈夫拳脚相向，在另外一个小屋里悲惨度日二十年。在她嫁到喀布尔四年之后，另外一个邻居家的小姑娘出世了。

这个女孩子叫莱拉。美丽的她长到十五岁时还算幸福。父亲是个知书达理的教书匠，一心要她受教育。她也有个青梅竹马，互生情愫的男孩子，叫塔力格。也是十五岁那年，战争让塔力格为了父亲的健康远走他乡。他们太相爱，太不忍分离，太想留下些什么了，于是在离别的那天，他们献身于彼此。一个月之后，就在她和父母也打算远走他乡的前一天，一个炸弹毁了她的家，让她失去双亲。

巧的是玛丽安的丈夫那个鞋匠将莱拉从瓦砾中挖了出来，和玛丽安一起抢救并照顾了受伤的她，直到她康复。鞋匠希望娶莱拉为妻，所以施了一个诡计，让人来告诉莱拉说她的塔力格死了，于是她完全无处可去了。莱拉本无意求生，但是那时她发觉自己怀了塔力格的孩子，为了孩子，就同意嫁给了鞋匠。

于是她和玛丽安，这两个相差十九岁的女人和一个男人住在了同一个屋檐下。开始玛丽安对莱拉充满敌意，因为莱拉抢了她的丈夫。莱拉一直厌恶鞋匠，但是为了女儿，她一直忍耐和保持沉默。鞋匠呢，一直想生个儿子，玛丽安不能生，而莱拉又生了女儿，而且也怀疑这孩子不是他的，所以他唾弃她们。就这样，三个人别别扭扭地生活在一起。

莱拉的女儿天生就喜欢玛丽安，这种友善和依赖让玛丽安的心渐渐柔软。某个午后，莱拉和玛丽安互诉过往，玛丽安才知道原来这个小女婴和她一样是个私生子，从此更是对女婴爱护有加。莱拉在知道玛丽的悲惨遭遇之后也冰释前嫌。悲惨的日子，从此她们相依相靠。

后来莱拉给鞋匠生了一个儿子。但是不断的战争和政治动荡使大家食不果腹，面临饿死的困境，莱拉只能将女儿送到孤儿院。

这时候，突然塔力格来找莱拉。他们相见的事被鞋匠知道后，莱拉惨遭致命毒打，为了救莱拉，玛丽安杀了鞋匠。莱拉要带全家人包括玛丽安远走他乡。但是为了让莱拉与杀人案撇清，为了莱拉的幸福，玛丽安毅然自首，于是被判死刑。而九死一生的莱拉从此和塔力格一起生活，虽然艰难，但是有相爱的人陪伴左右。

情节大概是这样，但是感动我的不是情节，而是胡塞尼的细腻笔触。

他写虐待，写玛丽安被丈夫逼迫吃沙子的过程，写玛丽安被打掉门牙，被打得遍体鳞伤的悲痛；写她的恐惧，说她看到鞋匠就瑟瑟发抖的状态。因为恐惧，玛丽安这样软弱的女子可以忍耐这一切苦难。

他写饥饿，写饥饿时的感觉和样子。说原来被蛇咬的人都还是睡得着，饥饿的人却睡不着。

他写战争，写炸弹从发出响声到落地爆炸的几秒钟里撕裂性的煎熬，写战争的野蛮，写被害者被绑在树上，被烧焦，或者被挖掉眼睛和割掉舌头的惨状。

他写苦难，写肮脏的医院，在没有任何消毒和麻醉下的剖腹手术。

他写孤单，写玛丽安一个人与世隔绝的孤苦伶仃，孤单让她害怕，但是孤单却同样让她觉得有稀薄的安全 。

胡塞尼出生于喀布尔，是一个外交官的儿子。1980 年由于苏联入侵，他们全家移居美国。他主修医学，后来担任美国驻联合国难民总署亲善大使。他洞悉人心到如此幽微的地步，让我非常惊讶。看完书，我看了胡塞尼的照片好久，看他的眼睛，仿佛是瓦檐森严的尊贵人家一扇神秘的窗。他为我们打开一扇了解阿富汗人生活的窗户。这种生活绝不是每次电视新闻中匆匆闪过的一个死亡或者灾难的画面，它有血有肉，有痛，有气味。

和平生活中的人们常常说要公平和自由，但是人从落地的一刻起其实就没有那么公平。为什么有人一落地就在穷乡僻壤，而有人一落地就山腴水沃？有时候，人连选择出生地的自由都没有，还奢谈什么其他？也许正因为如此，我们更要争取自由。

说真的，我一直不喜欢伊斯兰教的女子穿那种封闭的叫作布卡的衣套，只露出一双眼睛。但是现在我明白了，除了遵守教义之外，布卡对于伊斯兰的妇女有另外的用途，因为无论她们美丽或丑陋，年轻或年老，布卡都可以成为屏障，让布卡里面的身体免受外在的垂涎或歧视，同时，也可以阻挡布卡里面苦难的躯体向外泄露她们的不安。而更可叹的是她们一出生就注定要信奉这种对女子不公平的教义。她们无法接受教育，无法自立，无力抗争，没有尊严。通过这本书，我却可以走进她们的心，接近她们。

是的，这就是胡塞尼，用他的眼睛，他的心，他的笔，让我们产生最深切的同情。

但是在这一切苦难之外，他也写亲情，写爱情。

他写玛丽安童年那短暂的美好时光：她要么坐在父亲膝盖上听他讲故事，比如《小木偶奇遇记》；要么跟他去捉鱼，学习抛鱼线、收鱼线、剖鱼，还在等待的空档唱歌……

他写小女婴趴在玛丽安的肩上，嘴里咕咕哝哝的，柔软的小脸埋在她的颈窝里，玛丽安感受到从未有过的依赖和爱……

他写莱拉、莱拉父亲和塔力格去参观巨佛的一次旅行，塔力格在小溪旁的树下睡觉，爸爸在合欢树下看书，莱拉把脚泡在溪水里，头顶上蚊子嗡嗡叫，白杨籽儿随风飘荡，而莱拉做着白日梦……

他写爱情，写塔力格的短暂离别，莱拉的思念。写塔力格为了保护莱拉的安全，放在口袋里的枪。写他们的尴尬，说莱拉和塔力格在少年的时候一起看电影，电影中有接吻的场面，他们尴尬得口干舌燥。塔力格突然冒出一句话："我是永远不会结婚的。"莱拉也附和："我也不会……"

即使在战争中，在炮火的间隙中，在荒漠中，和平和友爱也会长出新芽，即使在悲苦的生活中，我们也能感觉到这些爱的微光，像干涸的泥土中冒出的一股细流，像漆黑的夜里微弱的光亮，胡塞尼就叫它为灿烂千阳。

最深邃的眼睛

——托妮·莫里森

不久前回国，逛过一回书店，发现国内的热闹毫不例外地也沾染到书上。怎么说呢？就是发现很多书的封面装帧都设计得极为热闹和繁复。引言、图片、评论恨不得全部堆砌在封面上，封面显得有些不够用，所以呢，在外面再加一圈腰封，像小个子的女生戴上大围脖一样，累赘透顶。所以从国内回来，在温哥华图书馆看到这本书，一下子就吸引到了我。装帧出奇简洁，封面是纯粹的米白色，正面、反面、侧面都是米白色，极细极小地在正面右上角印了三个浅灰的英文单词，即书名《The Bluest Eye》（《最蓝的眼睛》），如此而已，连作者名都没有。一本书可以宁静到如此，就引起了我的兴趣，直觉告诉我那是本好书，所以就借回家读。

读完之后不禁肃然起敬，原来这个托妮·莫里森有着极深刻的思想和极敏锐的观察力，但行文却毫不晦涩，相反地，却机巧优美。后来看了后记，才知道她原来是个诺贝尔文学奖得主。果然不同凡响！

《最蓝的眼睛》讲一个黑人家庭中的黑人女孩的悲惨命运。女孩子叫佩科拉。

佩科拉的妈妈宝琳在小时候因为一枚铁钉从脚底穿透而成了瘸子，从此在家里十一个孩子中她就更无足轻重了。深沉的自卑让她到哪里都缺乏归属感，她每天怀着少女的梦想为全家人干着永远干不完的家务。

佩科拉的爸爸乔里在出生四天后被用报纸包着扔到了垃圾桶边，由一个老人捡起来养大。十几岁时老人死了，他就彻底没有了家，仅凭着一丝线索他千里迢迢边打工边赶路，花了几个月时间去找父亲，可是正在赌博的父亲给了他几块钱就叫他滚。

就是这样两个缺乏爱的寂寞的黑人男孩子和女孩子在某一天偶然相遇了。乔里看到靠着篱笆的宝琳用一条瘸腿摩挲另外一条腿，突然产生了奇妙的柔情，强烈的情感驱使他去帮她摩挲她的腿，为她止痒。而他的这个动作唤起了宝琳对他以及对生活的全部柔情。

后来他们结婚了，但是互相的柔情和好奇并没有维持很久。宝琳因为蛀牙，一颗门牙过早地掉了，变得更丑了，乔里又开始酗酒了。于是他们常常吵架，甚至开始拳脚相向。

佩科拉就在这样的家庭氛围里出生了。她一出生就奇丑无比，而且先天脊椎弯曲。

在生了丑陋的佩科拉之后，宝琳在一个富有的白人家庭做女佣，从此不常回家了。再后来乔里没有了工作，只是成天在家喝酒。

在被白人厌恶，黑人轻视，家人忽视的环境中，佩科拉稀里糊涂地长到了十一岁。一天乔里酒醉回家，看到丑陋的佩科拉在水池边洗碗，也用一条腿在摩挲另外一条腿。这个场景，让醉酒的乔里从憎恨到爱怜，让他想起了当年的宝琳，结果他做了当年对宝琳做过的同样的事，去亲了佩科拉的腿，最后居然强奸了他的十一岁的女儿佩科拉。

更可悲的是佩科拉居然怀孕了。后来乔里逃了，客死他乡。再后来佩科拉怀的那个孩子也死了，佩科拉差不多在幻觉里疯了。

如果只是要看故事，这个故事其实是不好看的，像新浪新闻中那些不可思议的让人作呕的社会新闻，太愚昧，太悲惨，也太沉闷了。所以我杜绝看此类新闻。但是莫里森的故事意义不同，它的深刻之处在于她不是旨在讲故事，她更想挖掘的是这种悲剧命运的根源。这件事就意义深远。

佩科拉悲剧的发生表面上我们可以说是因为她的父亲，因为乔里禽兽不如。可是我们再问为什么乔里这样酗酒沉沦？我们退后一步来观察他们这个家庭，于是要问佩科拉的母亲宝琳为什么差不多抛弃他们，为什么情愿在富有的白人家庭梳理人家金发小姑娘的辫子，而厌恶自己的孩子和男人？再接下来，我们跟着莫里森再退后一步，走到佩科拉的家门外，去问向宝琳和乔里的各自童年。有多少人从小因为钉子刺了脚成了瘸子？有多少人在出生后被用报纸包了扔到垃圾桶呢？于是我们看到他们因从小被忽视和抛弃而产生的深重的心理阴影。然后其实不用莫里森，我们也知道要去问向和分析宝琳和乔里的父母，于是进一步分析这些父母的童年，如此这般循环往复去寻根。然后莫里森说这一切悲剧的根源是那片贫瘠的土地！

写到这里，想起昆德拉的新书《庆祝无意义》。昆德拉是我极为崇拜的作家，特别是他写的那部《生命中不可承受之轻》，我看了好多遍。十几年前，我还很年轻，曾经想让他等我长大，我好嫁给他。可是十年之后所谓荣耀归来的他写的新书《庆祝无意义》却太过油滑了，兴许是他随着年龄增长看得太透彻了，但是却让我失望，我是不要再嫁给他了，可是他书中的一段文字却让我停顿很久，也和这里有点搭：

“……一个人的长相是无法选择的，性别也不是你自己选择的。还有你的眼睛的颜色，你所处的世纪，你的国家，你的母亲。重要的一切都不是你自己选择的。一个人只对无关紧要的事拥有权利，为它们那就实在没有理由斗争或者写那些什么宣言了！”

昆德拉这样写不过是为了说明很多事情的无意义，但在这里也能用来解释佩科拉悲剧的根源。正是无法选择的父母、肤色、生活的土壤、国家、时代决定了某些人人生剧情的悲喜。看，莫里森也不得不同样地得出这样的结论。

《最蓝的眼睛》是这样开头的。佩科拉邻居家的两个姐妹因为佩科拉怀孕的事开始种花了，希望金盏花发芽、开花，就可以保佑佩科拉没事。可是那年她们种的金盏花没有发芽，于是这两个小女孩就想可能是因为她们把种子埋得太深了，因此懊恼不已。后来她们发现不光她们家的金盏花没有发芽，别人家的甚至湖边花园里的都没有发芽。因此不是因为她们把种子埋得太深了，不是她们不会种花，而是贫瘠的土地养不了花，就像佩科拉的父亲将种子种错了地方。

小说的结尾，那个本来就丑并且驼背的佩科拉还没有长大就因为怀了她父亲的孩子而更被人嫌弃了。她没有抱怨任何人，甚至不恨她的父亲，其实只有父亲是爱他的，只是爱错了。而佩科拉一味地以为这一切悲剧的原因只是自己没有一双像白皮肤的秀兰·邓波儿一样的蓝色的眼睛，所以她祈求一个心理医生给她一双蓝色的眼睛。在她误以为被换上了蓝眼睛后，她差不多疯了。困扰她的是她担心自己的眼睛不够蓝，担心还有人比她的眼睛更蓝。

莫里森最后说：“她每天徘徊在垃圾和废弃物之间，仿佛在寻找什么，也许是被谋杀的东西。我以为是种子埋得太深，其实过错在于土壤，在于小镇的土地。甚至那年全国的土壤都对金盏花怀有敌意。这片土地对于某些花卉来说，生存条件太过恶劣。当土地决议展开杀戮时，我们默许了，说什么受害者无权生存。当然，我们错了，然而这无关紧要。已经太晚了。在我家乡的垃圾堆和向日葵中间，一切都太晚了。”

在这块贫瘠的土地上，所有的天真、信念、希望、爱全都颗粒无收。

莫里森用这个故事到底要告诉我什么？她告诉我，她家乡的同胞是如此不幸，而不幸的根源又是如此深沉而久远。她告诉我，我们歧视是因为我们不懂得，而进一步告诉作为读者的你和我，其实我们不用骄傲什么，比如美貌，比如聪明。很多时候我们拥有一些什么只是因为我们比很多人幸运，比如出生在一个比较和平的年代，出生于一块比较肥沃的土地，有一对比较有责任的父母。

而我更认为，看书的终极意义正是——让我们学会理解，学会懂得，学会宽宥，让我们的心地变得更为善良，更为宽广，更为谦卑。

合上书，一直有一幅画面在我眼前挥之不去：两个黑人女孩子在快乐地跳皮筋，一边蹦蹦跳，一边唱着歌，“金盏花不开花，佩科拉今年一十一……”每一句歌词都在陈述一个黑人女孩子的哀伤故事。这就是莫里森，用她敏锐的心灵，看似轻快地在为我们讲述一个悲伤的故事。

到美丽新世界去旅行

——《美丽新世界》

如果说看一本书是一次旅行，那么看完的时候就是到了一个驿站。在图书馆看完阿道斯·赫胥黎（Aldous Leonard Huxley）写的《美丽新世界》，合上书的时候竟觉得有些茫然，这就到达驿站了吗？可我还没想开始下一趟旅行。此刻，刚好有黄昏的余晖从窗户泼进来，给眼前的景物都镀上了一层金边。耳机里是陈明的老歌《快乐老家》："有一个地方那是快乐老家，它近在心灵却远在天涯……"然后突然感觉有种温情，让我继续坐着，来慢慢回味这个"美丽的新世界"。

《美丽新世界》是阿道斯·赫胥黎在1932年写成的，但是描绘的却是几百年之后，一个高度发达的未来世界。

首先在那个世界社会安定。按照社会角色的需要，整个人类被分成明确的等级：阿尔法（加或减），贝塔（加或减），伽马（加或减），德尔塔（加或减），阿普西隆（加或减）。用这些数学或化学的代码来代表人，足见赫胥黎的幽默。在新世界里，阿尔法代表的是白领阶层，那群人智商高，容貌俊美，服饰精致，交通工具是飞机，如果需要，当然也可以坐火箭。他们从事的工作相对高等。比如他们从事的有一种工作是培育人类胚胎，其实就是造人的工作，虽然和做面包一样有配方，但是重要性自然无须赘言。

不妨更详细讲讲这个工作。在那个未来世界，生物科技高度发达，人已经不是经母体生产，而是在高科技控制下，由胚胎发育而成。按照社会等级的要求，孵育中心相应地来设定和培植不同等级的人群。一个阿尔法是由一个受精卵发育而成，得天独厚。其他的等级则都是一个受精卵细胞经多次分裂，被分裂成多个次细胞，次细胞再经培育就形成贝塔、伽马或阿普西隆。所以等级的高低从一开始就确定了。更甚的是低级的伽马和阿普西隆在婴儿时期，人造血液中就被添加了酒精，以至于他们长得矮小弱智。进一步地，条件反射的刺激让他们变得讨厌看书。方法就是先给一个阿普西隆一本书看，看着看着突然加以恐怖的电闪雷鸣的条件刺激，这样无数次反复之后，阿普西隆就会认为看书之后必有天打雷劈这类可怕的事发生，所以长大就厌恶看书。不念书呢，当然就不会有思想，没有思想就不会思变革和反抗，所以他们就能安于不断重复的简单的低级劳动，因此社会安定。

阿普西隆是最低级的，大概就是蓝领阶级，他们都是低智商，矮个子，容貌丑陋，衣着单调，工作属于底层，比如电梯工、清洁工，他们的交通工具就只有轻轨。

其次，在那个世界每个人都快乐。为了让大家快乐，那个世界尽可能摒除一切烦恼的人与人之间的瓜葛。他们都没有也不允许有父母，有家庭，有子女，有夫妻，因此谁都不会为情所困。他们被鼓励有多个性伴侣，而且怕彼此爱上，规定性伴侣不能固定超过三个月。当然也不允许生育，女性都像服用维生素一样每天服用避孕药。为了避免无聊，下班后的生活就是从一个聚会到另外一个聚会，也就是从快乐到快乐。如果在这途中，你实在无以消遣，那么可以凭借一种迷幻剂的东西（逍遥丸），获得一个迷幻假期。因此他们用不着忧伤，也不知道忧伤是什么东西，当然生活就只有快乐了。每个人每天都可以领取一定数量的逍遥丸，来确保和维持快乐。当然，每天能领取的数量也和等级有关。

为了让社会安定，大家快乐，还有一项从小就开始实施的睡眠教育不得不提及一下。就是每个人从五岁开始，每晚在入眠时都要听一百五十次轻柔的说教。比如“现在每个人都很幸福”“每个人都为别的人工作。没有别的人，我们是不行的”。经过几十年的这种睡眠教育，这些句子像呼吸一样成为身体的一部分。

所以，整个社会就这样安定地、快乐地团结在一起了。

在这样安定快乐的新世界照理是没有故事的，但是凡事都有特例。这里有一个叫伯纳的心理学家，就很特别。他是高等的阿尔法，可是在胚胎培育中不小心被误加了一滴酒精，因此他的个子比其他阿尔法矮小，这让他很自卑，因此也很忧伤，更讨厌的是他不用逍遥丸来解忧。其他人虽然比他快乐，因为时刻都沉浸于歌舞升平、酒色肉欲中，可是他偏认为他们的快乐空虚乏力，而他要追寻的快乐是那种深沉的来自内心深处的安宁和自由。他在群聚中觉得尤其孤独，满屋子的人让他觉得无法应付。

他喜欢独处。有一次和一个叫雷宁娜的女子外出，他将飞机停在夜色的大海上，说要看看那样的海，雷宁娜吓得半死，靠服用迷幻剂来镇定。雷宁娜搞不明白为什么伯纳不肯服用逍遥丸来得到快乐，那样就可以忘记忧伤，甚至忘记忧伤这个词。可是伯纳坚持说：“我们为什么不能用另外一种方式去享受快乐？就像现在除了海和月亮，我们在一起，你不觉得我们比在房间里更互相靠近吗？”雷宁娜摇头，坚持认为伯纳不可理喻。

为此，伯纳甚至渴望原始的蛮荒。最后，他凭着总统签发的许可证，心理学家的特权，得以带雷宁娜到蛮族保留区去考察，并遇到了一个生活在旧世界，喜欢莎士比亚的叫约翰的野人。这个约翰有些来历。他的母亲原先是个贝塔，和一个阿尔法的男子相处时不小心怀孕了，就被那个阿尔法推下山崖，结果被蛮族保留区的野人救了，她也沦落为野人。约翰也就在保留区出生了。由于母亲的关系，约翰做梦都想到那个美丽的、现代化的、干净的新世界去。

以带回活的原始人种标本的理由，伯纳带约翰和他的母亲来到了新世界。约翰一下子就喜欢上了雷宁娜，因为她美丽、洁净（请注意是洁净，不是纯洁）、香气迷人，而且看起来高贵。雷宁娜也喜欢非常特别的约翰。雷宁娜当天就想和他接吻做爱，因为在新世界什么都不用等待，喜欢了就可以在一起。等待可是会产生忧伤的，所以当然不能等。这让野人觉得极不可思议。他只知道在他们的部落男女不结婚是什么都不能干的，就像莎士比亚笔下的罗密欧和朱丽叶也是一定要先在教堂结婚，才可以睡在一起的。面对雷宁娜在他面前脱衣，他痛苦得要命。这个朱丽叶怎么不是莎士比亚写的那样，怎么不知道矜持？简直就是荡妇。于是他大骂雷宁娜是妓女。不得已，雷宁娜只好悻悻地穿衣，那一刻她开始知道世界上有一种东西叫忧伤，于是大把大把吃药。我们的约翰也痛苦啊！他完全不能理解新世界的人为什么像孩子一样什么事都不能等。

他的母亲在新世界吃了太多逍遥丸危在旦夕，竟没有人悲伤。大家还耻笑他，因为他不是胚胎培育的，还有什么可笑的母亲。约翰终于受不了了，他想回避人群，就去了一个塔台独自生活。可他仍然逃不过媒体的闪光灯，就像猩猩被关在动物园被人观赏。面对这个他认为不可理喻的新世界，最后他只好自杀了。

伯纳呢，自从带回约翰后，他的生活完全改变了。因为他成了约翰的监护人，任何人想接近约翰都要先同他预约。在这种特权赋予他的荣耀之下，他忘记了以前的忧伤和痛苦，和新世界的其他人接轨了。以前不同人睡觉，是因为长得难看没有人要他，现在呢，不得了，女人想看约翰都要先笼络他，当然不排斥和他先睡觉。原来他的痛苦，他的深刻不是因为他与众不同，而是由于低人一等的自卑感。当特权“中和”掉自卑后，痛苦和深刻也消失了。这就是赫胥黎对人性的深刻刻画！

然而最深刻的还是野人和新世界元首的几段对话。

野人问元首：“为什么不把人全都制成阿尔法那样的高等人？”元首说他们做过试验，就是将两万两千个阿尔法送去塞浦路斯孤岛，结果那些人都自以为是，都想发号施令，结果无人服从命令，不到六年，发生了一次高级内战，其中一万九千人被杀掉，这是世界上空前绝后的阿尔法社会发展史。因此最合适的人口分配是像冰山一样，九分之八在水下，九分之一在水上。也就是说只可能九分之一的人是阿尔法，其他必须是贝塔及以下的等级。

野人问为什么不减少大家的工作时间。元首说，科技的发达，让每一口食物都可以合成，其实根本不需要农民，可是新世界还是保留三分之一的农业人口，就像他们从小就被教育任何东西坏了不能修补，越补越穷一样，这都是为了让大家有事做，是为了安定。他们做过试验，减少大家的工作时间为每天四小时，然后闲暇时间急剧增加。然而意想不到的是太多的闲暇时间让大家无所适从，结果人们必须申领更多的逍遥丸，于是造成极大的药物浪费。因此元首下结论说用闲暇去折磨人类是最惨无人道的。

这就是阿道斯·赫胥黎给我们描绘的美丽新世界。

阿道斯·赫胥黎是著名的达尔文进化论的铁杆追随者汤姆斯·赫胥黎的孙儿。有趣的是，这祖孙两个都以研究人类发展为事业。一个研究人从哪里来，另一个就是研究人最终会到哪里去。一个是务实的科学研究，另一个则是务虚的科学幻想。

汤姆斯·赫胥黎信奉达尔文，竭力推崇生物进化论，认为生物与环境是相互作用的，生物的变异、遗传和自然选择能导致生物的适应性改变。而阿道斯·赫胥黎则是将进化论用来反操作，从而来控制人类的出生、种性，继而控制整个社会结构。阿道斯·赫胥黎为了让我们看清某些人性问题，他调节了他观察人类本性的显微镜，将问题放到了最大。大家不喜欢家庭的牵绊，于是他让大家看到消除家庭以后的世界会是个什么冷漠样子。大家都喜新厌旧，于是他让大家看到不允许固守一个情侣的世界是个什么混乱样子。大家不喜欢等待，于是他让大家看到一个没有等待的世界是个什么幼稚样子。大家不喜欢忧伤，于是他让大家看到一个人人都依赖解忧丸的世界是个什么堕落样子。

所以这个新世界不是适者生存，而是缔造适者。他让他笔下的这个美丽新世界只凭借一个（只有一个）理性的头脑——那就是元首的头脑，将感性世界推向极致。

司马迁在《史记·陈涉世家》说："王侯将相宁有种乎？"祖父汤姆斯·赫胥黎就继续沿用问号，并对这个问题从适者生存的角度继续展开追问，可是阿道斯·赫胥黎就不同，他把句末的问号改成了感叹号，变成："王侯将相宁有种乎！"

于是，我们的新世界旅行到此戛然而止。

粽香里的人文

在温哥华待着，从不关心农历和节气，所以活得混沌。什么时候想吃什么，就动手做什么。我的粽子做得纯正，没有花哨的一大堆馅儿，什么蛋黄、香菇、鲜贝混在一起，也不会粽叶一打开烂糟糟的像一堆厚米粥。我只做两种粽子，一种就是纯糯米粽，除了白糯米不放其他任何馅料，还有一种就是纯肉粽，只有肉和糯米。包裹过程却极其讲究紧致。一只手用力将粽叶定形成圆锥体，另一只手在将糯米放入圆锥体时将米尽量压紧，合起粽叶后要用力将粽子绑紧，大火后再慢火煮两小时就完成了。不要在滚烫时候吃，要待凉下来再打开粽叶，那时候，一口咬到紧致的糯米，纯正的米香和肉香就缓缓在口中绽放。那是品尝玫瑰蓓蕾的滋味，不是开败菊花的味道。

子衿的粽子包得太好了，所以夜很深了，还在那里独自包粽子。手中摆弄层层叠叠的粽叶和圆滚滚的米粒，忽然想起了屈原。一个月前认真读过台湾出版的《屈原赋》，生字加上繁体，读起来真是辛苦，可凭着注解，还是感受到了他喷涌的才气和志气，感受到了他怀才不遇的强烈悲怆。在做粽子的时候想起屈原觉得心中不平静，所以就想要写下来。让厨娘写出厨娘理解的屈原，是不是也很有趣？

屈原生活在战国时期的楚国，当时秦、齐和楚是七国中的三强。屈氏本是一个贵族血脉，只是到了屈原父亲那代开始没落。

他年少的时候便才华横溢，一首《橘颂》让他崭露头角。他从赞橘子“绿叶素荣，纷其可喜兮”的外形，到最后以“年岁虽少，可师长兮，行比伯夷，置以为像兮”来言志，表达他要以橘子和伯夷的品性作为自己的榜样和志向。可见他不仅年少才高而且志向高远，这就尤其难得了。

二十多岁时他凭才华，被楚怀王任命为左徒，一时很受楚怀王的器重，其间他写了有名的《九歌》。《九歌》想象力丰富，文字瑰丽。你看他写《云中君》：“浴兰汤兮沐芳，华彩衣兮若英……龙驾兮帝服，聊翱游兮周章……”什么意思呢？就是说云神在洗完兰汤澡，换上彩衣后登临天庭。他乘驾着龙车，车上插着旌旗，遨游四方。一派云雾蒸腾、飒爽英姿、磅礴威严的气势！记住这句话之后，每每看到云蒸霞蔚，我都会领略到屈原眼中的辽阔气象。

为了和强秦抗衡，屈原在外务上主张和齐联合结盟，此举现在看来还是明智之举；另外他在内务上主张“举贤授能”，就是要任用贤人、培养新人和淘汰庸人。当然，他就遭到了旧势力的猛烈排挤和诽谤，于是失去了昏庸的楚怀王的信任。看来嫉贤妒能之人和能人贤士每每如影相随，万古皆同。

楚怀王轻信秦国使者张仪的利诱，断绝和齐联合，那时只有屈原挺身而出，苦苦劝谏，结果遭受放逐，流落到汉北。怀王发现被骗后和秦发动战争，惨败，想起当初屈原之金玉良言，于是重新召回他，派他为使者去和齐重修旧好。秦国怕楚、齐联合，于己不利，也知道楚王恨张仪，于是用张仪交换和楚国的友好。然而楚怀王再次听信小人谗言，居然放了张仪回秦国。等屈原从齐国回来，事已如此，无法挽回。于是楚怀王一方面放虎归山，一方面再次失信于齐国，和齐国的关系再次破裂。

秦国见楚国和齐国的联合瓦解，便又开始剑拔弩张，楚国陷于很危险的境地。秦国使诈宴请楚怀王，楚怀王不听屈原的劝告，前去赴宴，结果因为他不同意割地而被囚禁，最后死于秦国。

怀王死后，他的儿子顷襄王即位。顷襄王更是昏庸无道，轻信谗言，最后将正直不阿的屈原流放到江南。于是他“长太息以掩涕兮”，写下《离骚》。

《离骚》被誉为辞赋之祖，有极高的文学地位。按照鲁迅的说法，《史记》也不过是无韵的《离骚》。我认真地看了一遍《离骚》，而且还特地去看了《史记·屈原贾生列传》。司马迁在《史记》中评《离骚》，他这么说：“《国风》好色而不淫，《小雅》怨诽而不乱，若《离骚》者，可谓兼之矣。”所以《离骚》也是《诗经》的延伸和升华。

《离骚》其实是一部屈原的自传体抒情长诗。大概分十个部分，陈述了他从出生到出仕、流放、离开楚国的经历，以及他对人生的思考。他一而再再而三地感叹时不我待，才不为所用的悲伤。

不一一赘述，挑几个我喜欢的句子来分享。

在《离骚》的第一部分，有一句：“汩余若将不及兮，恐年岁之不吾与，惟草木之零落兮，恐美人之迟暮。”说的是什么呢？就是说光阴如梭，岁月飞驰，我担心草木凋零，美人迟暮。

中间部分有：“老冉冉其将至兮，恐修名之不立。”这句话广为传颂，意思是我渐渐衰老，可惜的是美名还没有建立。“老冉冉”的

“冉冉”用得好，我好像看到他胡子长出来的特写。

“朝饮木兰之坠露兮，夕餐秋菊之落英。苟余情其信姱以练要兮，长颇颔亦何伤。”早上喝木兰上的露珠解渴，中午吃秋菊的落花充饥，形销骨立又有什么关系，只要我情志依旧坚贞。

“虽萎绝其亦何伤兮，哀众芳之芜秽。”兰花香草枯萎凋零有什么关系，使我痛心的是它们的质地发生改变。

“长太息以掩涕兮，哀民生之多艰。”我拭泪叹息，哀叹人生道路多么艰难。

“鸷鸟之不群兮，自前世而固然。”雄鹰就是不能与燕雀为伍，自古就是这样，我当然也不能与小人为伍。

“路漫漫其修远兮，吾将上下而求索。”这句也是众人皆知，是说前路漫长，我要不断努力追索。

“世溷浊而嫉贤兮，好蔽美而称恶。”世间混乱污浊，世人多嫉贤妒能，喜欢遮盖美德而称赞恶行。

这样一堆感叹写下来，最后他决定离开楚国，他写“仆夫悲余马怀兮，蜷局顾而不行”。当我走到楚国边界，仆人和跟随的马儿都迟疑不前，依依不舍地不断回顾。好凄凉啊，这句话真要让人落泪！

结尾说：“乱曰：已矣哉！国无人莫我知兮，又何怀乎故都！”哦！算了吧，既然楚国无人了解我，我又何必念念不忘它呢！

说到这里，他心中已是不存念想，这也正是人生之最大悲痛，所谓心如死灰。

三十年来，他风餐露宿，四处漂泊，虽说有道不尽的悲愤，但还是每天都在痴心等待楚王改变心意，再次将他召回，让他为楚国出谋划策。让人掩泣的是他的余生都没有等到楚王的片言只字，他只有眼睁睁看着楚国节节败退。眼见自己等到白发斑驳，仍旧空有一番志向和才能不能挥展，空有一腔热血无处挥洒，其中的痛苦愤懑让人情何以堪？

《天问》据说是写在《离骚》之后，我没有花时间查考，只是读了一遍。一篇《天问》，何其了得，洋洋洒洒问了一百七十个问题。他对苍穹宇宙、大地自然、神话传说发起追问，还对朝代更替、国家兴亡穷究其理。

“曰遂古之初，谁传导之？上下未形，何由考之？”远古的最初形貌，是谁把它传述下来的？天地还没有形成，是根据什么来考定的？

“何所冬暖，何所夏寒？”什么地方冬天暖？什么地方夏天寒？

“ 胡为嗜不同味，而快朝饱？”为什么禹与常人不一样，也贪恋儿女欢情？

“惊女采薇，鹿何佑？北至回水，萃何喜？”村女提醒夷齐采的是周薇，白鹿为何来哺乳叔齐伯夷？

“薄暮雷电，归何忧！厥严不奉，帝何求？”黄昏时分，雷鸣闪电，我要回去了又何必担忧？他既丧失了自己的尊严，天帝还能对他有何要求？

“何恶辅弼，谗谄是服？”纣王那个暴君，为什么憎恶辅弼大臣，专门任用奸佞小人？

所以早在两千年前，我们的先人就已经怀有对天地、宇宙和世界的好奇，而且开始了对真理的思索和追求。

当楚国最后退于一隅之地，灭亡指日可待时，屈原彻底绝望。“宁猝死而流亡兮，恐祸殃之有再。不毕辞而赴渊兮，惜君王之不识！”他宁愿死，也不想看到亡国的大难。写毕这首《惜往昔》，他便投身于滚滚的汨罗江，结束了这个伟大的爱国诗人怀才不遇忧虑痛苦的一生。

普通人寿终正寝是种悲哀，英雄战死疆场是种悲哀。但是最悲恸的最让人不忍目睹的悲哀，莫过于一个勇士到死也找不到献身的方向，这也是我一向的观点。同样地，对一个诗人来讲，生老病死都让人遗憾，但是最遗憾的应该是这一生他都没有爱过一次。这几种人生的结局，虽都是一死，但是自有大差别。

屈原的才气弥足珍贵，屈原的志气弥足珍贵，而遇到一个贤明君主或者说一个机遇才是珍贵中最珍贵的。看完屈原，再看《史记》里的《管晏列传》，其中写到管鲍之交。人家管仲何其幸运啊！他就是遇到了鲍叔牙。不管管仲怎么忘恩负义，鲍叔牙就是一味地对他好，好到简直冒傻气。好像屈原并不知道管鲍之交这个故事，因为他的文章里没有只言片语提到这个典故，否则我们屈大夫更要早两年吐血了。

唉，逝者逝矣，后人怎么办呢？后人为了纪念屈原，便向江中投放食物，说江里的鱼来吃粽子吧，不要伤害我们的屈大夫。这种要喂饱敌人来保存朋友的壮举也实在再深情不过。据说还有一位老医师拿来一坛雄黄酒倒进江里，说是要药晕蛟龙水兽，以免伤害屈大夫。这样的爱护之心何其切！我们还把那个纪念屈原的日子称为端午。

还有让人感动的是，一个厨娘，叫子衿的，居然将粽子包得那么好，估计江里的鱼喜欢吃子衿包的粽子，就更不会去碰我们的屈大夫半根毫毛了，更不要说这个厨娘为了写屈原还去看了《离骚》《天问》和《史记》，所以这粽香里还有了人文的香气。但愿吃粽子的你也能体会到这股香，以后只吃子衿包的粽子。

知否知否，当年易安成就

听人讲她的才华久了，终于有一天狠狠心，拿起她的文集，看她的生平，好好研究了一下这个前朝的女子。

李清照（1084—1155），宋代人氏，中国历史上最著名的女词人，自号易安居士。“男中李后主，女中李易安”，说的便是她。

她出身于书香门第，天生聪颖，再加上家学渊源，小小年纪就文才出众。一首《如梦令》奠定她才女的地位。

一个疾风骤雨的夜晚，竹帘已密密合下，烛火在案上暖暖地跳动。她就喜欢这样的夜晚，隔着风雨和黑暗，伴着自己的影子，看点书，喝点小酒，不慎醉酒沉沉睡去。到早上还觉得懒洋洋的，不想晨妆。丫鬟进来要伺候她梳洗，看她还未起床，就先去拉开窗帘。帘子卷起的声响，让慵懒的她突然想起窗外园中一夜风雨过后的海棠，于是询问丫鬟：“窗外海棠怎么样了？”丫鬟答道：“小姐，海棠依旧。”她略想了想，便摇动一头青丝，浅笑道：“你不知道，你不知道。叶子经雨水浇淋，一定更油绿了，但花儿像娇贵的女子哪里禁得起风打，一定憔悴凋谢了。”于是她写下：

昨夜雨疏风骤，

浓睡不消残酒。

试问卷帘人，

却道海棠依旧。

知否？知否？

应是绿肥红瘦。

这样一首如梦的小令，一读便令我爱不释手，连带也爱上这个词牌。于是一连看了几首不同的人写的《如梦令》，比如苏轼，比如纳兰性德，他们都是写词的大家，但跟李清照的《如梦令》来比，都不够灵动。李清照的《如梦令》无论音律，还是意境都浑然天成。

怪不得青年才俊赵明诚，一个长她两岁的宰相之后，读过她的这首《如梦令》之后，便对她魂牵梦绕。

你看，她又一首《如梦令》：某个落英满天的日子，在溪旁的白亭中，她边看瑰丽的日暮，边喝酒吟诗，尽兴之后，乘舟而归。不料天黑了，迷了途，小舟划入藕花丛中。于是惊动了一群鸥鹭，争相飞起。于是天地之间唯独她诗意地聆听夜凉的水声，温暖的羽毛声……

常记溪亭日暮，

沉醉不知归路。

兴尽晚回舟，

误入藕花深处。

争渡，争渡，

惊起一滩鸥鹭。

这样美妙的诗词，怎不让爱才的男子心动？于是郎有情，妾有意，门当户对的她和赵明诚喜结连理。

婚后的生活也是其乐融融。就像她在《金石录后续》中描绘的，他们一起读书，一起写作。每每晚饭后，猜一句话出自哪本书，哪一页，哪一行，猜中即举杯大笑，甚至茶覆怀中。纳兰词说的“赌书消得泼茶香”，故事的原型应该就是他们。这是一幅很有意境的男欢女爱的图画。我想钱钟书和杨绛也是这样的。

为官的赵明诚偶尔外出公干，她便写首《醉花阴》送给夫君。

薄雾浓云愁永昼，
瑞脑消金兽。
佳节又重阳，
玉枕纱厨，半夜凉初透。

东篱把酒黄昏后，
有暗香盈袖。
莫道不消魂，
帘卷西风，人比黄花瘦。

她不说离别，只说半夜凉初透，她不说相思，只说人比黄花瘦，可把赵明诚看得傻了——易安写词，怎么可以好成这样？他自叹不如，于是闭门三天，足不出户，废寝忘食写得诗词十五首，也想和易安一比高下。他拿给友人品评，让挑出其中佳句来。友人斟酌再三，选出三句：“莫道不消魂，帘卷西风，人比黄花瘦。”于是赵明诚叹曰：

"此乃易安之作也。"从此对他的妻更是心悦诚服。

再看《一剪梅》，看她写相思之苦。

一个竹席嫌凉的初秋时节，粉红的莲藕带着余香在秋风中凋残。她换上轻装，登上小舟。落英随风，秋水飘零。大雁带着书信排成人字从远方归来，那时候只见西楼上挂着满满一轮圆月。一样的相思，化成两处愁烦，任怎样都排遣不掉。才一低头，那份愁绪便从眉间滑落到了心中。

红藕香残玉簟秋。
轻解罗裳，独上兰舟。
云中谁寄锦书来，
雁字回时，
月满西楼。
花自飘零水自流。
一种相思，两处闲愁。
此情无计可消除，
才下眉头，
却上心头。

多美的文字啊！好像只是"月满西楼"愁就写尽了一般。有如此才情的红颜常伴左右，自然生活和美。这里不妨略略提一提他们在考古方面的成就。

赵明诚对考古、金石、书画研究甚深，李清照也帮忙收集整理文书资料。他们大概花了十多年收集金石考古方面的古文奇字，罄尽囊中所有收购奇物，终于写成《金石录》——被誉为中国最早的金石目录和研究专著之一。全书共三十卷，著录其所见从上古三代至隋唐五代以来，钟鼎彝器的铭文款识和墓志等石刻文字，据说考订精核，评论独具卓识。

可惜的是，如此美眷，无法安逸长伴良宵。北宋末年金人占领汴京，河北、山东相继沦陷，李清照和赵明诚一起逃难到江南，所藏金石书画在辗转过程中损失殆尽，赵明诚也在流亡中病故。

这样的人生转折，让李清照的文风也发生改变，此后，她的诗文都饱含孤寂落寞之情。良辰美景物是人非的惆怅岂是一叶扁舟可以承载的。你看《武陵春》：

风住尘香花已尽，
日晚倦梳头。
物是人非事事休，
欲语泪先流。
闻说双溪春尚好，
也拟泛轻舟。
只恐双溪舴艋舟，
载不动许多愁。

读着读着，我慢慢觉得李清照是可以被称为先生的那种女子，就是她的孤傲和高远是只可远观而不可亵玩的。胡兰成在温州逃难之时，经过清照阁，说起李清照也觉着是莲花一样洁净。

我们再来看《声声慢》：

寻寻觅觅，冷冷清清，

凄凄惨惨戚戚。

乍暖还寒时候，最难将息。

三杯两盏淡酒，

怎敌他，晚来风急！

雁过也，正伤心，却是旧时相识。

满地黄花堆积，

憔悴损，如今有谁堪摘？

守着窗儿，独自怎生得黑？

梧桐更兼细雨，

到黄昏，点点滴滴。

这次第，怎一个愁字了得？

文章开首几句全由叠字组成，结束于口白。全诗极其通俗易懂，然而却把愁写了个透彻，就像穷人家一碗稀粥，将他们的生活呈现了个明白。是的，正是她，开创了诗词取用叠字，取用口白的先河。

在后期，除了哀怨的诗词之外，李清照还写了很多有男儿气概的诗文。比如目睹皇上仓皇南遁，她悲愤地写下《夏日绝句》：人生在世的时候要做人中的豪杰，死了也要做鬼中的英雄。想当年项羽也是宁愿自刎也不过江苟且偷生。言下之意是堂堂一国之君怎么只知道逃难呢？

生当作人杰，

死亦为鬼雄。

至今思项羽，

不肯过江东。

一个女人家能有如此大义，非常了得，也将她和隔江犹唱后庭花的女子彻底分开了。

大家都感叹她暮年如何凄凉孤单。我想她伤感当然是有的，但是年轻时那么多美好的点滴都可以汇聚成烛火，足以照亮后来寂寥的生之岁月。

当我把这篇文章写完了，对李清照的了解也更深入了。写一篇文章的过程常常也是梳理自己思路的过程。

完了，也可以显摆显摆：知否知否，当年易安成就！

屏开牡丹

——《今生今世》

因为喜欢张爱玲，所以关心胡兰成。刚刚看完他的《今生今世》。

如果要从这本书里猎艳，那么倒是颇有收获。他一生中的几个女人我们都清清楚楚地看到了。他是什么都不忌讳，当着读者，和他当着这几个女人一样，所有情事无一隐瞒。他是把天下的女子都当成了他的，有人愿意嫁的话，他就娶进门。他的福气真不错，每个女人都掏心掏肺地待他好，就像张爱玲说：“他像头小鹿，在溪里喝水。”

写到这里，突然觉得他很像西门庆——因为妻妾成群。

可一想又不妥，因为不同的地方太多了。西门庆呢，妻妾相好一堆，横竖到最后都在一个大院里。胡兰成的呢，是分散在不同地区，不同时期。这其中唯有张爱玲碰到过秀美，但是张那时候只知道有小周，也是为小周的事去找他，碰到了秀美。他倒在书里说：“因为都是好人，所以糊涂到情敌就在眼前也不知道。”

不同的地方还有西门庆重色，而他情色并重。他看中的女子不但要貌美还必须心好。

另有一个区别是西门庆不会写书，所以只能让别人乱写，写得遗臭万年。可他是会写书的，所以就努力地写自己。

他的那么多情事中，还是和张爱玲的最好看。我甚至可以说，没有张爱玲，他的《今生今世》也就不怎么好看了。

按他所写，他和张爱玲的相爱，是爱到了只羡鸳鸯不羡仙的程度。

他说他第一次在报上看到张爱玲的小说《封锁》，一个人便直坐起来，很想马上认识这个张爱玲，想见识见识张爱玲到底是何许人。

张爱玲可是写情话的高手，第一次见到张爱玲，这情话要怎么说呢？估计他没有排练过，他随口说了一句："你的身材这样高，这怎么可以？"巧了，只这一句话就刚好打开了张爱玲的心锁，让张对他另眼相看，两人就这样亲近了。

后来他每天黏在张家，和张看同一本书，说同一处的话。"一夜就郎宿，通宵语不息"，说的就是那样的私语不绝。后来张爱玲取笑他，给他取了名字，叫张牵。

张爱玲还送他照片，后面写："见了他，她变得很低很低，低到尘埃里。但她的心里是欢喜的，从尘埃里开出花来。"看懂张爱玲的情诗了没有？一朵从地上的尘埃里开出来的花，一种从地底下滋生的喜悦。这种喜悦，正是"既见君子，云胡不喜"的喜悦。这是张爱玲的第一首情诗，送给的人正是这个胡兰成。

张爱玲显然是爱他的，也沉醉于和他共处的时光。张爱玲喜欢偷看胡兰成独坐在书房，她写道："他一人坐在沙发上，房里有金粉金沙深埋的宁静，外面风雨琳琅，满山遍野都是今天。"哇，多么惊艳的句子！张的很多话语都给人这样的冲击力，很像一幅水墨写意画，猛一看，不知道画的是什么，只觉得着墨轻重、浓淡、远近，错落有致。虽然一下子看不明白，但是一看就知道这是幅自己喜欢的画。再慢慢看来，发现里面有山有水，有风雅有情致。这一句猛一看，我好像不懂，大概是在讲宁静吧，可是后来才想过来这句话大概讲这份静要静成怎样。那么要静成怎样呢？——静得富而且深，都给金粉金沙埋掉了呢，静得满山遍野的风雨都干扰不了，静得汤汤水水的岁月也停止流动，于是整个世界都停顿下来，停在此地，停在此时此刻。

看她这样写，也就知道了张对胡的迷恋，她稀有的爱情也是深埋在其中了，深埋于金粉金沙深处。因此张爱玲，一个如此决断的人，唯有对胡兰成的感情一直拖拖沓沓，迟迟不做决断。明明知道他有别的女人，却还是不忍放开他，还居然坐了黄包车从上海美丽园的洋楼千里迢迢去温州乡下看他。这种做派，让胡兰成都觉得她不像张爱玲了。她去找他，她要他在小周和她之间做一个抉择。而他就是不抉择，鱼和熊掌他都要。于是张爱玲回上海，又拖沓下来。这一拖沓，又是一年多的时间。

和他最后的一次面对面，是在胡兰成路过上海的一晚。因为胡责怪张没有善待他乡下来的亲戚，晚上他们有争执，张爱玲便不睬他。凌晨五六点光景，他去她的房间想亲她，而她知道他来，只说了一句话，那句话只是一个名字——兰成。然后这个很少流泪的民国才女，抱着胡兰成泪如泉涌。因为她的心里很清楚，这一别，便是永别。

最后的绝交信是张在半年后发出的，信中说："我已经不喜欢你了。你是早已不喜欢我的了。这次的决心，我是经过一年半的长时间考虑的……你不要来寻我，即或写信来，我亦是不看的了。"

既然说分手了，从此她果然就再也不理他了。

在断交后，他却仍然怀念她。书中尽是仙乐飘飘的爱玲。很像舒婷写的橡树，讴歌一种精神上的爱情。他要告诉他的爱玲：有一种树，根，紧握在地下；叶，相触在云里。尽管身体碰不到。

只可惜，他没有看出来他的爱玲不是橡树，而是白杨，直直地往上，并没有茂密的枝叶要与别的什么勾搭牵绊。

我是要讲《今生今世》的，结果还只是讲了胡兰成和张爱玲的事。

一本《今生今世》，将他的身世娓娓道来，一段一段，一折一折地变迁，很像一出出折子戏的大串连，有《宝黛初会》《十八相送》《情探》《游湖借伞》……什么好看的戏曲桥段都有。调子呢，有沈从文《边城》的朴素细腻，比如写他童年的胡村；有钱钟书《围城》的玩世不恭，比如写他的外地执教；有鲁迅《伤逝》的无奈愧疚，比如写他的玉凤；还有一点点张爱玲《爱》的虚无缥缈，比如写他的姆妈。也许是他看的书太多了，看的戏也太多了，都融会贯通在一本《今生今世》里。

胡兰成的文笔，还是不乏好词好句。他在书中的很多描述看似淡淡的，却是韵味无穷。比如他说他年轻时去杭州，他说好比“屏开牡丹”。这一句看起来写得极简，但是含义却极其美艳。什么意思呢？我的理解是他说他的绚烂的青春意气舒展在花一样的杭州城，像孔雀开屏般开在牡丹花丛。这样的句子还不够艳丽吗？

他对古典古籍，比如《诗经》《乐府诗集》，熟稔得如数家珍，在他描述人事的时候信手拈来，那样随意和轻巧，仿佛让我也安上了翅膀，在古典文学的上空作了一次飞翔。我是喜看西洋文学的。是胡兰成，让我萌发了要看遍中国古典文学名著的念头，这样的念头只是动一动就觉得美极了，因为仿佛看到了鱼在水中。你看张爱玲和他说：“姓崔是好的。”张爱玲没有解释为什么。我就想了，为什么呢？因为崔莺莺姓崔，莺莺的美都泼到了姓氏上，那你还不去读一回《西厢记》吗？

他写《今生今世》，说很大一部分亏了张爱玲的指点。他本是擅长写社论的，是张爱玲跟他说：“这样体系严密，不如解散的好，万物如军队，不如解甲归田，一路有言笑。”因此他得以写这样散文状的小说，一路松松垮垮，一路说说唱唱。

最后我要说的还是：《今生今世》的多种好，如果没有张爱玲在其中，就没有那么好了。如果没有张爱玲，我也不会管谁是胡兰成。所以，这位胡兰成有点可惜了，因为他无法向张迷证明他不是攀缘的凌霄花，一本《今生今世》是借了张爱玲的高枝炫耀了他自己。

书　魇

张爱玲的书，自以为每本都看过。那天在图书馆看到《雷峰塔》和《易经》，看到张爱玲的名字在书扉，乍以为是哪一位张迷在写张爱玲的逸事，随手拿起来翻看，没想到却真是张爱玲写的书。是她在国外生活期间用英文写的自传体小说，后来有人译成中文，现在出版了。

星期六的早上还是和往常一样早早地醒了。醒了就起来了，想着要将书看完。

沙发里窝着看书，看了一会儿觉得困，就睡着了，几分钟后醒过来继续看，然后又睡，再醒来……昏昏沉沉，我仿佛跟着她窝在上海的公寓里，然后去了香港，历经战乱，最后讹了一张船票回上海。整个一个上午，一个书魇（我化用了梦魇一词）。

她后期的文笔老是那样子，闷闷的沧桑的调子，不经意横过几句辣蓬蓬的嘲弄，像冬天萧条的旷野，寒风在皮肤上撕开红红的皲裂口子。她在外界所谓的才尽之后，写的文章也总是那几件事，不过这样写和那样写。我倒是有耐心这样看再那样看。也许是太爱她的才华了，因此不管她的什么文章都一并拿来阅读。

写作的人常常都是很孤独的，因为孤独所以写作，也因为写作所以孤独。这个亦因亦果的叫作孤独的东西同样地伴随了她的一生。

她的父亲是一个潦倒的官家遗少，吸上鸦片后，就成了烟雾缭绕的妖精洞里的蜘蛛精。她母亲是见过世面的新式女性，一双小脚在英国读书，瑞士滑雪，印度工作。她们母女共处的时间寥寥无几。母亲那样的脾性，让她除了资助女儿必要的读书费用之外，不再资助母爱。

她的弟弟早早地病死了。她有幸从妖精洞里逃脱出来，跟着姑姑过日子。

飘过洋越过海的姑姑爱过一个爱财如命的表哥之后，一直独居，也再没有爱过别人。

从上诉的境遇看，她几乎没有好好享受过亲情的照耀。

她在香港读书的时候倒是有个异域的朋友——炎樱。我觉得炎樱能成为她的朋友是因为炎樱是个开朗大度的异域女子，她们的差距太大，大到足以让她觉得安全和惬意。于是这个炎樱成了她的唯一友人。

在爱情方面，爱情的阳光对她也同样吝啬。她好像只爱过风流才子胡兰成，然而胡兰成爱的人就多了，而且不忌讳和她当面谈论他的那些女人。因此她最后选择放弃他。

人说穷人的孩子早当家，她的世界观却是在情感稀薄的环境中迅速成熟。孤单和寂寞长成她的骨骼，博览的群书构成她的血肉，写作成为她存在的意义。她写的人物一律都是和她一样孤单寂寞的男女，写的事情都是些有的没的，一吹都能散了的，可是带给人的伤感和绝望却是永久的。我觉得最经典的是她的散文《爱》，因为短，所以放在这儿，你可以一窥她的文风。

这是真的。

有个村庄的小康之家的女孩子，生得美，有许多人来做媒，但都没有说成。那年她不过十五六岁吧，是春天的晚上，她立在后门口，手扶着桃树。她记得她穿的是一件月白的衫子。对门住的年轻人同她见过面，可是从来没有打过招呼的，他走了过来。离得不远，站定了，轻轻地说了一声："噢，你也在这里吗？"她没有说什么，他也没有再说什么，站了一会，各自走开了。

就这样就完了。

后来这女人被亲眷拐子卖到他乡外县去作妾，又几次三番地被转卖，经过无数的惊险的风波，老了的时候她还记得从前那一回事，常常说起，在那春天的晚上，在后门口的桃树下，那年轻人。

于千万人之中遇见你所遇见的人，于千万年之中，时间的无涯的荒野里，没有早一步，也没有晚一步，刚巧赶上了，那也没有别的话可说，惟有轻轻地问一声："噢，你也在这里吗？"

她的故事世界，很像是一座沙丘，可以有变幻无穷的姿态，每一种变化都扬起谜一样的凄凉，让人看着觉得美，觉得着迷，然而也会让人入迷途。就像我浑浑噩噩看了半天她的书，到最后书看完了，回过神来，发现窗外是一个阳光明媚的日子，其实只有半天了，而且不知道要怎么开始，很像她描绘的看过一场日场电影后走上街道的空落落的感觉。

她在三篇不同的文章里不断写道："我没赶上看见他们（她的祖父母），所以跟他们的关系仅只是属于彼此，一种沉默的无条件的支持，看似无用，无效，却是我最需要的。他们只静静地躺在我的血液里，等我死的时候再死一次。”

我在想我可不可以用这句话来描述她对我的影响：她也是静静地躺在我的血液里……

戏红尘

外面下着小雨，坐着空荡荡的公车去市中心。每次坐上长方形的棱角分明的盒子一样的公车，老是想起有人说这里的公车像棺材，想到这个比喻就马上感觉到旅途的诡异。

我挑了很后面的楼上的位子坐，高高的，分开了其他的乘客和我。靠着窗，玻璃上氤氲的雾气又分开了外面的世界和我。低头将手里的书放到膝盖上，一本藏尽楼兰的《戏别离》。有喜欢的书做伴，到哪里的旅途都让我不急不躁，充满兴味。

我坐在移动的车厢里，和旁人分得很开，和外面的雨中世界隔得很开，书在我心中静静地开着花，飘着香。我在运动的车里看书有头晕的习惯，因此停站的时候拿起来看几行，车子开动的时候就放下书，用来回味，刚刚好！

长得美的女人天下多的是，我不嫉妒，有才气的女人天下也多的是，我不嫉妒。大概是年长了，我好久没有嫉妒女人的感受。可这个藏尽楼兰不但长得美丽妖娆，还有挡不住的才气，看她的书几天，我就沉浸在那种缠绵悱恻的忧忧郁郁的情调里几天。末了，居然让我觉得深深的嫉妒，而且嫉妒得心头隐隐作痛。上帝何以把所有的好都放在她的身上？

据说她从小跟了父母在非洲、欧洲、亚洲到处漂泊，小时候都没有受过正规教育，然而她却拿了剑桥的硕士和南特的博士，才华横溢，尤其是中文上的造诣可谓登峰造极。她居然用席慕蓉的现代诗一般细腻朦胧的笔触和瑰丽的意境来完成整部小说！

书中以一部名为《淫红尘》的现代戏曲为主线，写戏中男女相遇、生情、纠结和远逝的故事。该戏曲混杂有昆曲、黄梅戏、锡剧、越剧、沪剧、粤剧、绍曲等等，其中又有古诗和现代诗的混搭。台下作为观众的“你”和“他”也随着戏开始他们的相遇、生情、纠结和远逝的故事。“你”受“她”的邀请，去看戏。“你”和“他”偶遇在实验戏院里，“你”听“他”讲解戏曲的种种美妙，然后，让“你”从“他”的音容，想起很多关于“他”“她”和“你”的故事，想起“生命中那些最美丽的相逢和偶遇”。于是戏中有戏，变幻着霓裳般的绚烂色彩，台上台下互相呼应，扑朔迷离，美轮美奂。

而我再次闭上眼睛的时候，我慢慢看到一棵树在红尘中长大。灰色天空中落下的不是雨滴，而是一颗颗雪花般的种子，它们落在无垠的地平线上，互不相识，各自在土壤中发芽。在某一天，它们被称为少年，勇敢地伸出土壤。而在某个春天的早晨它们在空中相遇，然后青春的叶子茂盛交叠，绿茵覆地。当秋天来临，繁花落尽，留下满树成年的枝芽，有人在紫色的霞光里拿起画板，它们成为一棵树的风景被留存。而这些种子是谁，成为了哪片叶子，哪根树枝，而那个临摹的人，又是谁？……

就这样在所谓的棺材里，一步一叩首地读着许多相逢和偶遇的美丽故事，一边想象着这样一棵红尘中的故事树……恍恍惚惚到了终点，下了车，看到车站的花坛里一棵盛大的樱花树刚好全然盛开，蓦然觉得呆了。

佛界的奇葩

我一直津津乐道地给朋友们推荐我喜欢的书和作家。有一天，一位好友也发了一个邮件给我，她说："子衿啊，一个人，你不能不知——仓央嘉措；一首诗你不能不读——《那一夜》。"然后她附给了我这首诗：

那一夜，我听了一宿梵唱，不为参悟，只为寻找你的一丝气息。

那一月，我转过所有经轮，不为超度，只为触摸你的指纹。

那一年，我磕长头拥抱尘埃，不为朝佛，只为贴着你的温暖。

那一世，我翻遍十万大山，不为修来世，只为途中能与你相遇。

那一瞬，我飞升成仙，不为长生，只为保佑你平安喜乐。

读完很是呆了！眼前呈现一幅爱的至美画卷：深山古刹，暮鼓晨钟，一介袈裟长伏于阶的人，正焚香诵经。烟香缭绕之间，他在心里正默念着一个女人。

这个有福的女人年方几何，芳容几许，在水何方，我们都无从知晓，但是这首诗却让我们知道了真爱一个人到底是什么感觉。真爱是让我越过千山万水地想要遇到你！真爱是日日夜夜地想要看到你，听到你，闻到你，摸到你，感觉到你！真爱是今生来世要让你平安喜乐！真爱是要和你在一起，是要让你幸福！

读完诗，就这样觉得琳琅满目的美，美得要微微地眯上眼睛，才能将文字间的虔诚香气和深切意念久留。一边又想，原来有这么美的中文诗是我不知道的。这个仓央嘉措又是谁？

然后找来他的个人介绍，再找来《仓央嘉措诗集》，从头看到尾。看完才知道，原来这个仓央嘉措本身就是传奇。

说西藏的五世达赖薨逝，大臣第巴桑吉为了专政，隐瞒了丧讯没有上报朝廷，并私下寻找储君，以便他自己垂帘听政，独揽大权。于是他找到了年幼的仓央嘉措。仓央嘉措从小就仪表堂堂，资质聪颖，众人早疑他为圣童。我想少年的他大概就像《源氏物语》中的光源氏，天生身上带着光和香，与众不同。于是这个仓央嘉措就被立为储君。

后来被康熙发觉真相，第巴桑吉就赶紧让十五岁的仓央嘉措正式即位，于是仓央嘉措就成了六世达赖。

仓央嘉措作为达赖，他的个人成就非常突出。除了扩建布达拉宫，广兴寺庙，还在很多领域多有建树，比如在宗教、梵文、诗学、佛教哲学等方面，他都有很深的造诣，留下的文集众多，是历代达赖喇嘛中著作最多的一位。

但是年轻才高的仓央嘉措，却也贪恋俗世的生活，他也和源氏一样，流连情场。为遮人耳目，他在布达拉宫后面开一个暗门，夜间便从那里更衣外出，自由自在地徜徉于酒肆街衢之间。

一日他遇到一位姑娘，不知道是否就是他诗中的月亮美人儿。诗云：

心头影事幻重重，化作佳人绝代容。

恰似东山山上月，轻轻走出最高峰。

看，多美！月亮来了，带来一个梦一样的夜晚。她来了，带来月亮般皎洁的容颜。而月亮来了，她就来，她来了，他的心就亮了。

还有一诗将姑娘比作枝头娇滴滴的果实，也好：

名门娇女态翩翩，阅尽倾城觉汝贤。

比似园林多少树，枝头一果娉酢妍。

从此他每晚都与这位鲜果一样、月亮一样的姑娘相聚。相聚的时光自然是美好的，好到让他上了瘾，于是他开始为情所困，你看他写：

第一最好是不相见，如此便可不至相恋。

第二最好是不相识，如此便可不用相思。

后人以这两句为母版，衍生出了十诫诗，也很好听：

第一最好不相见，如此便可不相恋。

第二最好不相识，如此便可不相思。

第三最好不相伴，如此便可不相欠。

第四最好不相惜，如此便可不相忆。

第五最好不相爱，如此便可不相弃。

第六最好不相对，如此便可不相会。

第七最好不相误，如此便可不相负。

第八最好不相许，如此便可不相续。

第九最好不相依，如此便可不相偎。

第十最好不相遇，如此便可不相聚。

但曾相见便相知，相见何如不见时。

安得与君相诀绝，免教生死作相思。

真是，爱是何等之深沉，要生死作相思？可有什么办法，可以彻底地斩断情丝？方法他倒是有了一个——便是从未遇见你！这是一种多么深多么甜又多么痛的幡悟！

除了这份来自爱情本身的哀怨，还有另外一层来自外部的矛盾，让他徘徊和挣扎。他有诗如下：

曾虑多情损梵行，入山又恐别倾城。

世间安得双全法，不负如来不负卿。

哦，原来他怕他的多情破坏了佛教的清规，可是去念经修炼呢，又怕和姑娘分离。于是他一直在寻找一个两全的办法，可以让如来和美人两不负。可惜的是他并没有找到万全之策。

他这样隐秘地不负如来不负卿地生活了半年之后，一晚天降大雪，他早上回宫，在雪地上留下脚印。宫中的侍者早起后见有足迹从旁门直到仓央嘉措的卧室，疑有贼人进去。后根究足迹追查来源，就找到了姑娘的家中，于是他的风流韵事就败露了。

本来他的地位颇高，也许也无大碍，可惜的是，第巴桑吉的政敌以此向朝廷参了他一本，说他不务正业，是假达赖。于是他就被废了，在解往朝廷的路上病死。死时才二十六岁，正值英年。那位姑娘据说后来也自杀身亡。

有很多版本说他逃了出来，没有死。

还有一个版本说仓央嘉措有一个青梅竹马的姑娘，可是他当选达赖之后，为了维护教规的整肃，他们悄悄害死了姑娘。仓央嘉措得知后，为姑娘自杀了。

看过他的生平之后，这些传闻好像都无法考证，想来应该都是民间的杜撰了。但是杜撰比正史还要美，这大概是出于大家对他的爱戴和怀念。因为他的诗，让凡人觉得，世上最懂得凡人俗世的爱情的，原来是这位高高在上的佛！

突然想到辩机，一位唐朝的高僧，当年为玄奘写《大唐西域记》。据说也是容貌俊秀，才高学渊。他在孤窗读经之时，唐太宗李世民的女儿高阳公主刚巧捉兔子闯入了他的小屋。他当场说了一番悲悯的话语，一席话触动了骄蛮公主，于是这个公主就常常来拜访他。后来公主就爱上了他，说情愿也生于贫寒普通人家，和他恩爱到白头。可一个是公主，一个是高僧，这怎么使得？不久后，辩机的枕头被盗，官府在缉凶过程发现那枕头是宫中之物，还是高阳公主的爱物，于是他们的情事就被发现了。唐太宗大怒之下，将辩机腰斩。看，和仓央嘉措差不多的遭遇，都为情而生，为情而死。想来辩机在被斩之时，和仓央也一样，也该是无怨无悔的吧。

女人就喜欢八卦，都离题了。还是来说仓央嘉措的诗。三百多年来，他的藏文版的诗文被不同的人译成汉文，我比较喜欢上面几首古文的译本和上面两首白话的版本，其他的我觉得都不够好。像被译成中文的泰戈尔的诗一样，都显得太轻浅了。但是我相信，藏文版的原文一定更保持了音律和格致，要美得多。

看看这个奇人，读读这些美文，我就想了：是否世间的绝美都存在于一种边界之上？比如对爱的追求超出了戒律的边界，对自由的追求超出了生命的边界。在这种边界上会呈现另一种不同于大道坦途的风光，就像开于险峰的灵芝，冰山上的雪莲，美得奇，美得险。而这些奇花异草估计也只有神仙才能供养，我们普通人能够知道一下，看上一眼，大概就算三生有幸了。

这是我在多年以前写的文章。本来到这里就结尾了，可前两天朋友在朋友圈发了一个帖子，说降央卓玛用天籁声音演绎仓央嘉措的《那一夜》，好听死了。因为知道仓央嘉措，知道这首诗，所以也听了一遍，但完全不敢苟同朋友的观点。所以再加一段。

仓央嘉措的《那一夜》是美到只有用意念可以跟着他去体会爱一个人的感觉的，就像一种浑然的味道，一个销魂的片刻，有一点别的声响和气味都会搅扰了它的神奇和静谧之美，怎么可以用歌来唱的？降央卓玛的嗓音也是美的，但在仓央嘉措的《那一夜》面前，那都是多余的。这不是说某种艺术好，某种不好，只是有些时候它们各得其所，是不能互相转换的。就像《尤利西斯》，是一本奇书，但我不觉得那种书是可以拍电影的。海明威的《老人与海》，是一本好书，但是我不觉得它是可以用来舞蹈的。仓央嘉措的《那一夜》只能是诗，一首好诗，我不觉得它是可以用来唱的。

昆德拉说如果不得其所，音乐也都会变成噪音。是的，现在的我们正是遭遇了太多的噪音。

突然端庄的秘密

有好友跟我提起农民诗人余秀华。一开始我是觉得很不以为然的，因为我带着跟很多读者一样的秘密成见，就是好诗人要么死了，要么还没出生。总而言之都不在当下。更何况她本是农民，据说还是脑瘫患者。

第二次再有好友跟我提起时，心里就觉得非常非常好奇了：余秀华到底是个怎样的农民，写些什么东西，把那些没心没肺的人都感动了？

于是我去百度了一下。看到一个标题《脑瘫农村女诗人余秀华网络爆红》，在文章末了，第一次看到了她的一首诗《那些秘密突然端庄》：

关于你的生日，爱人，如同苹果的一个秘密

这个唯一的日子，你依旧打开秋风，波澜不惊

我的叙述一次次被打断，词汇干涩，眼泪盲目而不确切

把命运交给夜风，也就交给了你

日子还悠长呢，说到绝望有多少矫情

哦，你曾经给过我最薄最小的翅膀
嗯，我就飞成一只蜜蜂吧，多累，或死在路上
也是一肚子甜蜜
我想象你点燃的烛火。但是恳请你省略我的想象
我已经远远落在第一现场后面
我看见的是横店村过于明媚的阳光，和落在伤口边的菊花
这些，羞于为礼
原谅我又一次无端停顿。你不会意外
那么，一口气吹熄所有的蜡烛
我的忧伤，绝望，愤怒加上一个词汇就成为美
摇晃着。这一天突然地端庄

看完我是有些呆掉的。

这首诗，初读一遍，好像什么都没有看懂，只让我满脑子的画面：夜色中一扇打开的窗户，一朵低垂的矢车菊，一只蜜蜂，一支蜡烛，一缕蜡烛吹灭过后的余烟……这些物件都曾经感动过我，而且我都曾经特意拍过它们。我太过熟悉它们了，在读诗的那一刻它们却一一呈现在眼前。

再读一遍的时候，我在想她把这些东西都放在一段文字里，到底是要讲什么？于是我慢慢地猜：写诗的那天是她的生日吧？在那天她在同什么人倾诉什么吧？还哭了吧？她一定是觉得这日子太累，可是她也曾有过小小甜蜜的过往吧？然后她掉队了，然后她把这些忧伤写下来，写完之后，她发现她找回了她的端庄。

最后，我知道她要讲什么了！就是在一切平凡和悲苦之后，她在

她的诗里找到一个极乐世界，那是她精神上的一个静谧的诗意世界。这种诗意感受和她的外表没有关系，和她的横店村也没有关系，只和她的丰富内在共生共息。

于是这个周日的下午，我放弃了去林间散步，放弃了去拍花花草草，放弃了阅读詹姆斯·乔伊斯，而把一个下午都用在找她的诗，读她的诗和想她的诗上。我想她值得我把我的常规的周末来做一些小小的更动，哪怕停顿。

我喜欢她下面这几首，一并抄来给你看：

我爱你

巴巴地活着，每天打水，煮饭，按时吃药
阳光好的时候就把自己放进去，像放一块陈皮
茶叶轮换着喝：菊花，茉莉，玫瑰，柠檬
这些美好的事物仿佛把我往春天的路上带
所以我一次次按住内心的雪
它们过于洁白过于接近春天
在干净的院子里读你的诗歌。这人间情事
恍惚如突然飞过的麻雀儿
而光阴皎洁。我不适宜肝肠寸断
如果给你寄一本书，我不会寄给你诗歌
我要给你一本关于植物，关于庄稼的
告诉你稻子和稗子的区别
告诉你一棵稗子提心吊胆的
春天

你看，她每天打水，煮饭，按时吃药。你看，她每天耕种，泡茶，读你的诗。可是爱情却在她的心里变成了一把花锄，她一直小心翼翼地用它来翻动春天。可是因为自觉卑微，她成天提心吊胆。她怕自己太矫情，所以她不说白雪、不说飞鸟、不说思念、不说爱你，只说稻子和稗子的差别。所以，你看到了没有？诗人的心多么脆弱，多么值得我们去怜惜！

岔路镇

我还是早到了。在你中年这一劫上，埋好伏笔

这陌生的小镇，落日沉重

随着你的接近，风里涌动着故乡的气味

嗯，我就是为了找到故乡才找到你

旅馆门前的秋色里，向日葵低垂

我一直设置谜语，让你不停地猜

让你从一朵向日葵里找到最饱满的籽粒

人生悠长

你一次次故意说错答案

我们走了多少岔路

于这晚秋的凄清里，才巧遇

我已准备好了炭火，酒，简单的日子

和你想要的一儿半女

在猜了多少谜，走了多少岔路，多少次肝肠寸断之后，她才在一个旅店门口偶遇了那个故乡般的男人。那时候她说她都准备好了，包

括他要的酒，他要的日子和他要的一儿半女。这难道不是一个爱情中的女人能奉献并期待的一切吗?

打谷场的麦子

五月看准了地方，从天空垂直打下
做了许久的梦坠下云端
落在生存的金黄里
父亲又翻了一遍麦子
——内心的潮湿必须对准阳光
这样的麦子才配得上一冬不发霉
翻完以后，他掐起一粒麦子
用心一咬
便流出了一地月光
如果在这一打谷场的麦子里游一次泳
一定会洗掉身上的细枝末节
和抒情里所有的形容词
怕只怕我并不坚硬的骨头
承受不起这样的金黄色

呀，你看！在她的诗意里，麦子是怀着梦想在五月里掉到金色打谷场里的，而她准备在麦子里游一次金色的泳，那么，要洗掉的是什么？原来要洗掉的是所有的陈词滥调。

多么令人惊讶的想象！多么纯净朴素的文字！

正像她说的，诗是她在摇摇晃晃的人间走动的时候，一根摇摇晃晃的拐杖。我想我是理解她这句话的。对于羸弱的人，拐杖是用来帮助他们过每一个风雨飘摇的日子的，是要用来帮忙去井台打水，去狭窄的厨房煮饭和去隔壁的药店拿药的。就像诗，是心里的一根拐杖，需要它来帮忙将家门口每一个没有花园的日子过得同样春暖花开，是要将阳光想象成菊花，是要将自己想象成稗子，是要将心爱的人想象成故乡，将打谷场想象成金色泳池的。然后，因此，让自己秘密地端庄起来。

虽然弱小，虽然孤单，但是余秀华却凭借她的诗，同样地找到了端庄！

我想我是喜欢她的诗的，所以我愿意静静地等她的诗集出版，然后买一本来，静静地读一读，就这样陪伴她的秘密，静一静，或许就好。

浪漫之战

——特洛伊战争

看了几个版本的希腊神话，都觉得看得很不痛快。主要原因是神话里人物太多，人物名称都是音译，所以被译得千奇百怪，显得非常混乱。除了几个特别有名的“卡司”，其他人物都纠缠得厉害。比如说混沌天神，有些书称之为卡奥斯，有些书称之为卡俄斯。猛一看，都不知所云。另外，很多地方译得很拗口，所以读起来很别扭。作为翻译，尊重原文是需要的，但也不能翻译得让阅读缺乏流畅感。我看周作人先生译神话应该算译得很差的。看他的中文译本，我一直怀疑他是从日文译本翻译成的中文，所以乱上添乱。所以还特意去查他到底懂不懂英文，吃惊的是他居然很懂英文的，于是跌破了眼镜。还是喜欢译林出版社曹乃云先生译的施瓦布的神话，译得不错。

话说回来，希腊神话故事真的蛮好看的。我认为它比《封神榜》更为绚丽多姿，比《西游记》要高出几筹。《西游记》里就一个猴儿好玩，其他都呆呆的。但是希腊神话里面好玩的人和神就数不尽数了。所以我就想用我自己平民化的方式来重述几个希腊神话故事，以便在别人讲房子、讲股票的时候，我们可以大喝一声，问他们希腊神话故事知道几个。在大家穷得只剩下钱的时候，至少显得我们还懂一丁点别的。

希腊神话一个好玩的地方是，里面有很多神，各种各样的神。太阳神、月亮神、海神、山神、花神、睡神、梦神、苍老神、苦恼神、复仇神……应有尽有。虽然他们有各自的本领，但是他们其实又跟人没什么两样，人类有的缺点他们都有，比如虚荣、嫉妒、贪婪、好色等等。所谓的平易近人，应该就是这个意思，就是说神跟人一样一样的意思。

就说那个最厉害的天神宙斯，他原不是最初君临上界的那位。最初的天神是他的爷爷，就是那个叫卡奥斯的家伙。他的爸爸杀了他的爷爷夺了位，理所当然地害怕被儿子杀，所以生一个孩子要吃掉一个。宙斯差点被他的老爸吃掉，他的老妈用计救了他的小命。既然活了，就以牙还牙，于是宙斯也杀父并篡位。但是宙斯的过人之处是将胜利果实分得好，自己管天和地，一个兄弟波塞冬管海洋，另一个兄弟哈德斯管地府。分得如此妥当，所以得以江山永固。

尽管他法力无边，可是他的缺点也很多。最主要的一个是他的好色。外遇无数就不要说了，他还乱伦，姐姐、姨妈都娶了来做妻子，另外，还是同性恋。有道是上梁不正下梁歪，因此他管理的天上人间也同样在色字上混乱。

他的第七任妻子赫拉，照例说应该母仪天下，却是头等的争风吃醋和小肚鸡肠。宙斯喜欢的女人实在是多，所以她也特别忙。要设法阻止一个个外遇，要加害一个个情敌，想想就知道她多辛苦。女人爱美真真是天性，赫拉也是要臭美的。特洛伊战争如果没有她想做头号美女，根本也就起不了头儿。

爱神阿芙洛狄忒呢，是个金发碧眼的美女。照例既然是爱神，她应该把自己的情事处理得最好，但她却朝三暮四，被贴上不忠贞的标签。据说她出生于海中泡沫。这泡沫呢，是宙斯的老爸的血流入海中而形成的，所以她的灵性非比寻常。又因为她本是泡沫身，所以拥有白瓷般的肌肤，美艳绝伦。超爱美女的宙斯也追求她呢，可惜宙斯也是单相思。宙斯没追到她，所以就报复她，把她嫁给丑陋的火神。阿芙洛狄忒当然不会爱上那个拉郎配的搞技术的宅男。所以这也就注定了阿芙洛狄忒一生都在追求真爱的路上。你看，这种众里寻他千百度的命运就是爱神自己也没办法。

大家都说战神阿瑞斯性格鲁莽，可她偏偏喜欢阿瑞斯，人家男儿家有力量啊！但说真的，她最喜欢的还是美少年阿多尼斯。美少年外出办事，她都为他担心到哭，掉下来的眼泪成了银莲花，看看，这姐弟恋起来，也不是盖的。

智慧女神雅典娜呢，说是聪明，但也不见得理智，行为上十分冲动好战。她的来历可不一般。说宙斯和另一位女神风流，让女神怀孕了。预言说女神会生下一个权力超过父亲的儿子。宙斯听说这样，哪里肯呢？他就想把危险消灭在萌芽状态，于是就在女神生产之前把婴儿吞入腹中。刚吞下肚，宙斯就觉得头痛欲裂，于是让火神用斧头劈开他的头。这一劈，就蹦出来了手执长矛的雅典娜，不知道能不能这就把雅典娜算作宙斯的女儿？当然这一点都不重要，重要的是她既然来自宙斯的脑袋，当然是聪明无比。

这些各有法力的神呢，很多时候同人类和睦共处，还通婚生子。阿克琉斯就是神和人生的孩子。有时候呢，就为了他们各自和人类的爱恨情仇，发动和参加人类战争，结果人和人打，神和神打，神也和人打，一派混沌景象。特洛伊战争就是这样的。

我认为特洛伊战争是希腊神话里最好玩的，这一仗参加的人和神的数量众多，而且历时很长，有十年之久，缘由却只是一个女人。特洛伊的海伦被希腊人抢走了，特洛伊人把她抢回来，希腊人再把海伦夺回去，如此而已。

故事的女主人公是海伦。她是谁呢，她是宙斯的一个私生女，是特洛伊的国王阿普（普里阿摩斯）的同母姐姐。在阿普还很小的时候，海伦就因为漂亮被希腊人抢到了希腊。又因为漂亮，求婚人络绎不绝。聪明的奥德修斯见状，就立下规矩，以避免情敌间相互厮杀：不管海伦选谁做老公，没被选中的人必须和海伦选中的老公团结一致，一旦海伦老公有难，大家都要齐心协力帮助。看，还真有这样的约定！这就是钱钟书所谓的同情兄吧？结果海伦选择并嫁给了亚格斯王子阿墨（墨涅拉俄斯），当阿墨成为国王的时候，她就成了王后。

再说特洛伊国王阿普在生第二个儿子帕里斯的时候，一则神谕说这个儿子会让特洛伊彻底毁灭。所以帕里斯一生下来就被遗弃到山里。结果被一个牧人收养，就在山上过着牧羊的生活。这位王子，一天正在放牧，突然看到三位美女踏过柔软的青草地走到他面前，他的命运开始转机了。

说到这里，要插入一段故事，来说说这三个美女是何许人呢，怎么找他来了呢？

在一个人类大英雄的婚礼上，众神都被邀了去参加婚礼，但是不睦女神没被邀请到，所以她怀恨在心，就故意制造了一个事端。她拿了一个金苹果，上面写上：送给最美的女人，然后丢在婚礼上。于是这引起了三个女人的争夺。一个是宙斯的妻子赫拉，一个是宙斯的女儿智慧女神雅典娜，另一个就是爱神阿芙洛狄忒。众神都不愿得罪这三位女神，所以谁都不愿做裁判。于是宙斯就指定特洛伊的被遗弃的王子帕里斯来做裁判。由此看来，当机会来到的时候，不要认为是因为自己有才，其实只是天上的神动了一念而已。

所以，某一天，帕里斯正在放牧，三位美女就找他来了，要他来判断她们中谁最漂亮。赫拉许诺他给他地球上一个最美丽的国家，让他做国王。智慧女神许诺他让他赢得人间一个最高的荣誉。爱神许诺他给他一个世界上最美的女人。这个傻乎乎的帕里斯居然放弃权力和荣誉，说他想要一个最美的女人，于是他将金苹果给了爱神。他头脑真简单，简单到不知道在得到权力和荣誉之后，美女是可以随便挑的。他这个金苹果一出去，麻烦来了，这下他就得罪了赫拉和雅典娜，尤其是赫拉，她们发誓要毁灭特洛伊。

说帕里斯呢，虽然得到爱神的许诺，也没立竿见影地遇见什么天下第一美女，也就先娶了妻子，小日子慢慢过了起来。有一天特洛伊国王阿普在城里举办比赛，帕里斯闻讯就去凑热闹。结果给认出来他就是被遗弃的王子，于是大家完全忘了先前他会带来厄运的神谕，喜极而泣地欢迎他，还让他住进了王宫。

过了几天，在特洛伊高管例会的时候，大家又说起以前海伦被抢的事，帕里斯就自告奋勇要去希腊夺回海伦。那群傻瓜都同意了，就让帕里斯装备起程了。巧的是刚好海伦的老公不在王宫，帕里斯很容易就见到了海伦。这下不得了，一个长发及腰，一个年轻俊美，他们一见钟情，立刻陷入情网，决定私奔。然后他们俩拿了很多阿墨的财富，说走就走。但不是立刻回特洛伊，而去别的小岛度蜜月去了。

阿墨回来一看，人财两空，傻眼了。大家说要先试试用和平方式去讨回海伦。于是派了使者去特洛伊讨，人家特洛伊人以为希腊人在讲故事，什么抢海伦，他们的帕里斯可根本还没回来呢。所以双方都以为对方在撒谎，根本讲不通。于是希腊人就备战了，准备攻打特洛伊。因为有约在先，所以海伦的追求者们也都联合起来，要帮助海伦的老公去夺她，于是大部队浩浩荡荡起程奔赴特洛伊。这中间希腊方为把奥德修斯和阿克琉斯拉进战队，花了一些力气，略去详情。但这两个人一定要提一下，因为他们是希腊战胜特洛伊必不可少的两个关键人物。

帕里斯呢，和海伦在岛上玩够了，就带她一起回到特洛伊。原来大家还恨海伦，可一看到海伦的美貌，心也都软了，再加上海伦又跪在那里一哭，侠骨加上柔肠，大家决定一定要保护这个柔弱的女人。那时候，希腊的军队已经兵临城下。

特洛伊可不是好惹的，阿普国王虽然老了，但是他有五十个儿子，四个女儿，个个英勇无比。里面最厉害的是国王的大儿子赫克托尔，他骁勇善战、所向无敌。特洛伊人还有太阳神阿波罗、战神阿瑞斯和爱神阿芙洛狄忒的帮助。

希腊方呢，有英雄奥德修斯、阿克琉斯、埃阿斯，还有赫拉、雅典娜和波塞冬的帮助。

所以双方力量不相上下。因此打了九年，死伤无数，虽然阿克琉斯攻克了很多城市，但是特洛伊城本身还是固若金汤。

战争到了第十年。特洛伊的小王子被捉，而且被希腊人残酷杀害。恼怒的特洛伊的大王子赫克托尔于是杀掉了阿克琉斯的好朋友。这下子激怒了本来已经退出战争的阿克琉斯。于是重返战场的阿克琉斯杀掉了大王子赫克托尔。这又恼怒了太阳神阿波罗，气愤的阿波罗从云端射下一箭，正中阿克琉斯的薄弱环节——脚踵，于是阿克琉斯死了。帕斯特呢，也中了大力士传下的神箭而身亡。两军分别死了诸多猛将之后，一边的特洛伊，关闭城门不出，另外一边的希腊人也一筹莫展。

这时希腊的奥德修斯想出木马计。就是做了一个房子大的木马，前面放了雅典娜的神像，勇士们都躲在木马腹内。木马被放在沙滩上，其他希腊军队全部退回战船退到水中。他们留下一个说客，告诉特洛伊人说宙斯有神谕，怂恿特洛伊人将木马搬回城内。有一个特洛伊人对此表示怀疑，这时突然从海中游出两条大蛇，将那个不相信神谕的人咬死。于是特洛伊人信以为真，将木马运回了城内。晚上在特洛伊人酒足酣睡之际，希腊的勇士从木马中冲出来，外面接应的希腊军队也马上杀进来，于是将特洛伊彻底毁灭。海伦就又被阿墨抢回希腊去了。在海伦的美貌面前，阿墨不计前嫌，两人又和好如初。爱一个人大概就要爱成这样，不计前嫌，只要在一起，那才可以算到头儿，一般的只是几句花言巧语，就休要说爱了。

惊天动地的特洛伊战争就这样结束了！而这个血流成河的战争不过是为了一个绝世佳人。为了这个女人，多少男人战斗了整整十年！为了这个女人，多少英雄死了！为了这个女人，一座城池毁灭了！比起海伦来，褒姒是算不了什么的，周幽王不过燃了一回烽火，也没有为她打过什么仗，就自己灭了国。杨玉环也没什么，李隆基爱她爱得要死，也没有为她打仗，倒是打仗的时候，为了保自己的命，赐了她死。中国历史上和她有得一比的大概只有萧皇后，为六任君王宠爱。但是还是不好比，因为萧皇后只是作为改朝换代的附属品，继续被新君王宠爱就是了，也没有人为了夺她而打仗。最像模像样为女人冲冠一怒的大概只有吴三桂，他还算为陈圆圆打了一仗，但是也远没有十年。

能使那么多男人为自己打十年仗的，只有海伦！所以世界上最浪漫的人应该是希腊人。但今天的希腊人因为好吃懒做，钱快不够用了，这个麻烦听起来一点浪漫感都没有。如果海伦还在 ，遇上这样的男人组成的国度，估计还是会私奔。

逃不掉的命运

——俄狄甫斯

当前的希腊这么糟糕，大家搞不明白为什么。一个多么璀璨的文明古国，怎么会变成这样了呢?

跟我来重温一个神话故事吧。希腊神话中俄狄甫斯的故事就非常有趣，非常适合现在来听。

说底比斯国王年轻时因为赌博，拐骗过某个女神的儿子，所以女神就唆使宙斯降难于底比斯国王。底比斯国王和王后结婚多年未曾生育，为此到阿波罗神庙求神谕。得到的神谕是：你会得到一个儿子。但是命中注定，你会丧命于儿子之手。这是宙斯的命令。

后来王后果然怀孕了，而且果真生下了儿子，为了阻止预言的实现，他们在孩子生下后三天，便命仆人用钉子刺穿儿子的双脚，并用绳子绑起来，扔到荒山下。仆人很是可怜孩子，觉得孩子那么无辜，就把孩子交给另一个国王的牧羊人，回家却禀报国王说孩子已经死了。结果，那个牧羊人就治好了孩子的脚伤，并给他取名俄狄甫斯，就是弃婴的意思。后来牧羊人将他送给了他的国王，新的国王和王后非常喜欢俄狄甫斯，把他当亲生儿子一般对待。俄狄甫斯呢，也一直以为他是他们的亲生儿子。他长大后的某一天，有人酒后失言，说他不是当今国王的儿子。他大受刺激，于是跑到阿波罗庙去求神谕，神谕说：你将会杀父娶母。

听到这样的神谕，他无比惊恐。他害怕自己真的会犯下杀父娶母的错，所以立刻决定离开当今的国王王后，以避免预言实现。

在离乡的路上，他遇到一辆马车，马车里坐着一个看不出身份的老人。老人的随从粗暴地叫他让路。他一气之下就和随从打了起来。车上的老人见状就用手杖打了俄狄甫斯一下。俄狄甫斯哪里受得了这种气呢，一拳就把老人打下马车。然后他却没事人一样继续赶路。他哪里知道，那个老人死了，而他打死的那个老人就是自己的生身父亲。看，希腊神话最好玩的就是这个！他们都如此小心翼翼地逃避神谕，但是预言就是这样无法避免地残酷地开始一一应验了。

再说底比斯城，在国王死后，王后的弟弟当了国王，正在悼念老国王时，突然在城门前来了一个人面狮身的叫斯蒂芬的怪兽。这个怪兽好奇怪，它成天就坐在一块石头上，不停地给底比斯人出谜语，猜不出谜语的人就要被它吃掉。它已经吃掉很多人了，简直成了底比斯的灾难。所以王后的弟弟张贴告示，说谁要是能解答斯蒂芬的谜语，他就是底比斯的国王，并可以娶先王的王后为妻。

巧的是那时候俄狄甫斯刚好来了，斯蒂芬就问他：早上四条腿，中午两天腿，晚上三条腿的是什么东西？俄狄甫斯简直笑死了，这不是太简单了吗，于是他即刻解答了谜题。斯蒂芬羞愧地自杀了。于是俄狄甫斯就当上了底比斯的国王，并娶了原来的王后。其实也就是他的母亲，当然他是不知道的。他们一起生了四个孩子。

然而，由于他杀父娶母的滔天罪行，神给这个城市带来了瘟疫。

大家没有办法，又去请神谕。神谕说，要将城里的一位杀害国王的人驱逐出去，否则底比斯城永不安宁。于是他又去找占卜师，要找出杀害国王的凶手。占卜师说那个人就是俄狄甫斯他自己。他怎么会相信呢，只说占卜师一派胡言，于是将占卜师轰了出去。私下和王后闲聊，王后也觉得不可思议，说国王明明是被强盗打死的，而且她和老国王得到过神谕说他会被他们的儿子打死。可是他们的儿子出生才三天，就被他们扔掉了。这一说，俄狄甫斯心里有点震动了。忙问国王在哪里被打死，他们让谁扔掉了孩子，扔在哪里。结果慢慢查下去，发现就是他杀害了自己的父亲并娶了自己的母亲。王后听到这样的结果，悄悄退出去，在卧室悬梁自尽了，俄狄甫斯看到后，简直疯了。他撕下母亲衣服上的胸针，当即刺穿了自己的眼球，并向全体居民认罪，承认自己的罪孽。底比斯人都原谅了他，都同情他的无辜，挽留他继续做国王。可是他自己觉得羞愧难容，于是坚决背井离乡，最后客死他乡。

说到这里，我不得不想起米兰·昆德拉，想起他的《生命中不能承受之轻》中的主人公托马斯。托马斯是个外科医生，是个清高的小知识分子。他根本无心政治，闲暇时只是看看书，约约女人。就是这样的人，因为希腊神话，他的命运和普通外科医生的命运有了不同。他也是一个希腊神话迷。特里莎的到来，让他联想起了神话里的弃婴，在竹篾篮里顺水漂来。这样一比喻，发誓不结婚的他居然娶了特里莎。更有趣的是，他在看完俄狄甫斯的故事后，就将俄狄甫斯联想成捷克的执政当局，于是他就责问执政当局将捷克治理得如此混乱，还为自己辩护说什么他们不知道会把国家弄得这样乱，他们不知道会这样！于是出于好玩，他写文章嘲笑说，执政者难道说一句不知道会把局势搞这么糟就可以无罪吗？难道不该有俄狄甫斯那样的对现状负责的勇气吗，难道不应该也自己刺瞎双眼吗？于是小知识分子圈里纷纷当妙语传播，然而他也因此引火烧身，遭到当局的封杀，被革职为民。

于是我们是不是也可以联想：希腊的今天都是一个神谕，一种命定，命中注定他们选了当前的执政者把希腊搞这么糟！希腊的人民如此善良，他们根本拿不起屠刀，那么执政者是不是就应该拿出俄狄甫斯的勇气，自己刺瞎双眼呢？那样，希腊是否就可以得救呢？

当然，我们讲的只是神话。

死之静美

在骨子里，我一直比较轻视日本文学。以前，一个日本作家的书都没看过的时候就在瞎想日本人不外乎战争狂、工作狂、服从狂，然后为排解这些压力纵情声色、酗酒和吸毒。所以想着那种人怎么可能清醒思考？因此他们的文学必定缺乏思想沉淀。

后来有一段时间，偶然兴起，连续看了好几个日本作家的书。先是《源氏物语》，据说是日本的《红楼梦》，但是其实和《红楼梦》还是相差挺远。虽然也有大观园的摆设，有文字的诗意的优美，但没有《红楼梦》的思想。后来又看了村上春树的多部作品。村上春树是诺贝尔文学奖夺冠呼声很高的一位，但是看他的作品，我私下以为他应该拿不到文学奖，因为他的文字神游有余，但是力量不够。也看了渡边淳一的几部作品，看到了他文字中的唯美，但是缺乏道德和时代感召力。

但是看看川端康成，还是看出些静谧而触动人心的美来，有日本茶道的安静致远的况味。

到后来看过片山恭一之后，我觉得日本人对美还真是有他们特别的理解。他们的美不在万里晴空之下，他们的美在幽谷枯井之旁。

我喜欢片山恭一写的《崩坏之光》，喜欢他描绘的死亡。死亡在他笔下变得没有痛苦，没有挣扎，只有凄美。再看了青木新门的《入殓师》之后，我不由得认为日本人可能是最懂得死亡的民族。他们打仗打到死，工作累到死，喝酒喝到死，吸毒吸到死，他们怎能不懂得死呢？！

《崩坏之光》的主人公阿臣得了不治之症。但他没有像常人一样四处求医，反而让自己彻底放假，去做他喜欢的事——摄影。死亡的恶魔在身后跟随，反而让他得以纯粹地和他的爱好独处。他在山洞里过夜，在树林中远足，得以在黎明和黄昏的光线里独自地欣赏和捕捉大自然绝然的静谧和美。所以有时候放下肉身，将身体交给一片落叶，随风飘散，是否也可以释然？

他和嫂嫂之间的小故事也美得惊人。由于哥哥意外去世，他和嫂嫂悲痛不已。在哥哥忌日的当晚，两人拥抱在一起。我想拥抱的起因本和情色无关，不过是两人都太怀念死者，通过拥抱，来互相取暖。一个来感觉哥哥的亲情，另一个来感觉丈夫的爱情。后来，他们感觉着死者的目光做爱，其间的思绪想来是极其复杂的。有思念，有求助，有怜悯，有孤单，有释放，有安慰，但是更多的是负罪感吧。所以第二天，他们都觉得羞愧，互相都没有说什么就黯然分离，从此再也没有任何接触和联系。在临死之前，他最后去看一看嫂嫂。他没有告诉嫂嫂他身患绝症，将不久于人世，他只是说回来看看。他们一起在黄昏的海边，哥哥死去的地方散步。

嫂嫂问："人死了之后到底去了哪里？鸟飞走了，每年都会回来。人呢？人是否死了，变成灵魂，过一段时间又变成人回来？"

他看着海上的飞鸟，低声说道：“如果我死了，一定变成鸟飞到你身边，那时你要给它喂面包屑，可不要用石头去打它啊！”

嫂嫂吃了一惊：“你要是出什么事，我可不依！”

看到那里，我放下书，感动到看不下去。只是短短一段对白，可这是一种怎样简约含蓄又魂牵梦绕的生死告别？

写生离死别写成这样，我以为到达了极致。

如果在《崩坏之光》里，我们看到生者的即将离世，那么在《入殓师》中，我们看到死者在死后该如何被生者对待。

《入殓师》讲的是一个大提琴手小林。由于生计所迫，他做了入殓师。但慢慢地，他被工作的精致流程，以及藉此传达出来的对死者的尊敬所感动，而喜欢上了这职业。他工作在他人人生的终点，凭藉自己对生命、对美的理解和一颗柔软的心，完美精准地表达了对死者最后的最高的尊敬。经过他温柔的整理，死者戴上爱人的丝巾，涂上钟爱的口红，盘起美丽的云鬓，穿起洁净的衣服……他们安静地躺在那里，告别一段作为人的旅程。这段旅途也许有很多辛苦，也许有很多困扰，很多纷争，可是不重要了，因为在此刻他们被小林温柔地擦拭、整理和打扮，在人生的终点终于被尊敬、被温柔对待，然后安详而又有尊严地准备迎接下一段未知的旅程！

小林一直对三十年前带着另外的女人弃他而去的父亲心怀仇恨。三十年后接到父亲的死讯，他去操办后事。在他尽入殓师之职整理父亲遗体时，一颗心状的小石头从父亲紧捏着的掌心掉下来，那是儿时他和父亲玩石文游戏时，他送给父亲的代表爱的石头。父亲的爱子之心昭然若揭。小林的恨冰释了，因为父爱一直未曾中止。藉由死亡，父子彼此谅解，彼此再次亲近。于是死亡好像变得必要。

片山恭一和青木新门让我们看待死亡超越于悲伤之上，让我们得以从另外一个视角细细品味死亡之温柔之肃穆，在入殓师营造的极致的静美中，我们的肉身得到最温柔的安顿！

不管我们的一生怎样辉煌或暗淡，怎样热闹或冷清，终有一刻要被死亡之秋叶轻轻覆盖，但是让这一刻来得轻柔一点，美丽一点吧。

而且请不要悲伤，当春天来临，我们会变成鸟儿，再度飞起……

小萝莉

最近看国内的资讯，会发现很多地方不仅在讲萝莉，道萝莉，还在学萝莉。我就很是起了迷糊，到底谁是萝莉？于是对新事物保持高度警觉的我去百度——萝莉是谁。百度百科在第一条告诉我：萝莉是指小女生，年龄约为 12 岁以下的少女。最初来自美籍俄裔小说家弗拉基米尔·纳博科夫（Vladimirovich Nabokov，1899—1977）于 1955 年所作的长篇小说《洛丽塔》。

于是我知道了，萝莉原来是来源于小说《洛丽塔》的主人公洛丽塔！一本禁书的女主人公。我看过这本书！

这是本为数不多的我看了一半便放弃的书。放弃不是因为书写得不好。书其实写得很好，如果只是从文学具备的描写心理感受的功能来看，或者说唯美的部分，有点普鲁斯特似水年华的味道，细腻的独白和感受，他写得好极了。然而从文学另外的一个弃恶扬善的社会功能来讲，显得太邪恶了。

一个极其敏感的家境优越的男孩子亨伯特，在十三岁的时候疯狂喜欢上一个和他年纪相仿的女生阿尔贝娜，可是在第一次尝试肌肤之亲之后四个月，那个美丽又可爱的女生死了，死于伤寒。这个打击太大了，让他整个青春期甚至整个人生都在畸形中度过。罗伯特是有才气的。他大学主攻英国文学。毕业后，当过英文老师，编过英国诗歌索引。可是他的灵魂是病态的。在灵魂深处他一直思念和渴望他的阿尔贝娜，于是他只喜欢和阿尔贝娜年龄相似的他所谓的性感少女，就是九到十四岁这个年龄段的楚楚动人的女孩子。他知道他的这种欲望是罪恶的，所以他压抑他的欲望，还随便地找了他的医生的女儿结了婚，这至少让他看起来和常人无异。可是内心，他却不爱她，他只爱他的阿尔贝娜，或者和阿尔贝娜相似的少女。让他再次受打击的是他居然被他蔑视的狮子狗一样的妻子抛弃了，因为她爱上了别人。因为神经衰弱，他后来接受过一段时间的心理治疗。之后他继承了遗产，移居美国。经人介绍他去租一个房子，在看房子的那天，他看见了房东夏洛特的一个十二岁的女儿，懒洋洋地坐在绿草地上，带着他的阿尔贝娜式的性感容貌，于是他就住下了。那个女孩子就是洛丽塔。故事开始了。

亨伯特具有所有吸引女性的特质，比如光滑的下巴，挺拔的身材，讲究质地的衣服，诗人般的才情，还有忧郁沉默的眼神。应该说，开始时，亨伯特只是在暗中默默地欣赏他的女神，只是在意淫洛丽塔，而倒是洛丽塔的情窦为他所开，是她卖萌，将头靠在他的肩上，将手放在他的手心里，自己坐到了他的膝盖上。开始也仅仅于此。可是房东太太夏洛特却也爱上了亨伯特，在撵走洛丽塔，送洛丽塔去夏令营的时候，留下一封信给亨伯特，让亨伯特选择——继续留下，代表要和夏洛特白头偕老，也就是要成为洛丽塔的父亲；要么搬走，从此再也不相见。亨伯特因为洛丽塔的缘故选择了留下，就和夏洛特结了婚。

他心里想着洛丽塔，身体却只能和她的妈妈夏洛特在一起。所以他祈祷那个海豹一样的夏洛特能发生什么意外死去，他也计划过，但都没有得手。然而，一个月后某一天夏洛特发现了亨伯特的日记，知道亨伯特爱上的人竟是她的女儿洛丽塔，而称年老的她为海豹。她一气之下，冲出家门，结果意外发生，夏洛特被汽车撞死了。亨伯特终于如愿，去学校接走了洛丽塔，在汽车旅馆，也是洛丽塔自己投怀送抱。因为怕邻居的风言风语，也怕洛丽塔逃走，所以他带着他可爱的洛丽塔在一年内一直生活在旅途中。

那个可怜的喜欢吃糖喜欢一切广告用品的洛丽塔在尝试禁果后，坠入了沉重的无法排解的罪恶感中。她想逃走，可是亨伯特娇宠她，给她买所有她要的东西，又威胁她，说一个没有父母的孩子只能去收容所过着悲惨的生活。

这样，洛丽塔就像被绑架了一样，成了他的俘虏。他疯狂地爱她，爱她，爱她的每一寸肌肤，每一次呼吸，而他又何尝不知这种爱毒害了她。而她呢，她恨他，恨他，恨每一天跟他一起的日子，可是她又依赖他生活。

为了让她接受教育，也暂时安稳她，一年后他们在一个小城定居，他送她去了一个优秀的女子学校，他一如既往地限制她和任何一个男生亲近，而她为了反抗，故意叛逆。在这期间，她因为参加舞台剧的演出，再次接触了一个她崇拜已久的剧作家奎尔蒂，也是这个人后来帮助她逃出了亨伯特的掌心。

而这个奎尔蒂也是一个性变态狂。奎尔蒂强迫洛丽塔拍情色电影，洛丽塔不同意，就被抛弃了。流离失所的洛丽塔，最后嫁给一个贫穷的退伍兵。洛丽塔在十七岁就怀孕了。因为经济拮据，写信给亨伯特借钱。分离了两年之久的亨伯特在接到信后，立刻不远万里来看他的洛丽塔，看到她未老先衰的邋遢模样，他心如刀绞。然而尽管如此，洛丽塔仍然果断拒绝跟随亨伯特在罪恶感中浪迹天涯。

亨伯特彻底绝望了，他找到奎尔蒂，并杀了他，同时他也被捕了，在狱中用五十六天写了这本书。他授权在洛丽塔死了之后才可以发表。他希望自己的这本书能使洛丽塔永远活在后世人们的心中，这是他们二人能够共享的不朽。

这便是亨伯特和洛丽塔的伤心故事。

我们常常泛泛而谈女孩子的可爱，少女的青涩，年轻女子的姣好，中年女子的风韵，但我们描写不出很多具体的特征，更不用说细微之处，但是在这本书里，通过亨伯特的眼睛，我们看到了少女美的具象。

亨伯特，一个艺术家，一个狂人，一个无限忧郁的造物，只有他这种集敏感艺术和病态于一身的特质，才能发现洛丽塔身上独到的美。比如她像刚舔过的蜜饯一样的嘴唇，比如她蜂蜜一样的肌肤，比如像绸子一样柔嫩的脊背，说她玫瑰的肤色沐浴在金灿灿的尘埃里，说她有火辣辣如夏日光焰般的健康热气，说她是设计精巧又毫无感觉的小机械，说她像纤弱的小鹿一样在网球场奔跑，像小美人鱼一样在水里游泳。她是一个活脱脱的美丽妖娆的性感小女神。

而洛丽塔的内在世界还实在是幼小得可怜，世界观、人生观都没有确立，胡乱地将一些莫名其妙的话当作自己的座右铭：我的责任是要做有用之人，我是雄性动物的朋友，我服从命令。而也正是这种缺乏引导的青春期不安定的过早和过度萌动，最终摧残了洛丽塔，她是那么娇嫩的一朵桔色花苞，却在墓地如此快速恐怖地凋谢了。

我不知道在大家都知道了这个故事和萝莉的原型之后，还会不会再随意地引用洛丽塔来做偶像？什么萝莉式的裙子，什么萝莉式的鞋子、发型，甚至萝莉的性格，殊不知伴随这个萝莉的，更多的是无知和幼稚，以致最后一场多么大的悲剧。

国内这么多节目，除了娱乐，是不是已经有了，或者该有个节目比较寓教于乐，给大家介绍一些世界上的好书或有争议的作品，讲一些书里的故事和人物？也许可以帮助大家对我们周遭的人和事看得深一点、高一点和远一点？

此文也写给我们的小萝莉们，祝她们享受阳光，享受雨露，享受青春，享受成长，但是亲爱的，最重要的是要享受健康！

笔下人间

窗外飘来煤饼炉子的烟味，传来竹杆子拍打被子的梆梆声，自行车清脆的铃声近了又远去，还夹杂着对面楼下人家三两句闲聊的嗡嗡说话声。一缕缕阳光漏进来，像金线织进纱网中。

佩玉将将

有多少作家在多少书中提及詹姆斯·乔伊斯和他的《尤利西斯》？海明威和托马斯·沃尔夫曾骂过多少书，但是《尤利西斯》是没有被骂的仅存的几本之一。所以我怀着强烈的崇拜和好奇心来阅读《尤利西斯》。

刚读了个开头，阅读过程非常不愉快。对我这个理科生，读书纯粹是业余爱好，但是我也读得来一点点卡夫卡，一点点卡缪，但是这本《尤利西斯》让我举步维艰。里面有太多引用、隐语、揶揄和意识流手法，这些手法于我也都不是问题，麻烦的是他的大多数隐语和揶揄都建立在引用的基础上，如果不知道引用的背景，就很难读透它。

我除了知道一点点的《奥德赛》和莎士比亚的故事概要之外，几乎没有看过其他大量引经据典的书籍，所以基本上不能理解很多话的妙处。

书里有个玩笑说："史蒂芬用代数运算出莎士比亚的亡灵是哈姆雷特的祖父。" 我就至今没有看懂。可以假装笑一下，因为他用数学在运算文学，但是这个推算过程就想不明白，照我想来，应该哈姆雷特的亡灵是莎士比亚的祖父。

比如他描述说花匠长着一张马修阿诺德的脸。我要去百度才知道那张脸是什么样子，非常费劲。

但是这不妨碍我坚信他文字的奥妙给他本人和懂得他的人带来的不可估量的愉悦。而我，就因为无知，可怜巴巴地被一场文学盛宴拒之门外，只能站在门外的马路上透过玻璃窗眼睁睁看里面的热闹。于是那个下午就觉得心情沮丧，甚至到后来觉得非常非常孤独。

低落之后，为了图简单和放松，就拿起枕边的《诗经》来翻。

读到一首郑风叫《有女同车》，觉得好：

> 有女同车，颜如舜华。将翱将翔，佩玉琼琚。彼美孟姜，洵美且都。
>
> 有女同行，颜如舜英。将翱将翔，佩玉将将。彼美孟姜，德音不忘。

我用白话大概解释一下：有个女子和我坐在同一辆车中，她的容貌像芙蓉一样姣好。车子在路上飞奔，像鸟儿在翱翔，衣裾上的佩玉在奔驰中熠熠生辉。那个女子叫孟姜，真是美丽动人。有个女子和我坐在同一辆车中，她的容貌像芙蓉一样清丽。车子在路上飞奔，像鸟儿在翱翔，衣裾上的佩玉在奔驰中叮当作响。那个女子叫孟姜，品德端庄让人久久难忘。

诗词很简单，描绘的场景也很简单，但是它不光牵动了视觉，还调动了听觉，美好得丰满而立体，读起来让人觉得非常愉悦，这样的旅途怎不让人心向往之？

首先好的是有清丽脱俗的美人同行，然后好的是她和他的并肩齐飞，彼此之间的和谐相悦，就像是玉佩间发出的清越动人的刚刚好的撞击声。所以这“佩玉将将”一词，真是美极了！郎才女貌大家觉得好，可是否太静态了？如果配上这将将之音，他们便可以将翱将翔，行云流水！

还有一首郑风：

> 女曰“鸡鸣”，士曰“昧旦”。“子兴视夜，明星有烂。”“将翱将翔，弋凫与雁。”“弋言加之，与子宜之。宜言饮酒，与子偕老。琴瑟在御，莫不静好。”“知子之来之，杂佩以赠之。知子之顺之，杂佩以问之。知子之好之，杂佩以报之。”

这里面也有将将之声，听我来讲给你听：

女子说，鸡叫了，男子说，天蒙蒙亮。女子说，看啊，启明星闪闪发光。男子说，那我要起来射鸭射雁。女子说，你射什么回来，我就用什么做佳肴，有了佳肴伴上美酒，这样和你一起变老。你弹琴我鼓瑟，多么安静美好的生活。男子说，知道你对我的关怀，你对我的体贴，你对我的真情，我要送你玉佩来感谢和报答。

他们两人你一言，我一语，琴瑟和谐，相亲相爱。幸福的悦音绕梁不绝，相信他们一定可以白首不分离。这种和谐的美，你看，《诗经》都早有记载，所以自古至今都同样地被当作至宝。

说到这里，不由得想起宝玉和黛玉。听多少现代人讲，其实宝姑娘好过林姑娘。但是在宝玉眼中，和他能撞击出将将之音的却只有林姑娘。

看他们一段对白就知道。

黛玉问宝玉："宝姐姐和你好，你怎么样？宝姐姐不和你好，你怎么样？宝姐姐前儿和你好，如今不和你好，你怎么样？今儿和你好，后来不和你好，你怎么样？你和她好，她偏不和你好，你怎么样？你不和她好，她偏要和你好，你怎么样？"宝玉呆了半晌，忽然大笑道："任凭弱水三千，我只取一瓢饮。"黛玉道："瓢之漂水，奈何？"宝玉道："非瓢漂水，水自流，瓢自漂耳。"……

林姑娘她冰雪聪明，不问宝玉怎么待自己，倒是问宝玉怎么处理和宝姑娘的关系，当然处理了这个关系，她就知道自己被怎么对待，自己会在哪里了。宝玉要说的当然是我心里只有你林姑娘，只取你一瓢。可林姑娘还不放心又问了，瓢是在水上漂的，怎么办？宝玉说那不是瓢在漂，是水流了，瓢还是跟着水在动！

看，多么绝妙的对答！只有心思细密的林姑娘问得出这样的问题，但是自有痴愚的宝二爷回答得恰到好处，这里面便有佩玉将将的声音，所以我们不要讲宝姑娘多好，而是要讲林姑娘多配！

最近大家在讲杨绛。记得她描述过钱钟书写《围城》的时候，说钱钟书每每写好一个情节，便急急拿了给她看，她看后，常常会心一笑，因为她知道他写的是谁，是怎么个前因后果。这笑声便是将将之声！钱钟书的有生之年，有杨绛同车，得以佩玉将将。

记得一个长辈出了一本书，也是一本艺术图册，就叫《佩玉将将》。当初觉得书名好，因为他的书就是讲的玉。现在想来，除了很配衬玉佩，里面的将将更好，他的风骨和玉石是刚刚配得起。

所以，回到卡住我的《尤利西斯》。和所有的书一样，遇到一个懂得的读者，书和读者才能达成默契。没有一个懂得它的读者，就根本没有什么阅读愉悦可言，更不要说撞击出什么心灵火花，将将之音当然是听不到的。所以是我并不配读《尤利西斯》！

说是这样说，可我并不甘心，心里叫着：等我，等我，《尤利西斯》，过几时我还会再来，我要努力配上你，让你听到佩玉将将。

夜醉菲沙

忙碌了一整天，终于可以静静地站在落地窗前，长看夜晚的菲沙河。窗外同往常一样，灯火阑珊，扑朔迷离。岸边的灯光被拖曳到水中，影影绰绰，成就了另一个水中世界。今晚的月色特别清朗，故将灯火的倒影拉得特别长，轮廓也特别清晰，于是眼前的河岸仿佛成了一个金银打造的玲珑宫殿，闪烁着溢彩流光的美。这份美，炫目，虚幻。

我微微地觉得沉醉，仿佛听见飘飘仙乐，仿佛看见前朝的轻歌曼舞，不由得想起盛唐，想起刚刚重温过的贵妃故事。

这是一个被无数人、无数时代解读过了的故事。

说的不过是一个叫玉环的女人，做了皇子李瑁的妃子，后来又被皇上李隆基看中。李隆基把她夺过来做了自己的妃子，最后是美人江山两相误。

大家常常拿这个故事来教导他人。说他荒淫无度，忤逆不伦，纵情声色，断送了江山。大家说她红颜祸水，是她让“春宵苦短日高起，从此君王不早朝”。说她落得马嵬坡前“一掊黄土收艳骨，数丈白绫掩风流”。

我也是从小就深得教诲，看轻那个君王和贵妃，哂笑他们的荒废正业。可是这段艳遇在如今的年纪看来觉得也没有那么糟，如果这段艳遇关乎一段至情至性的爱情。

她美得沉鱼落雁，闭月羞花，还能歌善舞，白居易所谓“缓歌慢舞凝丝竹”。通俗一点儿说就是她有范冰冰的妖媚，邓丽君的嗓音和杨丽萍的舞姿。他迷恋她的美艳，欣赏她的歌喉舞姿，尽日君王看不足，也是情理之中的事。作为当朝皇上的他，不但拥有文才武略，还懂她、惜她、爱她。她投怀送抱，“承欢侍宴无闲暇”，其实也无可厚非。天下君王，能有几人得遇那样的美人，能和他如此琴瑟和谐。人间美人，能有几人得遇那样的君王，和她如同恩爱结发？在他面前，她就是一个美艳但是善妒的女人，嫉妒了就是要做出来给他颜色看，所以两次被赶出宫门。在她面前，他就是一个有权力但是离不开女人的普通男人。被冒犯了惹恼了，他就是要惩罚她，可是赶走了她之后，又想她想得不行，所以当夜要招她回来。这种脾气和做派也只有他和她一起时才使得出来，所以就好玩。

当然，除却这些，他们能长久相爱更主要的原因应该还是志趣相投和可贵的彼此间的懂得和默契。他们共通音律乐器，常常地，他谱曲，她吟唱，他击鼓，她起舞，才子佳人共谱了一部《霓裳羽衣曲》——那部代表唐代最高音乐成就的歌舞作品。可以说，他们是两个在同一级别的追求美的艺术家，彼此心灵相通，是精神层面的知音，这就尤为难得了。

精彩的是，李白也以为他们是才子美人，相得益彰。他为《霓裳羽衣曲》填了词：

“云想衣裳花想容，春风拂槛露华浓。若非群玉山头见，会向瑶台月下逢……名花倾国两相欢，长得君王带笑看。解释春风无限恨，沉香亭北倚阑杆。”

从这些秾艳的词句，便可一窥他和她琴瑟和谐的融融情意。

他五十岁了，做皇上的乐趣他享受够了，在刚失去一个宠妃之后，能够重新燃起他生活的激情的人，他知道除了她，没有别的人了，因此怎能辜负了香衾事早朝？而因为他，她享尽一个男人如父如夫的宠爱，所谓三千宠爱于一身，因此天下人都不重生男重生女。这样没有顾虑地两情相悦的厮守，我不知道我们还能期待什么。

我是不太相信马嵬坡前他会赐她死，我情愿相信她是自缢，像虞姬别霸王。明知无路可逃，还不如让他少一份牵挂。轰轰烈烈爱过了，该放手的时候要放手。她倒是红袖香消，一走了之。独可怜了他孤灯挑尽未成眠，从此以后纵有千种风情，更与何人说？此种孤独和悲戚真是要让人落泪的，因此他谱曲《雨霖铃》，来怀念她。

只是如果还有来世，他还要她来做他的玉环，她也要他来做她的三郎，谁知道他们不是这样约定？我情愿这样相信。

记不得从哪里看来的一句话：自唐之后，浪漫之门从此就关了。现在想起来觉得是一个很妥帖的句子，于是就放在这里做结尾。

门关了就关了，而菲沙河的夜色还是要看。一个水中的玲珑宫殿，只是看看就让人醉了，误把菲沙作了华清池。

怀旧小玉庭

每次到上海，总是住长寿路的古井假日，但是从来不知道几百米外有一家中文名叫小玉庭的咖啡店，洋名“LA PETITE FONTAINE”读起来有娇小的法国女人的优雅味道，想想都是美的。

它悄悄地隐身于苏州河边，上海原材料公司的隔壁，让两坛小冬青把着两扇极窄的小铁门。小铁门微开，守护一个一次只容一人进出的拱形入口。

一旦入内，便发现其中别有洞天。浓郁的花草气息，安静的庭院氛围将它和外面喧杂的市井之气完全隔断。

先是一个天井，也是一条窄长的石子路面的露天走廊，上方用木梁搭建了稀疏花架，绿色藤蔓攀缘低垂。两侧是老旧的未经粉饰的水泥砖墙，块块红砖和灰色水泥层层斑驳地黏结在一起，很有苍茫的年代感。一侧的墙上嵌入式地安上了窗格子式的书架，里面放着几层藏书。另外一侧的墙是整面的落地镜子，折射着对面的花草景物，让空间看起来颇为开阔。沿墙矮矮地放着几张圆桌，铺着红白格子的桌布，桌上放一个玻璃的烛台，配两把风吹雨淋过无数次的木头椅子。

稍往里走是旧得吱呀响的老式带窗户的木门，进入门内，是一间小屋，迎面是一张小花台布的圆桌，玻璃瓶里放了一大丛绿叶白花的丁香花束，只有乡间才有的如此大捧大捧的不经济的插花。桌子配了一张维多利亚时期风格的双人沙发，老得在博物馆才可以见到。木扶手都已经开裂，提花布包的底座和靠背织物纹理已经不清晰，但是木头上的细致雕花，花布上的繁复图案还是依稀可见当年它全盛时的奢华景象。靠墙是青苔绿的窗框和储物架，架子上放着数量众多的老旧的西式布娃娃，贴着暗花壁纸的墙上挂满大大小小的相框，有独照，有合影，有全家福……莫名其妙地，让我想起安徒生的童话世界。

右拐入内后只能左转，又是一条屋顶和地上吊满和放满盆栽植物的木地板回廊，左边有两个小间，就是两个客人用餐区。右拐的空间，其实原先应该是个大客厅，有壁炉，有钢琴，墙上有挂着鹿角、牛角的标本，在钢琴上方的墙上，还专门有玻璃橱窗，放了好几种野鸭和水鸟的标本。客厅被一人高的窗式木板墙隔断成几个用餐区，因此都因地制宜，布置和景致各个不同。有的靠窗，对着户外，有的靠着钢琴，有的靠着立地的鸟笼。到最里面才能看见吧台。一个员工围着围裙蹲在地上修剪一大丛刚刚从户外剪来的丁香树枝，另外一个戴着围裙的小伙子在忙着倒水，看见你来，只是点头微微笑。这样的随意我倒觉得刚刚好，哪有在童话世界中，被毕恭毕敬迎进来的？

由于早了些，就我一个顾客。我要了一杯柠檬水，坐在刚进门的天井处，靠着书架的那张小桌上。在旧椅子上坐下来，闻着花香，听着里面传来隐约的琴声和清晰的鸟鸣，看着这方寸之地，很有一种出世的感觉。然后细细地看书架上的藏书：《兔子共和国》《灿烂千阳》《野火集》《喀布尔书商》……都是些很有质量的藏书。然后不免想这家咖啡店的主人是何许人，如何在闹市寻到旧院落，搭建了一个如此怀旧静谧的栖息处?

服务生送水来的时候，我刚好问她主人是哪里人，她说是上海人。她侧过二十岁还不到的苹果般的天真脸庞，颇为骄傲地补充说，老板在上海一共开了六间类似的咖啡店，都是同样的主题。看着她的样子，我突然想起神雕侠侣，这个孩子就适合在这里工作居住，也许就可以与世隔绝地生长，长成冰清玉洁的小龙女，而杨过在某一天自然会来。

我拿起随身携带的电子书，继续看《追忆似水流年》，这本书我通常在外出时才看，因为没有波澜起伏的情节，所以最适合用来消遣稀有的独处时光，于是这本书让我感觉好像今生今世永远都看不完一般。

看普鲁斯特写道："……现实失去了它的一切魅力和意蕴，只成了我的实际生活的一个沿袭的框架，正等于坐在车厢里的旅客为了消磨时间看一本小说，车厢就是那本小说的幻想世界的框架。"

于是这个庭院也成了我阅读和幻想的框架。由于框架围绕了黄昏的藤蔓，开着花，有音乐和鸟鸣，所以框架中的主人公都好像被镀了金一样地熠熠生辉起来。这也为我解释了为什么我就连看书都讲究背景，因为我想让自己的阅读时光有个梦幻般的框架。

过了一会儿，有两个人走进来，一个中年男子，后面跟了一个年轻女子。他们和先前的我一样从外面沿着走廊进来，一样地走入屋内，不多久又出来，也和我一样地喜欢清新的户外，所以坐在我背后的一张桌子边。我转头看了一眼，那个男子和我背对背，坐在椅子上，那女子坐在沙发上。

我继续看书，看普鲁斯特写自觉没有写作天分，几乎想放弃写作的绝望……想着原来他都不自信呢!

抬起头的时候，发现天色暗下来了。花草景物都染上了黄昏的色泽。然后听见背后的他在低声谈着什么。因为近，还是听得见。他说在美国跳蚤市场买了很多黑胶唱片，说喜欢听留声机的咿呀声，就是那种有一搭没一搭的调调，时间可以被任意隔断，又随时可以被接起来，古老岁月就是那种悠悠长长的不经意的样子，所以周末最喜欢就是宅在家里，享受这种时光。我有点惊讶，因为我长这么大，从未听过这样的体验。

觉得非常有趣，就一直偷听他讲。他又在谈旧家具，说在美国买了很多老古董家具，就是和现在的桌椅很像的类型，结果一个教授朋友也喜欢他买的桌椅，他就送了他，大家高兴得不得了。我在想一个人高兴是因为得到喜欢的旧物，另外一个人高兴是因为找到知己。我又想他应该和这家咖啡店的主人谈得来，只就都喜欢古旧这个爱好。世上的人物还真无独有偶。

再来听的时候，他已经在谈音乐了，古典音乐。说各种音乐都能感染人。普通的音乐呢，比如几个年轻人在街头叫唱，他们的鼓声震天，强烈的节奏会让人想跟着动起来，可是他们只是冲击了人的肢体，让人立刻想将肢体动起来；而古典音乐不同，它不是光靠节奏，它凭借完整的结构，富有内涵的旋律，直达人的心底，会让人的灵魂活动起来。比如莫扎特的夜曲，贝多芬的奏鸣曲……

天色暗了，要点蜡烛了，凉意也起来了，是要离开的时候了，明天还有公务。

我想他接下来要谈塞尚、莫奈、莎士比亚，或许也会有普鲁斯特……

往回走的路上，心里并不觉得黑，倒觉得被打开另外一扇门，通向一个我原本不熟悉的不曾了解的“古旧世界”，那个地方也有光明、温暖和美。

没有小玉庭，我差一点错过。更不要说我还差一点连小玉庭都错过。

木棉纷飞

下班走到户外，欣喜地看到满天的白色花絮，纷纷扬扬，盛大又浪漫。怎么一转眼，又是木棉飘絮的时节了！

开车在五月的明媚阳光下，感觉就更神奇。呈现于眼前的是这样的画面：上面是高高的泸沽湖般的蓝天，飘浮着花团锦簇般的白云；左右两边是参天的木棉树林，油绿的树叶在阳光下闪闪发亮；中间是一条由宽变细通往天际的公路；空气中洋洋洒洒地飘着无穷无尽的白色木棉花，像下雪一般。但和雪花不同，木棉花絮不会融化，也不会轻易坠落，它们尽情飞扬。

车里的背景音乐是班得瑞的《Can You Feel》（《你能感觉到吗》）。班得瑞没有用现代化的高科技电子混响，因此我没有太空冒险的感觉。音乐用的是钢琴为笛子配衬，因此有孤雁在大海上飞翔的感觉，所以油然而生片山恭一的孤独生命的游离体验。

在这幅画中穿行，好像穿梭在一条扑朔迷离的时光隧道中，它一直通往将来的某个时刻、某个地方。渐渐地，我仿佛也变成其中的一朵白色花絮，不用说话，不用关心擦肩而过的是谁，只是闭着眼睛在空中尽情飞扬。我是这样悠扬地飞着，感觉着风，感觉着阳光，感觉着空气的轻柔触碰……卸下所有繁重的责任，享受虚无，享受轻……我从一大朵慢慢飞起，然后慢慢分化，分化为小朵、更小朵，随着慢慢融入这时空的尽头，生命好像也慢慢消失……

当自己仿佛化解掉之后，突然回过神来，就不断问自己：人可以这样消失吗？如果可以这样和世界告别，那么死亡也并不可怕！原来人也可以无所畏惧。

看着这无穷无尽的花絮，我想起希腊神话中的赫拉，一个无聊得发慌的女人。她本当母仪天下，辅佐天王，却把所有的时间用来怀恨花心的宙斯。郁闷间，她赌着气撕扯身边的白云，一片片抛向人间，就像凡间的女人撕碎纸张，随地丢弃，于是便有了这满天的木棉花絮。

其实，我们又何尝不是上帝无聊时的玩物，一个你，一个我，无数个你我，其实谁都不是故事的主角，都是再普通不过的被偶然撕下的轻飘飘的一片花絮，注定了从无中生，注定了从无中返。

这些个晚上，我一直沉浸在几个关于死亡的故事中，正为生命的无奈消逝而伤感不已。一直想写一点什么，关于这个谜一样的主题。可是我现在想，我何不将死亡轻描淡写为一朵花絮？将它交由上帝或者交由天命，于是这让我从死亡的悲情中走出来，甚至从生命的沉重中走出来。

真的呢，原来生命可以这样轻微，这么优美，这么无所畏惧！至少有片刻，可以尽情体会生命的如此轻微，如此优美，如此无所畏惧！

向日葵

不知道你是否喜欢梵高的《向日葵》。但是我一定要告诉你，我非常喜欢他的《向日葵》。

梵高画过很多向日葵，有三朵的、五朵的、十二朵的、十四朵的，也有十五朵的。从向日葵的含苞、盛开、怒放到凋零，他画了向日葵的各种姿态，他画了向日葵的一生，所以梵高自己都说向日葵是他的花。

他画的向日葵苍劲有力，饱含深情，充满律动，其实他画的哪里只是作为植物的向日葵，分明是我们的血肉之躯对光、对爱的绝对渴求和欲望！有评论说，梵高和向日葵谱出相濡以沫、生命与共的蓝与黄的交响乐章。也有人说，向日葵宣泄着梵高对生命的尽情体验与永久激动。对，正是交响乐，正是尽情体验和永久激动。

他的《向日葵》每一幅都给我震撼，但是我还是最喜欢他的十四朵向日葵。陪我坐到他的《向日葵》前面来，听我来告诉你在他的画中我看到了什么，感受到了什么。

他的画色彩浓重热烈，整体看来像一团恣意的火焰即将熊熊燃烧，中间深绿色调的嵌入更加强了画面的坚韧感。整幅画有金黄色旋涡般的强烈动感。

画中每朵花虽然姿态各不相同，但是朵朵都充满力量。

其中一朵，刚刚盛开，刚看得到绿色的花蕊，绚烂的黄色花瓣紧密相扣，局部闪动着熠熠的光亮。它朝着太阳，稍低着头，像个初沐爱河的女子，低眉浅笑，羞涩灵动，心中藏着神秘的幸福和甜蜜的欣喜。

其中一朵，侧面向阳，花瓣片片竖立，迎风后摆，倔强而热烈，像一个热恋中的女子，长发舞动，激情涌动，对着她的情郎尖叫："要你爱我，照耀我！"

其中一朵，身体直立，阴沉紧张，暗黄花瓣中点染密密的暗绿色，像麦芒般直立的怒发。那是女子在生气，她拳头紧握，怒目圆睁，责问情郎："为什么你不懂我？"

其中一朵，低头向下，花瓣旋转扭动，落寞哀伤。是一个刚和情人道别的女子，不胜离愁，兀自哀伤垂泪。

其中一朵，花蕊呈现唇吻般的椭圆形深褐色，花瓣部分凋零，可它深绿色的茎还是弯曲执拗地向上托起了花朵，像一个快被爱人抛弃的女子，她不服输地不屈不挠。

其中一朵，花茎弯曲向下，暗绿色叶子变形扭曲，黄色花瓣部分隐约可见，整体萎靡颓废，但就是绝望，它也摄人魂魄。大概就是梵高自己说的那样：他越是年老丑陋，令人讨厌，贫困交加，越要用鲜艳华丽、精心设计的色彩为自己雪耻。

……

梵高的每一朵花都是一种情绪，一种精神博弈，一种心力交瘁。

它们绝不仅仅是向日葵，更是一朵朵阳光之花、爱情之花。

于是，我知道了，知道爱是什么了！爱是一种力量。这种力量能让你快乐，快乐到让你忍不住低头窃笑；它能让你悲伤，悲伤到让你独自垂泪；它让你沉重，沉重到像满天的乌云把大地压垮；它能让你疯狂，疯狂到奋不顾身为爱飞奔；让你失控，失控到从快乐到悲伤的转变只在一念之间；让你迷惘，迷惘到不知道要前行还是后退；让你勇敢，勇敢到最艰险的山峰都敢攀登；让你脆弱，脆弱到像一树的樱花，轻轻一摇便落英遍地……

爱就是那股力量，那股让你快乐、悲伤、勇敢、脆弱、骄傲，以及自卑的力量，它是点石成金、摧枯拉朽的力量！它是所有这一切！

如果你没有看过梵高的《向日葵》，你休要说你懂得太阳；如果你没有感受过这股力量，你休要说你爱过。

所以，我一定要告诉你，我喜欢这样的向日葵。

一个怀抱，勇敢不计代价

在点歌节目中偶然听到一个叫陈绮真的唱的一首《鱼》。整首歌旋律平淡得好像只是清唱，但是歌词很奇特：“我坐在椅子上，看日出复活。我坐在夕阳里，看城市的衰弱。我摘下一片叶子，让它代替我，观察离开后的变化……”这样的歌词有意思吗？很有意思！日出是复活，日落便是衰弱。然后她不想要坐在那里发呆了，就让叶子代替她观察世界。写得真好玩，多么任性的一个小女生！然而最让我感动的还是其中一句歌词：“一个怀抱，勇敢不计代价，不让我飞，将我温柔豢养。”

一整天，心中居然不自觉地不断在重复那个句子。渐渐地，我就想起村上春树的《挪威的森林》里那个叫绿子的女子。她说她要一个男人深夜为她去买蛋糕，买回来她又说不要吃。她就是要不讲道理地让那个男人为她如此这般，才会觉得被宠爱，她说那才是爱。

十个男人评价这样的女人，九个会骂她是疯子。可是十个女人中，九个会觉得她才是天使，才最懂爱情。

就像歌里的那句不计代价，男人不懂这些女人到底要干什么。为什么这么“作”？他们也不明白他们为什么要为一个女人不计代价？现代人能偷懒就偷懒，就是希腊倾国倾城的海伦活到现在也没有人再为她去打十年的仗！

可是女人就是还在做着这样的春秋大梦！其实她们真要看打仗吗？要看着男人都战死、累死，然后自己没人疼吗？当然不是。她们要的只是一种感觉，一种被爱着被宠着的感觉。聪明的女人（准确来说是自以为聪明的女人）都不会让人豢养，就像张爱玲说每个螺丝钉都自己挣回来。可是这就不好玩了，一点都不好玩，因为干脆独立到绝情。她们就喜欢听男人讲：“不要飞了，在我屋檐下混混就好了。”你只要说这句话，女人明早还是照常高高兴兴出门努力工作。但是如果这句话你不说，她可能真要请一天病假，是心里病了，要让自己休息。

女人的这种心态很值得玩味。我觉得她们就像学校里的老师，在不断地给她们的学生（当然这里的学生，是她们的男生）做阶段性测验。核心的内容其实就两个：

你爱不爱我？（就是你是否是那个怀抱？）

你爱得多深？（就是你是否不计代价？）

于是，她们不断变换这两个问题的形式，来考核他们的男生，以确定她们的男生深刻领悟她们的核心内容。比如午夜十二点，她说：“我好想吃奶油蛋糕哦。”早上八点，她说：“我觉得头好晕哦。”男生只要说：“可怜的，我想想办法。”那么，我跟你说，那个男生就及格了，如果那个男生说：“我现在就去沃尔玛看看还有没有蛋糕吧。”如果那个男生说：“那就休息一天吧。”那么，牛了，那个男生就满分了。

这种考试难吗？一点不难。因为哪个老师这么刻薄，真心要她心爱的学生不及格呢？女人的真心里，她们绝不希望她们的男生考试不及格，她们只是要确定她们的男生理解了她们的心思，她们一直在她们的爱情游戏里面，而且还是游戏的主角。这其实还是她们的痴心和深情。

在我为她们想到别的出路以前，在我们进入赫胥黎的美丽新世界之前（那个世界里没有家庭，没有爱情，没有激情，很有意思），有爱心的男生还是要听听这首歌，记下这句歌词：“一个怀抱，温柔不计代价，不让我飞，将我温柔豢养。”否则你就有点不解风情，当然更不能从这所女人的爱情学校毕业。

香

中午吃饭，我边吃边看书。同事坐在对面。他看到我手里的书，问什么书，我说《香水》。当时一冲动，就给他讲起了这个奇妙的故事。

我说："从前有一个人，从小对气味有超凡的敏感，他完全生活在一个味觉营造的世界里。他迷恋上一个个美丽少女的不同体香，为了拥有这种香，就杀了很多姑娘。"

讲到这里他听不懂了，问："为什么拥有就要杀人？"

我说："你知道有人喜欢收集蝴蝶标本，对不对？为什么呢？因为要保留蝴蝶的美，想任何时候都可以翻来看，那是不是要将它们弄死，夹在书里？香也一样，做成香水，时时可以拿来闻。"

他说："太变态了！"

看到他摇头，我兴致来了，接着说："知不知道有一把小提琴是老公用妻子的血做的漆，用妻子的头发做的刷子。这样的琴才拉出最具有魔力的美妙音乐！"

他更是拼命地摇头，说吃不下饭。

我还是不放过他："你不是说成天对着电脑腻味吗，涂点血在键盘上试试！”

他做呕吐状。

然后是我笑着摇头，因为他无法理解这些稀奇古怪的故事，也就无法懂得幻想世界中另类的美。

极致的美有时只在某些超常的情境中展开，常人当然无法懂得。

以上这段我当笑话来讲。而真正关于这本《香水》的感受，要慢慢来讲。

我是喜欢香水的，因为喜欢，也曾想写一点东西。写了一半的一个爱情故事，就是让香水来引领。里面都是自己喜爱的香水，CK、CD、Chanel，从淡到浓，带领爱情从浅到深。写着写着，突然害怕起来，怕逸动的香让真实生活中的自己迷路，而且说真的也不知道如何来精确描绘这些香气的不同，于是搁笔，盖上瓶盖。然而我真正了解多少香水？看完《香水》才知道，原来我什么都不懂！而真正可以写我构思的那个香水爱情故事的人应该是他——Patrick Sükind。

合上书的时候，我对这个奇妙的香水国度，心驰神往。如果以前我喜欢一点香水，那是朴素的对美好东西的喜爱，然而现在却带有近乎对宗教的崇敬，对神力的拜膜。

相不相信世界上有人，光凭一个鼻子，不但可以分辨各种挥发性物质的香气，比如花香，比如酒精，还可以分辨各种不带挥发性物质的气味，比如石头、泥土？相不相信他可以闭着眼睛，仅凭气味，在黑暗中找到所有凡人在日光下可以找到的东西？相不相信他仅凭一缕若隐若现的香味，从村子的一头找到另外一头一个未曾谋面但是绝美的少女？相不相信他仅凭气味，隔着墙，就能知道她的年龄，知道她的乳房刚刚萌芽？相不相信他可以从一团气味中，分辨出所有的最细小的气味元素的成分和比例？相不相信他用萃取法提取了二十五位美丽的他都不曾认识的少女的体香，制成驾驭人类爱情的神秘香水？相不相信这个从来没有被爱过，从小被忽视的人在被行刑前洒上这种香水后被所有人痴狂地爱戴和崇拜？相不相信当他实现他人生的梦想，然而最后却还是没有感觉到爱和幸福？……

糊涂的我相信这样的故事是真的，而聪明的你一定不相信这样的故事。可即使你不相信有这样的人和事，你也要相信有这样的作者，用味觉建构了一个伤感、嘲讽，然而奇光异彩的味觉王国。我只是经过，驻足窥探，便流连忘返。合上眼睛，老在想象作者 Patrick Sükind 的样子，想象他穿什么衣服，吃什么食物，看什么书，用什么香水……一点都不想和他交谈，因为在书中他告诉我的已经够多了。我只想看看他真实的生活面貌，到底和我有多大不同，当然，还要闻闻他喜欢的香水，到底有多特别。

早上跑步的时候，我常常会想一些事，现在多了一件事，就是辨别气味。快跑的时候很难连贯思考，慢跑的时候可以，然而要体会香，慢跑甚至走路都不行，一定要驻足不动，并且要闭上眼睛。于是我知道辨别香味是一项极精细的工作。有段时间，那时刚好是早春，我花了不少时间做闻香的工作，像真的一样。

户外的春天的早晨有新鲜的湿漉漉的各种植物混合的味道。第一次我发现湿漉漉的水的味道是可以闻到的。然后辨别到一点隐约的水仙花的味道、一点点风信子的味道，然后辨别到一点青草的味道，然后闻到远处飘来淡淡的烤面包的味道，然后我心里就想着要努力记住这些气味混合后的气味。因为如果可以记住这种混合香，就知道这种香的基本组成，这就记住了一个气味公式，以后可以套用。可是当面包香慢慢变得浓重，空气中其他味道居然一下子都没有了，只有面包香了。我惊呆了，睁开眼睛，疑惑发生了什么事。那时候太阳升高了。我想莫非是太阳升高了，所有的气味向上飞升？莫非我要死记硬背公式的想法惹怒了高贵的气味君王？可是这样却触动了我的玩心，我捡起樱花的落英来闻，极淡极淡的香，然后闻郁金香，极尖极尖的香，闻茶花又极淡极淡，后来发现同样是郁金香，不同的颜色香气也不同，气味还和颜色相关！兴奋过后便对自己越来越失望，因为知道就连花香，自己也无法光靠嗅觉来辨别！

然而，也正因为如此，我对这个香味国度的好奇心却欲罢不能、崇拜不已。后来看到梁文道先生在一篇短文中说他买了各种不同牌子的矿泉水来喝，力图辨别其中的不同味道。我觉得和我有异曲同工之妙，所以连带梁文道先生我都觉得亲近。

以前心里一直想，如果有机会给我去读一门课，我要去选读一门电影欣赏课，现在呢，一定要增加一门香水欣赏课了。

而且，以后你一定会发现我的文字里也将多一缕味觉，也许生命也将变得更为丰盈也说不定。

桑园访妻

突然又迷上希腊神话，所以最近一有空就看神话。看神和神打仗，人和人打仗，神还和人打仗，打得昏天黑地，我也看得昏天黑地。当看到希腊第一勇士阿克琉斯被阿波罗打死，突然觉得一颗看书的心都灰了，就放下书，找音乐听。突然想听越剧，就打开手机里的多米音乐，听几个段子。咦，听到尹小芳唱《桑园访妻》。尹小芳的声音也太老气了，听起来和名字不相称。所以给孩子取名字千万别叫小什么，免得到老了难为情。可是她老归老，深情还在，而且情深得浑厚。尹派的唱腔就好听在这里。听她沙哑地又文绉绉地一样一样地报菜名，觉得好感动，好感动，所以一定要说几句。

越剧《何文秀》讲的故事老套到不行。说何文秀和妻子兰英一起上京赶考，路过有钱朋友家，去拜访了一下。结果可恶的有钱人看上了兰英的美貌，就设计陷害何文秀入狱，然后要强娶兰英。写到这里，顺便提醒一下，有钱的朋友我们轻易不要结交比较好。交有钱的朋友就像下雨天挨着别人的伞想躲雨，到时候非但没有避到雨，相反地，倒是脖子、背后被伞檐的水淋了个湿透，可别人还说哪天哪天为你撑伞了。大概是张爱玲阿姨说了类似的话。

不俏皮，正话说回来。说文秀只是访了一个故友，结果自己进了监狱，兰英也要被人家强娶。兰英可不是吃软饭的，她坚决逃跑。于是逃到九里桑园，并隐居于此。那边厢的何文秀呢，好人遇上好人，也被救了，他也从狱中逃了出来，可见旧时的保安工作也做得相当差。有趣的是，狱中的逃犯居然参加京试，他们那时候是不做背景调查，不查前科的，这个好。所以他考中了状元，还当了巡抚。

于是何文秀呢，微服私访，一方面要找那个陷害他的朋友报仇，另一方面寻找妻子兰英。后来探听到兰英的消息，就到桑园去访妻。他看到门户紧锁，却没有敲门。你看，人家多仔细。他搬了块石头，爬上窗台，隔窗偷看："文秀举目向内望，只见一间小草房，小小香台朝上摆，破木交椅分两旁，三支清香炉中插，荤素菜肴桌上放。"哟，是做忌日的样子。有些什么菜呢："第一碗白鲞红炖天堂肉，第二碗油煎鱼儿扑鼻香，第三碗香芹蘑菇炖豆腐，第四碗白菜香干炒千张，第五碗酱烧胡桃浓又浓，第六碗酱油花椒醉花生。"原来，是他的兰英正在为他做周年祭。他感动得了不得，当即唱道："白饭一碗酒一杯，桌上筷子又一双，看起来，果然为我做三周年，感谢娘子情义长。"就这样唱完了，我却呆在那里。

这第一碗菜把我弄糊涂了，什么是白鲞，什么是天堂肉呢？然后去百度，原来白鲞是名贵海产，天堂肉呢说是东坡肉。在古时那可都算大菜。我一直对一些形式上的东西不以为然。思念一个人在心里就好，要磕头祭奠吗？但是看到兰英这么一个仪式，觉得仪式真的很有它的必要，你看，人家文秀就刚好看到了。希腊神话也是这样，凡人多杀几头牛祭拜天神，天神也会心动的，要不然天神怎么知道你有求于他呢?

更可贵的是人家兰英可没有贪图富贵，嫁什么有钱有势的人，倒是静静地躲在草堂里，时时在想念文秀。她是以为文秀死了，所以在他的忌日做几个好菜还有白米饭一碗酒一杯，以隆重的仪式思念他。这样的妻子想想都是情深意重的。而文秀呢，当了官之后，也没有做驸马，另取妻妾，倒是实实在在地满地找他的糟糠之妻，看到一桌菜还从心里谢谢兰英情意长，也是个有良心的男人。

最后当然是把坏蛋给抓起来，文秀和兰英呢，重又团圆，天上人间，良辰美眷。

所以感动啊，在我们的传统戏曲中，真善美是最清楚不过的，扬善惩恶也是铿锵有力。另外传统戏曲还有它的各种形式魅力。比如它的服装美、化妆美、舞台美、唱腔美、动作美，种种的美，种种的细节，都让人着迷。

忙碌的现代人，如果得空，不妨静下来听几句古韵，看几出古戏，张望一下古时候的古式美。

我的故乡

阴沉的星期六的下午，蜷缩在沙发里，看《达·芬奇密码》的作者丹·布朗的又一本书《数位密码》，我被扣人心弦的情节迷住。耳朵里偶尔飘进再熟悉不过的中文老歌，蓄谋将我带回以前的童真年代。

当我凝神屏气看完一个章节，把书抱在胸前，耳边响起罗大佑演唱，余光中作词的《乡愁四韵》。缓慢的节奏，一咏三叹。说那醉酒的滋味是乡愁的滋味，海棠花沸血的烧痛是乡愁的伤痛，雪花白般家信的等待是乡愁的等待，腊梅的芬芳是故乡的芬芳……也许是因为刚从高科技的惊心动魄中回来，这首歌今天听起来竟让我特别感动。余光中写乡愁真是无人能出其右，他调动味觉和视觉带领温柔的心灵和他一起梦回故乡。我将《乡愁四韵》设置为重复播放状态，以便反复聆听。在这乡愁的惆怅里，我突然想起她——我儿时的小保姆月清姐姐。她和我的童年不可分割却随着岁月被渐渐淡忘。现在，她终于出现在记忆里，让我靠近遥远的往事。

我小的时候爸爸在外地当兵，妈妈是医生，白天晚上地忙。于是妈妈请月清姐姐来帮她照顾年幼的我和弟弟。她刚到我家的时候大概才十几岁。她皮肤黝黑，脸上有很多雀斑，单眼皮，可是眼睛里却汪着很多水，和我一样，眼睛里有很多水。据说那样的女人心地很好，那是后来我去姐姐乡下的家里，她妈妈边就着铁制的烟壶，边看着我这样说的。

我和她做伴好几年。她为我弄吃的，帮我洗衣服，陪我睡觉，陪我玩。妈妈也喜欢她，一直说她心好，因为她跟妈妈一样，吃东西的时候把好东西都留给我和弟弟。她帮我嚼鱼肉，确定没有骨头，再蘸上汤汁喂给我，却从不自己咽下鱼肉。她帮我嚼炒蚕豆，咬烂了喂到我嘴里。从现代的科学角度讲，这极不卫生，可是那时我们就是这样质朴地互不嫌弃。我睡觉时她常常帮我摇蒲扇，赶蚊虫，让我的夏日夜晚都睡得安稳香甜。她陪我玩挑花棒，玩纸牌拔乌龟，带我去看花灯。

有一次她从乡下带弟弟到我家玩，她弟弟好像从我家偷了东西，被妈妈发现了，我还记得她羞愧地低着头的样子。我好担心妈妈会生她的气，结果妈妈一点都没生气，还是留她和我们一起，因为她真的像家人一样，有什么差错也都是一家人。

后来我们搬家去了县城，她也要结婚，所以我们不得不分开。妈妈、我和她都哭得像生死离别一样。后来她只是在过年的时候，遭着晕车的罪来看我们，带很多我喜欢的炒蚕豆、炒花生和红薯干什么的。放暑假我也偶然去她婚后的家里待上一段日子。从车站到她家里有几里路远，步行要一个小时以上。所以她用自行车来接我，我们先是一起走路，因为我喜欢在乡下高低不平的小路上，边走边玩边和她说说话。走累了，我可以坐在自行车后架上，她就骑车载我。

她的丈夫在外地工地上做事，一年回来一两次。于是就我跟她，上午戴着大凉帽，去田里看她干农活。中午回来吃过饭，再围着一个大圆匾，和她一起坐在小板凳上剥晒干的玉米棒子，她说要去卖的。傍晚跟她去拔番薯藤，然后切碎了喂猪。我还帮她往灶膛里添柴，在熄火时烘玉米和番薯吃，那是后来我再也吃不到的美味。

后来她也有了女儿。看到她的女儿，我觉得很嫉妒，我老觉得只有我才是她的女儿。等我工作后，就很少和她联系了。我结婚敬酒时，才见到她。我没有想到她会来，我们彼此见到，居然又哭，而且就在酒席上。

最后一次见她是在出国前，那是十五年前了。我说我一定要去乡下看看她。我打电话给她工作的社办厂，告诉她我要去看她，让她在乡政府等我。我请她在乡里最大的饭店吃饭，她居然非常局促不安。我不断给她添菜，她还是吃得很少，老是说应该她去买一点好菜，回家自己烧给我吃。吃过饭去她家。她家也从原来的平房变成了两层楼。可是房子里面完全是空的。她说为了盖楼房，借了债，所以添不起东西。我说你只有一个女儿，平房也很好，不用翻高楼。她说不能比人家的房子矮一截。在离开她家的路上，我给她钱，她却要反过来给我钱。迫不得已，我告诉她说我每个月的收入多少多少，她一听有点吓一跳，她说那是她在社办工厂一年的收入。然后我告诉她我要出国了，她说是不是在上海生活得不好，我说不是，在上海很好。我解释给她听，有时候人会腻味了看得到老的生活，想体会一些新的不同的东西，不是因为现在不好，却只是想改变。她好像并不理解我在说什么，就像现在的我看不懂《革命之路》的主人公。末了，她一味地叮嘱我，如果在外面受苦了，就回来，姐姐养你。然后又是两个人在那里抹泪。

我当然不会让她来养我，可是我知道她的话是真的，她的心是真的，她是做得到的。哪一天我真的有难处去找她，她一定不会有半丝的责怪和推诿。

写到这里我突然在脑子里搜寻，现在的群体里谁会跟你说那句话？我们现在的生活有很多以前没有的东西，电脑、互联网、股票、汽车、名牌，可是我们好像少了过去像姐姐对我的那种真诚的关爱。谁会只是出于关怀多看你一眼，只是为了关心你，去问问你是不是真的快乐？

此刻，我闻到了醇厚的酒香，闻到了沁人的腊梅香，看见了艳丽的海棠红和纯净的雪花白！我再次听见姐姐的话语：在外面受了苦，就回来。

这才是真正故乡的韵味吧！我的月清姐姐才是我永远的故乡。

后记：这片短文的片断，我在补读这里12年级英文的时候，写成了英文小故事，获得了满分。当时我欣喜若狂，只为了那个满分。

我们的歌手，我们的歌

这几天一直开车走很远，所以找几张 CD 路上听。看到邓紫棋的，突然很怀念她的几首歌，就拿来听。最喜欢听的不是她的《泡沫》，而是《我要我们在一起》，并且是《我是歌手》比赛版的，特别喜欢中间那一长段钢琴演奏的部分。在那部分，她像一个滚烫的小火球，出神入化地弹着她的钢琴。她的头发在舞动，手臂在舞动，身体在舞动，音符之间的收放、快慢、张弛，都充满了极具理性的激情，她仿佛抱着她的琴键在大跳探戈。末了，她还弹了一个华丽的滑音，像空中一个诗意的挥手。每次听，每次想到这个画面，每次都让我着迷。

这首歌完了之后，我突然听到了《Hallelujah》（《哈利路亚》）的旋律，咦，邓紫棋也唱《Hallelujah》？她也喜欢这首歌？尽管，这首歌她演绎得不够好，显然比不过 K.D.Lang。

K.D.Lang 是风靡歌坛二十多年的加拿大女歌手。她的歌手生涯可算是非常成功，可是个人生活却磕磕绊绊。

2010 年去观看了冬奥会的开幕式现场。出乎意料非常近距离地听到了 K.D.Lang 唱歌。记得那天所有的观众都摇着烛光棒，在《Hallelujah》

深沉悲伤的歌声中摇曳。

Now I' ve heard there was a secret chord ?
That David played, and it pleased the lord.
But you don't really care for ? music, do you ?
Well it goes like this: the fourth, the fifth.
The minor fall, and the major lift.
The baffled king composing hallelujah ?

（我听见了以前的以色列大卫王弹奏过的神秘的旋律，那旋律曾经取悦了上帝。但你并不在意旋律，不是吗？）音乐是这样开始的：

第 4，第 5，小调落下，大调升起，迷惘中的大卫王写下了《哈利路亚》。

Your faith was strong but you needed proof ?
You saw her bathing on the roof ?
Her beauty and the moonlight overthrew you.
She tied you ?
To a kitchen chair ?
She broke your throne, and she cut your hair.
But from your lips she drew the Hallelujah……

（你的信念如此坚定，但是你需要证明。你看到她在屋顶上沐浴。她的美貌和着月光把你征服。于是，你由着她把你绑到厨房的椅子上，由着她毁坏了你的宝座，剪掉了你的头发，但是从你的唇边她呼吸到了哈利路亚……）

大家都说Jeff唱这首歌唱得最好，但是我不喜欢，我觉得他唱得像个飘忽不定的迷了路的孩子。我更喜欢K.D.Lang的版本，有中年过后的沉甸甸的悲伤。这首歌的词曲作者Leonard Cohen的好友也说，在听过Lang唱过这首歌之后，终于可以躺下来休息了。

一直记得那时候我看到K.D.Lang留着短发，穿着长衫，完全分不清她是男还是女，也听不出歌声是男声还是女声，可是我说那有什么要紧？那些感动人心的美丽旋律和声音，那些美丽而悲伤的歌曲中的故事，本来就没有国界，也没有性别。

故事本源于《圣经·旧约》，讲那个伟大的大卫王。这个大卫正是米凯朗基罗的著名雕塑《大卫》的主人公。他原是一个牧羊人，英勇善战，而且琴技卓越。他的琴声挽救了以色列老国王的性命，而且还迷倒了老国王的女儿。老国王因此害怕他，一直想杀掉他，于是他到处逃亡。但是后来他还是凭他的勇敢和上帝的宠爱打了胜仗，娶了老国王的女儿，并且自己当上了国王。当了国王之后，在一次巡逻中，他看到了另一个美人在屋顶沐浴，立刻疯狂地爱上了她。他杀了她的丈夫，并娶她为妻。他的这个举动得罪了上帝，上帝惩罚他，于是杀死了他们的一个儿子。后来同父异母的儿子间互相残杀，最后他最爱的儿子还夺了他的王位。

这首歌起始于这样一个古老的故事，这个故事关于爱和欲望——爱的美妙和迷幻，欲望的疯狂和毁灭。和科恩一样，在成百上千年之后，当我们再听到这样的故事，是不是也会彷徨，彷徨在万能的上帝面前，彷徨在一条渐行渐远的不可自拔的情感迷途之中，深刻而伤痛。

我知道那是我第一次体验被歌声带着飞翔的感觉，我由着自己的感觉，让自己飞翔。藉由她的歌声，我仿佛变成一颗流星飞到黑如墨的天地的最远处，在那里畅饮孤独；藉由她的歌声，我仿佛变成一个囚徒沉沦在人类最本能的情感中，祈求和平。我不知道 K.D.Lang 的成长之路，可我相信她的情感路途一定布满荆棘，满目疮痍，因为我相信人总要在体会了爱和深沉的伤痛之后，才能唱出如此动人的歌谣！那天听着歌，我掉了眼泪，很多人掉眼泪。

我还记得，看完开幕式，我还在搭地铁。Pearl，我的来自北京艺术学院的美女好友打电话进来，向我道新年好，然后问我喜不喜欢《Hallelujah》，她说刚看完转播，K.D.Lang 唱得真好，她说她边听边落泪。听我不说话，她又这样解释："不要忘记我曾经是艺术学院搞音乐的。"听她讲完，我居然还是说不出话来，心里想说的只是：下次给你看我写的《艳遇——女人女人碰》。那时我想她应该是我喜欢的那第四个女朋友——第四个"艳遇"，真正的友谊要从同样喜欢《Hallelujah》开始。

后来一周，由于工作关系，我参观了 Dean 的仓库。第一次看到他们的巨型仓库，一半的空间放着几百部崭新的摩托车，我感到很吃惊。然后，看到一个舞台一般大小的铮亮的不锈钢平台，觉得很有意思，忍不住踩了上去，电子显示屏立刻显示 45 千克。马上，Dean 和他们一群仓库男人全部粗犷地放声大笑，我才意识到显示器显示的是我的体重。对于高大魁梧的加拿大仓库工人来说，那点分量还不够他们一只胳膊的重量。他们笑什么？我想我知道，他们笑这个蚂蚁一般大小的中国女人来这里开什么玩笑！

但是从此就认识了仓库生 Dean。两周后，工作结束，我让 Steve

带着我去跟Dean道别。我们轻轻走近Dean简陋的工作室，听见他简陋的CD机里放着一首歌，正是K.D.Lang的《Hallelujah》，Hallelujah，Hallelujah，不断咏叹……我的心很是跳了起来。那时，他正在包装一个纸盒，他抬头看我们时的神情遥远而迷惘，仿佛失落在歌声带给他的往事中，在那里也许他也是一个国王。我有点呆了，一个如此粗鲁的仓库生也会喜欢这种深情的歌曲？我又觉得自己鲁莽，居然打断了他也许难得的遥想的时光。我几乎不愿意告诉他，可还是说："'Hallelujah'，I love it！"（"'哈利路亚'，我爱它！"）他看看我，笑。

离开仓库时，Dean执意送我去停车场。他从他的车里拿出一个手表一样大小的东西送给我，他说那是MP3播放器，里面的歌，让我一定要听。我说下次可能见不到他，如何归还，他说没关系，执意要我拿走。

一上车，我就拿来听，第一首便是《Hallelujah》。这次，《Hallelujah》的歌声响起，我的心却感触到别的东西，被深深震动。

为什么Leonard Cohen可以写出这么好的歌，为什么K.D.Lang可以唱得这么好，为什么有一群人，像我、Dean、Pearl，甚至邓紫棋，我们来自世界各方，有完全不同的生活背景，却同样如痴如醉地喜欢《hallelujah》，听到这首歌深情地响起，我们会落泪？其中有怎样的因缘际会，我们藉着一个歌手，一首歌，心却跳动在一起？

我能不能大声地来告诉世界：因为那是我们的歌手，我们的歌！

从此我知道，送礼物是可以送歌的，大概文章也可以送的。那么这篇，送给pearl、Dean和很多同好！

夜遇广州

到广州参加广交会。由于飞机延误，下午在上海机场多等了两个多小时，结果到广州机场已经很晚了，排队等出租车又等了一个多小时。在国内，出趟门真是什么事都要等！如果聪明的国人不被浪费那么多宝贵的时光，估计 GDP 早就将美国甩出几条街去了。

上车后我告诉司机我要去的天河路的酒店地址。没开几步，他居然停车下来，说：“让我再接一个客人，很快的。”然后他就走出车外，去拉客人。我蒙了，在偌大的白云机场，还有这种事？！

他大概也知道我迷糊了，一会儿探头进来解释：“你看，我放空车过来的，九十多块钱呢，不再接一个，不合算。”然后他指给我看前面的计价器，计价器显示九十八块。在铁证如山面前，我感觉不等他再接一个乘客，就是我对不起他，于是也就只能等。我看他问了六个人，说马上开车，要不要搭车，可是都被拒绝。看着他老不得手，我真为他急，恨不得也下车帮他的忙叫上一个人来坐车，这样他可以开车，我也可以早点去酒店休息。这时，后面警察过来，示意要他马上走，于是他很不情愿地开车。可开了几步，又停车下来拉生意。但是先前那位警察也跟了过来，对他怒目圆瞪，他无可奈何只能开车慢慢离开了机场接载区。离开了接载区，就根本不见了行人，我想他可以死心开车了。但是他边开车边又查看手机。我就又担心，这样分心驾车不是很危险吗？一直到并线上高速，他才放下手机，开始比较用心开车。我才松了一口气。

我实在好奇，就忍不住问："你刚才那样拉客，能拉到客人吗？"

他回答说："能拉到客人的。因为不用排队，而且价格也便宜一点，有什么不好？如果没有警察，我准保拉上。"

我又问："你如果开这么远来机场，觉得亏本，那为什么要开过来？现在是广交会期间，市区应该很忙才对。"

他说："你不知道现在做生意多难！出租本就不比前几年好做，现在还有滴滴打车，我们简直没有活路。"

"什么是滴滴打车？"我的好奇劲上来。

"你连滴滴打车都不知道？"他显然吃惊得不得了。

"不好意思，真不太了解，只是听说过。"没有办法，我真的就是不知道，只在朋友圈看过滴滴打车这几个字。

"有个公司投资了几十亿，搞了另外一个网上出租车服务。他们让很多有车的人注册入会，成为他们带车的司机，然后让顾客下载他们的叫车软件，用这个软件来叫出租车。刚开始的时候，为拉客户，只要用这个软件叫车，顾客可以享受很多优惠，对注册入会的车主呢，这个公司也给他们高额鼓励。比如一趟生意本是十块，公司贴补四倍，就是车主一趟可以收入四十块。所以很多有车的人争相加入。顾客也喜欢用滴滴，不但有很多折扣券，而且滴滴的车子又新，规定是两年内的新车才能入会。这样一来，对我们出租车的生意影响就非常大。”

“那你们也能加入滴滴吗？”

“我也装了滴滴软件，刚才就查了一下，可是就近叫车的人和你路线相反，没有用。”

“哦。”我这才领悟为什么他上高速前一直看手机。

“原来广州两万部出租车，现在增加了三十万部专车。你想想看，对我们影响大不大？”

“那是影响很大的。虽然那些车都是业余做，就是除以三，也有十万部车加入和你们竞争。”

“你说得没错！他们都是业余，谁愿意买了新车来开出租？他们因为业余，所以没有压力，下班之后有空就做，所以加入的人也多啊。这种额外的收入，用来贴补家用多好。”

这时在一个出口处，有辆车停在路口，好像迷路的样子。

“你看，这辆车就一定是专车。这种司机跟我们根本比不了，他们不熟悉道路，通常莫名其妙在路上停车看地图找路，弄得交通都很乱。而且路上车子一下子多了很多，堵车也严重得很。”

“那么没人管？”

“管什么，这要看老百姓的反应，大家喜欢呢。”

“那么出租车公司没有什么对策？”

“现在很多车空着，没人租！现在拿一辆车比原来便宜多了，但是我每天的成本也要四百元。就是我每天要做四百块的生意，我才保平。”

“那压力很大，很辛苦吧？”

“当然啊，我和另外一个搭档一辆车，他开白天，我开晚上。我每天开十二小时车，而且没有周末。”

“呀，真辛苦！”

“辛苦就算了，但是现在我的收入明显下降了。我还有房贷要还，经济压力非常大。不瞒你说，我老婆还刚提出要和我离婚。这日子简直就没法活了。”

“啊，你妻子也在广州？”我听了大吃一惊，这个司机真遇上麻烦了。

“没有，她带女儿在老家。”

“你老家在哪里？”

“河南。我二十岁到广州来开车，至今十八年了。这么多年来，我每个月都寄五千块给她们。”

“这些钱在河南算大钱吧？”

“当然，我老婆的收入每月才一千多。靠我寄的钱，我们在老家买了两个档口还有一套新房。”

“那她应该为你自豪才行。”

“我父母就说，嫁给我是她的福气。”

“问题是你和妻子一直分居？”

“是，我很少回去，她每年都会来广州。她今年年初来，我给她过生日，花了八千块。”

“给她买礼物？”

“是，买了一个新手机，一个平板电脑，还带她去吃饭，买衣服。”

“那时，你就感觉不到她要离开你？”

“那时她拿到礼物，开心得什么一样。”

“她有没有说为什么要离开你呢？”

“没有，光说不想和我过，要离婚。说要带走女儿和拿走房子。我估计她在老家有人了。”

“不过，分居对夫妻总是不大好。”

“我也不想分居，不都为了这个家庭？”

“少买一套房不就好了？不用为了买几套房子而常年分居吧？钱赚了，感情远了，也不值。”

“这位大姐，现在在国内，谁不拼个几套房，没房也没面子啊。就这样，她不是还嫌我钱少吗？”我不大喜欢他叫我大姐，就像不喜欢《牡丹亭》的柳梦梅叫丽娘姐姐。

“我跟她可是初中同学，很有感情基础的。我为她、为女儿才这么努力工作。我开了十几年夜班出租车，也就是十几年没见过太阳，每天开十二小时的车。昨天白班的人交车早，我开了十四小时的车，开到都有了幻觉，觉得面前有个人，还真是一个人，幸亏他跑得快，否则真就撞上了。晚上爬楼梯腿都打颤啊。我是多爱干净的一个人，昨晚实在太累了，回到家倒头就睡了，都没洗漱。我累死累活的，她就这样要带走女儿和房子？让我辛苦十八年，一无所有？你说这世界对我公平吗？如果真到那一步，我马上上山当和尚去。”

“你还是和她好好谈谈吧。”虽然我觉得可能没有用了。十八年的分居也不只是一个空洞的两地分隔的距离概念，里面一定有很多生活的细节，很多心灵的寂寞，很多情感的细微转折，慢慢在其中积聚和演变，哪里又是几句话说得尽、挽得回的呢！

“她现在根本不想和我说话。没说几句，就说就这样吧，就要挂电话。以前可不是这样，她总是有很多话和我说。女儿做了什么有趣的事，说了什么有趣的话啊，房子的装修要用什么材料啊。反正什么都和我讲。最近可是没话讲了。结婚这么多年，她的每一个语调每一个叹气，我都能辨别得出她是开心还是不开心。”

然后是沉默，他不说话，我也不说话。我在想衡量一个女人爱谁其实也很简单。女人成天想跟谁唠叨，就是心在谁那里。看来她是不爱他的了，很残酷的一个结论。

“烦死了，我要抽根烟。可以吗？”他开始在胸前口袋里摸索。

“可以，你抽吧。”

他打开窗户，烟叼在嘴里，右手在车子档位处的凹槽里摸索打火机。

“我明明把打火机放在这里的，这两天怎么尽倒霉！”

我赶紧帮他找，在几张纸片之下，我找到了打火机，递给他。他点起烟，深深吸一口，对窗外吐烟圈。我匆匆观察了他一下，短发，脸色白净，戴副眼镜，看起来年轻斯文。我无法不对他心生恻隐。

“你看看我的衣服，我都几年没买过新衣服了。可是对她们，我就不同，我要她们买好的，用好的。我女儿可都是名牌的衣服，没穿几次就送人，人家抢着要啊。”我瞟了一眼他的蓝色短袖衬衫，是，颜色都发白了，领口也起毛了。

“女儿和你亲吗？”我很好奇他女儿长什么样，想他女儿一定又娇气又漂亮。

“女儿和我亲，可是怎么比得过她妈十三年陪着她长大。她说让女儿自己选择要跟谁。你看，她居然这样说！”

“我说要不你最近回老家一趟，和她谈谈，或许就好了。”无论如何，我觉得他回趟老家，总是有必要。

“唉，我也担不起不上班的损失啊。本来想着我再做两年，我们就可以把房屋贷款都还了，再买辆车，我就回老家了。那两个档口我租出去，有个三千块收入，我再开开车，弄个两千块收入，没事的时候呢，陪父母风风光光喝喝茶。这日子想想也不错，只要再两年，多有希望啊！”

“你把这打算跟她讲了吗？”我觉得那真是不错的未来，男人衣锦还乡，与家人团聚，从此衣食无忧。

“讲了，先前她听了很开心，现在她不在乎了。所以我估计她有人了。其实要出轨，现在的世道是分分钟的事。关键是心。一个男人，钱放在哪里，心就在哪里。你看我的钱可都寄给了她。我的房间里有个抽屉，里面放满了汇款单。”

我脑子里浮现出一抽屉汇款单的画面。那白花花一堆的纸片里，深埋着什么？深埋着这个男人对家庭的爱和责任，深埋着他作为丈夫和父亲的尊严和生活的全部意义。

“她如果离开我，她会后悔的。只有我当她是个宝啊。她可能觉得我赚得少了，想着人家几百万几千万的。”

我忍不住说：“一个女人真不能这么想。每个女人都有自己的修为，凭什么人家几千万几亿身家的人会看上你呀，自己几斤几两有什么样的人生要自己掂量清楚才不会攀比得那么累。”

“是，她就是不知道自己几斤几两。”他抽完了烟，关上车窗，又叹了口气。

我心里想：男人的钱放在哪里，愿不愿为女人花钱，的确可以看出一个男人爱不爱一个女人。但是却不可以单单用花钱的数量来衡量，而是要看他花的钱和他的钱袋里总数的比例。如果一个男人口袋里只有一百块，而那一百块他都愿意交给一个女人，那他就是完全爱这个女人的。这种想法太物质，但是最近我一直这么想。

“我朋友都劝我，说如果真要离婚，要让她净身出户，女儿留下，房子留下。到法院只要看看我那么多汇款单，大家就会支持我。是不是？”

“是，大家都会看到你的责任心。但是希望不要走到这一步吧，你还是要和她好好谈一谈，搂她在怀里，和她好好谈。任何时候，女人都喜欢被温柔对待。女人大多数也都善良。”我和他萍水相逢，不知道还能给他什么帮助，只能这样安慰他。

五十分钟的路程感觉很快。出租车很快到了酒店门口，还没停下来，就有人挥手叫车。我觉得释然，至少他马上又有了乘客，不用在夜色中开空车了。

到酒店，安顿好之后，因为时差，反正也睡不着，我就把这段经历一口气写下来。写完差不多是凌晨四点，我从窗户看外面的广州城，夜色中高楼林立，屋瓦森严。楼顶的闪光灯闪烁着冷峻的白光，像守夜的警犬，守着整个笼罩在黑色中的城市的呼吸睡眠。隐隐地，我听见穿行在钢筋水泥中沉滞的车流的声音，是夜行的出租车的车轮滚过城市道路的声音，他们来自这座城市的地层深处，和珠江一样，常年川流不息，追随着时代的脉动。

在这样的夜色里，非常偶然地，我听到其中的一股叹息，那么无奈又伤痛。我虽然是一个过客，但我突然觉得我开始了解了一点广州，甚至了解了一点物质生活高速发展的，我阔别很久了的我的祖国。

大卫王

我本身是个很没有故事很无趣的人，但是却有颗喜欢传奇的心。大卫是个小个子的越南人，在我这种少见多怪的人看来，他的身上就充满了传奇。

二十几年前，他带着十几人离开越南，乘一条小船从太平洋对岸漂来温哥华。在海上漂了十几天，由于疾病和饥饿死了好几个人。他的弟弟也饿得奄奄一息，濒临死亡，是他把自己的食物留给弟弟，自己去偷别人的，兄弟俩才得以保命。后来加拿大海岸防卫队把他们营救了，被营救上岸后成为难民，他就成为了他们那批人的翻译。那时，他其实根本不懂英文，但是他就是神奇地做了越南人和加拿大人的翻译。他靠他的一流情商来读懂加拿大人的肢体语言，然后再用他的肢体语言给加拿大人表达他的意思。在这个过程中他也同时快速地学习了英文。他说没多久他的英文就很好了，用英文交流没问题了。

他从此开始了在加拿大的生活。他刚开始什么工作都做，什么收垃圾、帮搬家、修房子。一两年之后他开始帮人造房子。后来他决定去 BCIT 读书，于是拿了焊接方面的专业证书，成了一名焊接技师，收入就较高较稳定了。过了一小段时间后，他就自己开公司开始焊修旧船，从此也建立了他自己的生意王国。

十几年前，我刚来温哥华的时候租了他家的房子，所以好像一家人一样生活过一段日子。那时的夏天，我常常会跟他和他的妻子丽莎一起去 Stanley park 附近钓鱼。一直记得夕阳下他用力洒下一张张渔网然后站在水里的样子。穿着厚厚的捕鱼服的他，很像个雕像。一次他看到一艘游轮开过，他指着游轮回头跟我们说：“看，豪华游轮！我一定要带你们去坐游轮。衿，你也去，我要带你们都去。”那时候我坐在海边的枯树根上，看着夕阳中他雕塑一样的剪影，心里想他一定以为他是某个古希腊小国的国王，他一生的荣耀就是要带着所有他喜欢的女人征服所有他想要的岛屿。从那一刻开始，我一直将他想象为王，他叫大卫，我就叫他大卫王，却不是那个会弹琴的犹太王。

说到捕鱼，他还真有几下子。他在捕鱼季节里捕的鱼可以供好几家人吃一年。他也租船出海捕螃蟹。这里的法律严禁捕母螃蟹。但是他偏偏捕很多母螃蟹回来，他说螃蟹不吃母的那是开玩笑，在越南他只吃母螃蟹的蟹膏。当然他也会带些公螃蟹回来，因为送白人邻居，他知道送母的不妥。

他也喜欢赌，但并不沉迷。晚上不忙的时候他就带上丽莎去赌场，将孩子托给我带。赌赢了第二天就给孩子们发钱，也发给邻居的孩子，弄得孩子会问：“我爸爸为什么不去赌钱？”

他更喜好施舍和交友。在酒吧里，每每他不是遇到老朋友就是交到新朋友。要么就是老朋友介绍给他什么新生意，要么就有人遇到麻烦让他帮忙接济，他每回一定出手相助。“你叩门，我必开门”指的大概就是这个。好多次有人手头紧，要卖什么首饰或典押什么珠宝给他，他都会花钱买回或拿几个来。传奇的是后来才知道其中有几件首饰价值昂贵，他反而大赚一票。丽莎就炫耀地给我看过她巨大的钻戒和宝石项链。

他还参加什么和赌球、赌马相关的游戏，据说都是几十万几百万的赌注。他是不赌的，只做中间人，完了从赢家拿抽成。据说对这种私相授受的赌博，游戏的中间人非常重要。双方都必须信任他，而且他必须有能力让最终赌博的输赢兑现。圈子里的人都信得过他，所以喜欢让他做中间人。他私下跟我说这种事赚钱快，又赚得多，但风险太大，都有性命危险。他说一生做个几次就够了，他不想年纪轻轻就被人杀了。看来这是连大卫王都有点怕的生死游戏。

为了生意的便利，几年前他又搬去 Winnipeg，他们搬离温哥华之后，我们还时常联系，一直保持着友谊。

大卫每次回越南都会路过温哥华，每次都像王一般闪电经过。记得两年前有一次，他要去越南看生病的老母亲，转机要在温哥华停留四个小时，所以就一起吃一顿饭。

刚开始他兴致勃勃地跟我讲了一大堆关于他新买的店，如何做顾客服务。他虽然没有接受过正规的系统的客户服务培训，但是从他的谈话中我感觉到他深谙生意和客服的精髓。这坚定了我一向的观点：生意人是天生的，要等着培训上岗的都只是二流的生意人。

然后他再次建议要跟我去一次上海，说要开一个公司，从中国采购，在这里销售。我婉拒了他。我可能是唯一拒绝和他做生意的人。我想他对中国了解太少了。在他眼里，中国可能和越南差不多，遍地都是一毛美金可以买一篮子柠檬那样的便宜货，到这里可以卖一块钱一个。其实他哪里知道，在上海人眼里，温哥华不过一个穷乡僻壤，柠檬要倒着从温哥华卖上海去才能赚钱。更不要说他只要在上海待上一星期，再邂逅一个楚楚动人的上海小妹妹（他一定会遇到），然后小妹妹再在他肩膀上一哭（一定有小妹妹在他肩上哭），那么这个柔肠侠骨的大卫王将花掉的金币要在 Winnipeg 努力工作许多年才能挣回来，还要再加上和丽莎吵架。因此这件事不靠谱，我不会带他去中国。

然后他更有兴致地跟我讲男女问题。开场白是：“所有的女人都自私。”他的眼睛里充满了一如既往的不容置疑的坚定。

我听到这样的话当然觉得很讶异。我和丽莎也是好朋友、好姐妹。他们都分别跟我讲他们的家事。虽然在复杂的家事里面，蕴藏很多人生道理，但我们从不直接深谈这些深刻的人生问题。

他看我呆在那里，他知道他的话带来了冲击效果。于是他又扬扬得意说了一遍：“所有女人都自私，多一点或者少一点，如此而已。”

我不说话，因为觉得很尴尬。我不知道此刻他把我当成他正在责骂的女人还是和他同仇敌忾的男人。

然后他又说：“别人问我，你有没有跟一个对的人结婚（换句话说，你有没有结婚结对人）？我就告诉他们，你永远不会结对人。”

听他这么一说，我更惊讶，听起来他的深刻远远出乎我的预料。

他继续说：“如果你当初以为找到了一个对的人，但一结婚，变成妻子，她就变了，不再是那个对的人。”

他看我还是呆呆的，双眼炯炯有神地继续说：“女人的权力欲望太强，她老想控制你。你想想，我们男人赚了这么多钱，用掉一点，管我干吗呢？我一个员工，每月五千块的收入全部给了女朋友，是女朋友还不是妻子哦，他自己一文不剩。看他可怜，我给他二百元零用，结果那天他运气好，跑到赌场，赢了两千块，他总算可以为自己买了副名牌太阳眼镜和一件名牌衣服，结果回家，被他女朋友大骂。我听了气得不得了，马上打电话骂他女朋友：‘你为什么不能闭一只眼睛，让你的男人做一个男人？’”他说得很激动。

他停下来喝水的时候，我总算能说一点什么：“女人要男人把钱放在家里，也是为了大家好。小钱都拢拢，就可以堆积多一点财富。那是一份守财的工作。”

“胡说，谁知道那钱几时能用到！说不定哪天就被车撞死。”他情绪激动起来，因为他的妻弟才二十多岁，刚刚车祸去世。

“女人也不会那样无理。”我觉得倒是他说得无理。

“不会？我去年刚买一个笔记本电脑，今年还想买一个更新的，她一定不让我买，我都不用去试试问问看！如果哪天我高兴，我想请一帮朋友喝酒，敞开了喝，我甚至想请陌生人喝，你试试看，一定没门！上次在越南，我就请所有邻居喝酒，结果她和我吵，骂我浪费！浪费？我这么辛苦，赚这么多钱，为什么就不能让我风风光光有一次壮举？为什么不让我一时高兴，浪费一点钱？女人怎样？花上千块，买一张椅子用来扭她们的腰，说可以减肥，那才狗屎！”

他说着说着好像有点泪意，我只能听。

“男人还要花上他生命的一部分时间用来等女人，每次出门，半个小时化妆。去买衣服，等她一个小时试衣服。”

“这话不够公正，那你们为什么喜欢漂亮女人？女人花点时间化妆打扮，漂漂亮亮的，别人都会说她的男人有福气。”

“这是假象，你不知道我在等的时候，心里多窝火，最后还要跟她说：‘honey，你真漂亮。’狗屁！”

“还有哦，我前两个月，不想去公司工作了，去酒吧喝了几天酒，她就脸色不好看了。你看，没有金币，就没有亲密！（我把‘No money，no honey！’勉强译成这样是为了保留英文原句的押韵）”他耸耸肩，有很多嘲讽的意味。

我觉得我无法劝慰他。在说再见时，我说了最后一句：“总有一天女人证明给你看，她们并不自私，并不坏。”他还是只管摇头。

他走了之后，我想起以前跟他妻子丽莎一起时，丽莎说的一些事。丽莎也是越南人，三十出头，长得也矮小，可是非常漂亮，再加上会打扮，真的极美，我都爱上她。她也聪明，什么东西一学就会，一看就懂，而且还非常能干，五分钟能清洁一个卫生间，包括洗马桶，洗脸盆，擦梳理台和擦亮一整面大墙镜。唯一的遗憾就是她少读了点书，英文只会说，不会写。不过这不算什么，因为大卫根本就不喜欢读书人。他老嘲笑我有事没事拿本书。

当时丽莎蜷在沙发里，抑郁地对我说：“我真的不知道怎么办。我发现他偷偷从账号取走很多钱，一共三次了，数目都不小。”

“他总有什么事，也许寄去越南给父母了。”我这么想，就这么说。

“如果只是这样就没有问题，谁知道他外面有没有其他女人。”她幽幽地说。

“你怎么这么想？他怎么会！你这么漂亮，这么能干，他还要找谁去？”我觉得女人有时不可思议地多疑。

“是啊，我漂亮，我能干，我一颗心都在家里，可是他并不爱我。”

“你怎么可以说他不爱你？他老是叫你 honey、honey。”

“你不知道，他如果爱我，怎么都不想碰我？”说完她开始哭。

我吃惊地看看她，她哽咽地说：“什么事情都在这里，都在这里。”她指指自己的胸口，我知道她的心痛得厉害，接着她便泣不成声。我不知道怎么劝她，只是拥抱了她一下……

听完大卫的版本之后，我了解到他们之间真有些问题。看起来天造地设、郎才女貌的一对，却也有那么多揪心的烦恼和伤痛。

前几天大卫又路过温哥华，同样又是吃顿饭。现在的他四十岁出头，依然黝黑，个子依然矮小，可是明显胖了很多，当然依然帅气。只是这次他的锐气没了，明显多了忧伤。

他直接跟我说他和丽莎离婚了。我问为什么，他说丽莎和他的徒弟好上了。我根本不相信，因为丽莎是爱他的，这个我再清楚不过。他说他撞到丽莎和他的徒弟在一起，而且他藏钱的地方，丽莎带别人去看过，而且动过了，因为他做的记号被移动。我目瞪口呆，像听古堡小说。他愤恨地说："这两人都靠我养活，居然做对不起我的事！我这一生最讨厌背叛！"

我说："可是你要确定你们没有误解。"

"相信我，衿，我不傻。其实从结婚那天起，丽莎就对我不忠。"他的眼里开始有诡异的光芒。

"怎么说呢？"

"结婚前一天，她取走她原来账号里所有的钱。我根本不在乎她的钱，你是知道我的。但是她不该那样做！让我觉得她只等来分我的钱！"

这件事我不知道，所以无从评判。

"你是知道的，什么东西我不给她买？对陌生人我都慷慨，何况是她。但是她不应该对我使心眼。"

"如果果然如此，也不过一点钱，就算女人小心机，也谈不上不忠。"

“那么我在外面忙着赚钱，她就应该在家保持妇德。”

“是你在外面有女人吧？”我想起丽莎这么怀疑过。

“你觉得我会吗？”他耸耸肩，一副无辜样。

“可是你是不是不和她睡觉？”我佩服自己胆子那么大。

“衿，你想想看，我是正常的男人，我为什么不和她睡？告诉你好了，我嫌她脏，我不屑碰她！”他直视着我，他的坦白倒让我害怕了。我自己发球过猛，被一下子弹回来，结果吓到了自己。

过了好久，我才缓过来，再把球推过去：“那现在怎么办？”

“现在就离婚啊，我要做的是确保她从我那里什么都拿不到！她知道的，钱，我和她对分，但是必须放到我们儿子名下的账号上，她休得动用。”

“天，你们在搞什么！花力气对付自己爱的人！”

“是她对不起我。”

“她不是这样的人。”

“你太单纯，因为读太多书，所以对实际生活一无所知。所以我不喜欢读书人，个个都呆，都不可理喻。”

“那聪明人，你现在怎么安排？”

“我把钱都搬回越南去了，在那里买了很多房子，给父母亲戚住，现在越南的房价涨得厉害。”

“那你呢？”

他低下头：“我估计最后我也是要回越南。”

再抬起头的时候，他又说：“在那里我觉得我像个王（你看，他想做个王，我早知道）。我可以指挥一切，他们也都以我为荣。”

“在这里你也是王。”

“在这里，我被女人背叛了。你不是读过希腊神话，知道阿伽门农？”

我当然知道阿伽门农。阿伽门农是个希腊国王，在特洛伊战争胜利后回乡，他的妻子与情人一起谋害了他。

“我知道阿伽门农，但是阿伽门农先骗了妻子，让自己的女儿做了葬品，他妻子才恨他！”

“一样的，他们就认为我害死了她弟弟。因为跟我做生意，她弟弟才车祸死掉。”他眼睛瞪得滚圆。

“不，那跟你没关系。你不是阿伽门农，你是奥德修斯，奥德修斯在特洛伊战争结束后千辛万苦回故乡，他的妻儿一直在痴心地等他。他的妻子叫丽莎。”

“不，等我的人只在越南！”他放弃和我争，投降般地咕哝一句。

这次和他的谈话让我很郁闷，很多的结子卡在心里。送了他走之后，想想还是给丽莎打了个电话。

因为和她一直坦率，所以在问好之后，我直接说：“刚才见到大卫。听说你们分开了。”

“是。”

“为什么呢？”

“是他要离婚的。他这种男人说起来自己视钱如粪土，但又天天举着几张臭钱，以为有钱可以买到一切。”

“是不是你有别人？”我不想绕弯子。

“你是了解我的，你觉得我会吗？是他根本就不关心我，成天在外招摇炫耀。我病了，他都不知道。是他的助手安迪送我看病，再送我回家。我煮饺子给安迪吃，他刚巧从外面回来看见了。其实也没什么，他当时也没说什么。可后来他一直以此为借口，说我们怎样了。其实是他自己外面有别人。现在和他离婚了，我就干脆和安迪一起了。但是顺序是相反的。”丽莎的口气很镇定，跟以前不同。

“这样你就真的会和他分开了！”我很着急。

“我们已经分开了！衿，你知道，原来的我不快乐，有钱可是一点都不快乐。天天都不知道他几点回家，夜夜为他担心。可现在我快乐。安迪没钱，可他把我当成女王，他帮我接孩子，每天回家我也都吃现成的，吃完他洗碗收拾。然后他陪我去游泳，陪我睡觉。现在我活得像个人。”

“那你不爱他了？”

“我以前爱他，但我们之间有太多的问题。”

“你们都如此优秀！多可惜啊！”倒是我显得可怜巴巴的。

“不是两个好人在一起就能活得好。我觉得我一定是上辈子欠了他，所以我用前半辈子来还他，来照顾他，还搭上我弟弟的性命……”

我打断她：“你弟弟的死和他没关系。当初是他给了你弟弟一份好工作。你这样说，不公平。”

“但是事实是，没有他，我弟弟是不会车祸死的。但是不管怎样，现在我还债还完了，我不欠他了。如今是安迪来还上辈子欠我的了，他要来照顾我。我信菩萨，菩萨灵验的。你也要去庙里，衿。”

我无话可说了。看起来丽莎突然成熟了一般，对人与人之间的关系，她已经比我看得更深刻了。更让人惊讶的是她好像还找到了灵魂的皈依，所以面对人生的大变动，她变得不那么焦虑了。

于是突然间我像被他们两个都丢弃了一样。他们一个去找佩涅洛佩，一个去面佛，留下我还深陷在凡人的困顿之中，像蚂蚁一样爬行在自己的思维脉络里。

我一直记得在学开车的时候，教练跟我说，你的车会开向你眼睛看着的地方，就是说如果你的眼睛一直往右张望，你的车子最终会往右偏。也就是说，如果你不相信一个人，最终他们会成为你不相信的人。大卫和丽莎，如果他们都相信对方，比如大卫不去想丽莎只是想控制他，不去想丽莎有了别人，丽莎也不去怀疑大卫在外面有了女人，他们两人是不是就有不同的结果？可是世上的如果怎么可以结果呢？就像我们怎么可以让聪明人不思考呢？聪明人对待爱、对待爱人也一样，要睁大眼睛，要再拷问一下：这是爱吗？爱是这样的吗？你值得我信任吗？你是一个可信任的人吗？我能相信你这么多吗？于是，爱这件事就变得迟疑不决，纠缠不清。所以为什么很多时候倒是糊涂人生活得更容易更幸福，就是因为他们不拷问太多，他们只往简单幸福的方向看，所以常常他们就生活得较为简单、幸福。

除了信任之外，两人之间的爱可能还牵涉了爱和自由的分寸，在爱对方的时候也需要给对方自由。女人爱得深了，喜欢相濡以沫，你一个泡，我一个泡，要大家紧挨着，不爆掉不罢休。男人可能不同，他们的心在天地之间，他们更喜欢广阔江湖。只是玩累了，天黑了想回家时他想起的那个人是你，你就是他爱的人了，你不能指望他朝暮厮守。特别是女人遇到一个王一样的男人，更要让他自由。但是男人也要知道现在的时代不大一样了，女人愿意做嫔妃的已经不多，深宫大院已经锁不住女人心了。她们寂寞了，也会走到市巷，去找一介布衣来厮守光阴。

讲这么多，都不过是废话。像丽莎一样，笃信一种宗教，将命运交给苍天，也许最简单不过。

我期待将来某一天我可以凭写作养活自己，然后我要去一次越南，看看大卫出生的地方，看看他偷渡的那个码头，好好写一本书，关于大卫王。

当初只道是平常

因为《北京遇上西雅图 2》的电影，她去看了《查令十字街 84 号》的书。

看了也就看了，根本就没看出什么好来。不过就是汉芙小姐要找几本书，写信到一家二手书店去问询，书店的经理弗兰克想办法找到并寄给她。后来她一直找书，他一直寄，他们便开始了长达二十年的书信往来。书信不过就是聊几本书，再叙叙家常，后来弗兰克死了，通信中断，汉芙将书信汇集成这本书。整本书，零零碎碎的，没有什么惊心动魄的情节，也没有什么精彩的情思或者让人过目不忘的文字。倒是书中附带的别册，读起来更有意趣，感觉评论比原著写得更好。

晚上很晚了，她在看书，突然收到他的短信，说："明天我要去澳洲了，估计要半年后才回来。"

她顿时觉得呆了。怎么这么突然来道别，而且这么长的别离？

他没有做任何解释，她也没有问为什么。因为太晚了，就彼此道晚安，像他们以前所有的日子道晚安一样。不同的是这一回，他叮咛她要保重，并多送了一个表情——一束盛大的玫瑰。

她觉得好没劲，放下书，关了灯就躺下了。可是情感的潮水却突然风起云涌一般拍打上来，让她顿时泪如雨下。

认识他多久了？四年？五年？因为喜欢读她的文字，他在微信中添加她成为好友，然后他们有互动。虽然在同一个城市，但是他们至今从未谋面。

我们聊过些什么？在黑暗中，她努力回忆。

他们聊诗词。她记得他说他最喜欢苏东坡，特别那句“竹杖芒鞋轻胜马，谁怕？一蓑烟雨任平生”。一双草鞋，一根竹杖，无拘无束，满怀的豪情。

而她是喜欢李清照的，比如：“雁字回时，月满西楼。”一排人字雁，一座小楼，一个洒满银辉的天空，满腔的惆怅。

他们也常常拍些照，配上诗词，发给对方。他拍落花，配的诗是辛弃疾的“惜春长怕花开早，更何况落红无数”。说的是惜花的情愫。她也拍落花，她配的是陆游的“一片落花无觅处，只教芳草管闲愁”。说的是闲愁。

他们聊书，比如《牡丹亭》《生命中不能承受之轻》《异乡人》《追忆似水年华》。《尤利西斯》，他们都曾看不下去放下过，于是约了又一起重读。

他告诉她，他非常喜欢萧红的文字，更怜惜萧红的遭遇。说萧红这么有才，但是感情生活却如此波折。因为他这一说，她去看了萧红的作品，看完写下《寂寞萧红》，他赞叹不已，说还是女人更了解女人。

后来，他不知从哪里拍了一封萧红在日本的时候写给萧军的信给她看。信中，萧红称萧军三郎，说她写了四封信，他才回一封，说她到日本还没坐过车，没吃过冰激凌，但是一个星期写了三万字云云。她回复他：“这样的信，根本看不出好来。字写得不美，思路也乱乱的，什么鸡毛蒜皮。”

他说：“不是这样看的。这样的遗迹，可以唤起我们对那时候整个时代的回忆，那时的风土人情，很多欲说还休的情感，还有很多东西。”

他这么说，她不吭声了。

她开始练习写毛笔字的时候，常常给他发个一字半词，才知道他在书法上也小有造诣。有一次她问道：“我为什么写不出很细的线，是不是我的毛笔有问题？”他回复说在行书和草书中，这叫游丝，要写多了写熟了才能做到。她差点要羞死，于是又不吱声了。

他们聊茶。他说他更喜欢白茶，而她喜欢绿茶。常常，他泡了一壶茶，给她发个照片，好像邀了她一起喝茶一般。

这些都很平常，他们还聊过什么？泪眼婆娑的她，觉得他们之间不止这些。

他们聊一点点个人生活。他曾是商学院的教授。在三十几岁最风华正茂的时候，离了婚，辞了职，带着幼女来到北京，另成了家，开始经商，和朋友做酒店，一做二十几年。

她呢，二十几岁随丈夫移民温哥华，在温哥华待了十几年，儿女双全之后，一直做地产经纪，十几年前回到北京，开过美容院，开了又关了。她发现自己还是更喜欢看书，这几年就歇在家里看书和码文字。

关于个人生活，他们聊到这里即止，谁都没有进一步地询问更多，因为大概都觉得足够。都是历经了半辈子的风雨长成的生命树，动用了半辈子的气力建筑的个人生活大厦，怎么可以轻易去动摇、搬动和损毁？

偶然，他给她发短信说他心里不痛快，她说："那我陪你说说话吧。说话不说话都可以，反正，我在。"

偶尔，她也发短信给他，说觉得不开心，他说："那我来沏壶茶吧。喝不喝都可以，反正，茶在。"

只有一次他说："何当共剪西窗烛？我想要见见你。"他呀，搬出李商隐的陈词滥调。

她说："不用了，这样的收梢最好。"她拿起张爱玲的悲观腔调。

而他们，果真就是从未相见。

距离对我们没有意义，因为近在咫尺也不相见，那么这番他远行，我为什么要哭？我们之间到底有些什么，让人如此悲伤？她不能停下她的追问。

黑暗中，她蓦然想起了《查令十字街84号》。汉芙和弗兰克之间也没什么，只是谈谈书，聊一些简单的家常。他们谁都没有说过一个爱字，甚至都没流露过思念之情，更不要说卿卿我我，海誓山盟。可是他们之间具备了爱情的诸多关键要素，比如相同的性情和趣味，比如互相的理解，比如觉得互相的心灵依赖，这大概就是所谓的情投意合。

按照常理，这朵爱的花蕾是否应该开出鲜艳的花来？但是他们都是如此理智和懂事。一个有家室，一个不能离开她的安身立命之所。他们只能尊重现状，尊重对方，唯有互相遥望，默契地呵护这朵爱的花苞，二十年之久。和现在人的任性、冲动不同，他们懂得守望。这也正是汉芙和弗兰克的高贵所在。或者，我们何必称这种感情为爱情，只说深厚情意也很好。

她觉得释然，原来是她尊重他，他也尊重她，他们也是何等懂得守望。这种深情厚意也是一生中的至宝，弥足珍贵。

赫曼·赫塞写《生命之歌》。主人公库恩对歌特罗德一见钟情，但是他感觉到她只爱他的音乐，不爱他这个人，所以他没有把他的爱弄得震天响，他没有惊动她。他深藏他的痛苦和爱，一直默默地守望她，直到他们生命的尽头。

这样的感情当然让人唏嘘，但是又能怎么办呢？勇敢地奔赴一场爱情自然感天动地，但柔弱的爱情守望也自有它的含蓄和矜持所在。

她最喜欢张爱玲的《爱》。一个故事才用了几句话，平淡得像吐了一口气。一个十五六岁的女孩子在后院遇到了对门的一个年轻人。年轻人立在那里，对她说了一声："你也在这里吗？"后来，这两人就各奔东西。在以后的几十年，她经历了多少波折，但还常常念起那句话："你也在这里吗？"张爱玲说爱情也不过如此。

萧红给三郎的信，也是差不多的意思。她是爱他的，但她知道他已经不爱她了，所以她写了四封信，他才回一封。可是怎么办呢，她不能也不愿意没有尊严地秾词艳句去哀求，那就只能谈谈天气，谈谈冰激凌了。

但是要说写爱的怅惘，还是纳兰容若的《浣溪沙》写得精要："谁念西风独自凉，萧萧黄叶闭疏窗，沉思往事立斜阳。被酒莫惊春睡重，赌书消得泼茶香，当初只道是寻常。"容若在这里说什么呢？他说想当年，和她一起春日午后小酒一杯，神思昏昏，沉沉地睡着的情景；说和她一起玩读书游戏，谁没有猜对某句话出自哪一页就要罚酒一杯的情景；说笑得茶水翻在衣服上的情景。当初只以为那都是最平常不过的事情。现在她不在了，唯有伫立在西风斜阳中，看片片黄叶萧萧落下，独自追忆往昔。这时，才蓦然惊觉原来以为的平常岁月是何等快乐，何等让人怀念啊！

一句“当初只道是寻常”，道出了多少的离情和惆怅。

她现在突然懂得，汉芙在小说末了说：“如果你们恰好路经查令十字街84号，请代我献上一吻，我亏欠他良多。”这句话涵义深远。

汉芙到底觉得亏欠什么？因为才花了一英镑买了诸多二手书？书太便宜，她大赚了？这应该不足成为理由。她亏欠弗兰克的应该更是一些情感上的东西。弗兰克是如此希望她能访问伦敦，都安顿好了住宿。可她在弗兰克的有生之年终未成行。她亏欠弗兰克一个深情的表达，一个爱的承诺，她亏欠弗兰克一个亲吻。所以在这一吻里面，其实暗藏了多少不为人知的情感和惆怅。如果她真能亲自献上一吻，也许她所有的理智都会被击溃。可因为那是汉芙，那是弗兰克，所以他们不会再靠近半步。她空留遗憾在心底，只能让人代送这一吻。

于是，她在心里对自己说：如果你们恰好去澳洲，请代我献上一吻，我亏欠他良多。

追求生活的绝对诗意

我非常喜欢“追求生活的绝对诗意”这句话，所以将它当作我的个性签名。这句话在我心中存放了好多年，带着诗意、激情、梦想、勇气，还有很多精彩的东西，一并在心里放着。但是，说真的，我不知道这句话确切地从哪里来，是抄来的，篡改的或是自己杜撰的？

但是我记得好多年前，很偶然地看到大学时代最崇拜的刘擎老师写的《革命之路》的影评。《革命之路》我刚好是看过的。讲的是一对 20 世纪 50 年代美国中产阶级的夫妻，厌倦了没有激情的平淡的生活，力图改变。某一天，一拍即合说离开美国，全家搬去巴黎，于是兴冲冲地做准备。可惜的是，在一段时间的搬家狂热消退之后，丈夫畏缩不前了，而妻子自杀了。

刘老师在他的影评中用他一贯的思想家的维度很深刻地阐述了“安顿”与“逃离”的围城效应。在文中他很不起眼地提及了“深度探索生活的诗意”这个概念。但是这个概念从此像刀子一样刻在我的脑子里。几经变形，大概就成了我的版本——“追求生活的绝对诗意”。

可贵的是，这么多年来，我一直力图为实现它而不断地思考和努力。

上网搜索过诗意的定义，说诗意，是一种美感的意境。这种定义明眼人一看就知道是虚晃一枪的，其实就是没有定义的意思。于是干脆自己去傻想，想来诗意大概是指让生活变得美的物件、情境或感觉。

曾经臆想过诗意的生活，是臆想的。我可以这样简单概述给你听：那是一个早春的星期天，早早起来烘焙松饼，又从户外剪了一枝玫瑰放在餐桌上，然后放了古典音乐当背景。可爱的女儿在琴声中享用新鲜烘焙的松饼。然后我开车带她们去天堂一样的皇后公园看樱花。中午就在一棵盛大的樱花树下铺起红白格子的餐布野餐。我躺在草地上，仰望天空中像云一样的淡粉花朵缓缓落下，听着孩子们在树下快乐奔跑的声音。傍晚回家，系上围裙，做了一份怀旧的故乡的米糕……

诗意吗？听起来，有一点，因为里面有一些诗意的元素，比如名词玫瑰、音乐、樱花，比如动词烘焙、赏樱、仰望。而那天的实际情况是：早饭的时候，音乐刚开始，女儿打翻了牛奶，我费了好长时间清理干净。开车去公园的时候碰到“地狱天使”飙车党的游行，我被迫紧张地绕道。到了公园刚看了一会儿闲云就下雨了。匆匆赶回家做米糕，做好的米糕吃了一口居然是咸的，查看一下，原来配方的米粉中是加了盐的……

生活的诗意才刚觉得要开始，就被细细碎碎的鸡毛蒜皮覆盖了，我黯然神伤。所以我想，诗意的元素比如玫瑰和音乐，诗意的行动比如仰望和野餐是可以给我们的生活带来诗意的，但是因为这些是物质和动作的，所以注定了它们是临时的相对的，所以原理上看来绝对诗意是不可能的。于是悲观地下结论说生活中的诗意可以短暂存在，但是绝对的诗意是没有的。

后来，又搜索了词条“生活的诗意”，想看看别人怎么看待这个概念。当时前几个搜索结果说这是一个高考命题作文，我浏览过几篇，写得无不牵强附会。后来找到冯骥才的文章，他说生活的诗意存在于阅读中，这句话让我怦然心动。阅读如果说是做一个美梦，那么美梦就应该就可以带来诗意。这似乎为我找到了一条出路，我长舒一口气。

好像也确实是这样的——阅读是一条通往诗意的路径。

我看托马斯·沃尔夫的书，他写抽烟时的感受美妙得惊人。他这么写：“他渐渐地跟美丽的尼古丁姑娘亲近起来，她像可爱的幽灵缠在他的脑中，把她娇喘的香气留在他的鼻孔里，她的富于刺激的香吻留在他的嘴唇上。”看，写得多美！就是抽烟这件事在他的笔下也变得温柔缠绵！阅读就是这样，我们通过作者的文字感受到了诗意。所以为了寻找诗意，我阅读，也因为阅读，我常常感受诗意。

有天晚上我看书，是卡缪的，看他写地中海的阳光。卡缪是绝不煽情的，一字一句干巴巴的，只想让你感受生命的毫无意义。但是我居然用自己的想象，体会到了他书中和煦的风，温暖的阳光，蔚蓝的海……然后真的，好像是自己徜徉在地中海的阳光海滩中一般……于是我就想，诗意的感受未必一定要读诗意的文字，诗意原来也可以被书带领，然后加上丰富的想象自己寻找到的。就是说读者甚至可以比作者更感受诗意。这是又一个我的思维跨越！

但是，再看下去，主人公居然被炫目的阳光烤昏了头，居然误杀了一个人。对于卡缪，存在本身就很荒谬，更不要说存在什么绝对诗意。因此诗意转瞬即逝，我得陪他去坐牢。所以我又下结论说阅读是可以存在诗意的，但是它同样不能保证诗意的长存，不能保证绝对的诗意。而且这种诗意有它的局限性，因为它无法放置于我们的日常生活中，亦步亦趋，因为我们不可能边拿着书边来煎胡椒小牛排。所以绝对诗意还是做不到的。

后来一段时间，我看普鲁斯特的《追忆似水年华》。慢慢我又想，生活的诗意是否存在于对过去的追忆中？因为通常，人们在回忆过去的时候，会不自觉地成为一个诗人，他会自动涤荡掉往事中的许多尘土，然后让回忆的天空一碧如洗，让回忆的溪水清澈无比，于是诗意便会呈现。比如你忘掉了那时的你差一点被水淹死，被毛毛虫刺痛，被树皮刮伤，你全忘了那些，你只记得童年的时候你去捉过泥鳅，想起你去网过知了，想起你去爬过树，你觉得那时候好美，好有诗意，不是吗？于是你对着那时的岁月沉湎并微笑。这就是回忆给我们带来的诗意。但是同样的，回忆中产生的诗意还是只在回忆里，进入不了我们当前的日常生活。我们不能在天天在回忆中拖地板啊！

再后来，我开始学习写作。有时候心绪不宁的时候，会想办法写出来，写出来了，心就会平静一点，我觉得写作这件事很好，但是用它来寻找诗意，我却未曾想到。它的起因说来好笑。那时我开过一个个人网页，我的网页设定了密码，因此只有三五知己才能进来，看看我的文章，大家聊聊天。

那天听传言说 Google 不会退出中国，于是我写了一则短评。一篇本来自认为诙谐的短文，只是为了显摆活跃的思维，当然也依稀感叹时事，却触发了一场很激烈的有关爱国主义的争吵。最后用“恰同学少年，风华正茂；书生意气，挥斥方遒，指点江山，激扬文字，粪土当年万户侯”也无法收摊，大家还是争吵，最终一气之下，我关掉了网页，切断了跟好几个老友的联系。

在好几天的闷闷不乐之后，某个午后我坐在椅子上抬头望天，突然脑海中出现如下的画面，让我进入以前不曾理解的昆德拉的“隐喻世界”：

那是一个茂密的丛林，有两辆火车在平行的轨道相向而行，在某个林间小站短暂停留，于是两辆火车短暂相遇了。火车上的乘客都通过车窗看到对面火车上的乘客，议论纷纷，说对方走错了方向……

这时，有一只小虫悄悄爬出窗外，小心翼翼越过铁轨，轻轻爬上柳枝，裹好褐色的树皮，吐出一根丝线，将自己吊在树枝上，在风中轻轻摇晃……空气中淡淡的草香，细细的虫吟……

于是一切都进入了隐喻。火车进入隐喻，铁轨进入隐喻，小站进入隐喻，丝线进入隐喻，树皮进入隐喻，小虫进入隐喻，包括马上要来捉虫的顽童，一切都进入隐喻……

我把这个画面写下来之后，觉得绝美，让我进入到了一个隐喻的世界。世间的纷扰纷纷后退，然后以另外一种安详的姿态呈现……然后我变得快乐极了。我知道隐喻是一个绝好的办法，让我的喜怒哀乐裹上一层薄纱，若隐若现，因为朦胧，这个噪杂的世界在我眼前呈现出诗质。

到后来，再进一步地，我练习将自己的生活全部退入隐喻。怎么弄呢，方法很简单，你看，我只要用第三人称“她”来看待我的每个日常际遇。

我出门上班，我心里想着是“她”出门上班去了，辛苦工作这件事就变成“她”的了，我成为一个隐蔽的作家，尾随我自己这个主人公跨入外部世界。于是我不但不觉得生活辛苦，而且觉得生活充满了意味。我伤心的时候，我想着是“她”伤心掉泪了，于是伤心是“她”的，我又被隐蔽了起来，只是告诉自己，是自己的主人公受伤了。这样，我和“她”就隔起一块隐喻的纱帘，永远像一个作家和他的主人公如胶似漆地在一起，而且我们彼此理解！于是我们快乐，我们伤悲，我们一起体会生活，记录生活，连带寂寞都不会有了。

就这样我让我的现实世界靠隐喻完全转换过来，于是我的世界就变成了一个绝对诗意的世界。

当然，偶然“我”还是会兴奋、愤怒、伤感或者悲伤，但是我知道很快我就会将它们转换成“她”的，将这一切变成“她”的兴奋、愤怒、伤感或者悲伤，而我又躲在隐喻的后面，享受生活的诗意。如果修炼成功，习惯于时时刻刻做这种人称转换，那么诗意就是绝对的了。

到此，我想我基本完成了追求生活的绝对诗意的可行性论证。

最近我花了一点时间了解了一下萨特。很有趣地看到他论证他所谓的人都是绝对自由的理论。他的绝对自由的意思不是说你自由到可以自由选择做女人或男人，而是在被选定的性别中你有选择如何面对它的绝对自由，就是在可能的限度内向你的目的去做谋划的自由。我有点同意他的说法。

所以这也可以用来鼓励我自己追求绝对诗意这件事的勇气。我所说的绝对诗意不是真的做到了生活的绝对诗意，而是说我们可以绝对自由地追求绝对诗意，可以绝对自由地为此做谋划。所以我还是可以说我在追求生活的绝对诗意。

刘老师说我们永远要面对“平平淡淡才是真”与“轰轰烈烈才是

真”这两个至理名言，就是说我们总是会在“维持现状”和“革命”这两条路中徘徊。刘老师也不很铿锵地指出了第三条路：在平凡中眺望远方的巴黎，反观此刻的庸碌与乏味……

但是我的版本是铿锵的：诗意虽然永远逃不脱庸俗的魔掌，但是隐喻却是诗意的柔韧翅膀，让绝对诗意成为可能，相信我！

哪里有你的珍宝

偶然兴至，翻尼采的书，一本叫作《快乐的智慧》的尼采精品集。里面的第一部分标题为《看哪，这人》——自述，然后接下来，这部分的小标题是《我为什么这样智慧》《我为什么这样聪明》《我为什么写出了这样的好书》《为什么我是命运》。

这些狂妄的标题把我吓一跳，心想怪不得大家说他是疯子。但是慢慢看下去，觉得他的文才和心力，特别是心力确实是在很高处遨游。他说："我追求被禁止的东西。有一天我的哲学将以此为标志征服天下，因为，从原则上来讲，人们一向禁锢的东西不外是真理。"

这样的话说出来也算得上力拔山兮气盖世！他说被禁止的东西常常是真理，而他的理想正是追求被禁止的东西。所以他就有魄力写文章来说：我为什么这样智慧，这样聪明。如果不敢这样说，那他恐怕也就不是尼采了！

他在三十六岁时生病了，于是无法执教而从大学离职。大家都以为他得的是神经病，一个医生把他当神经病治疗很长的时间。到最后，医生对他说："不，不是你神经有问题，而是我本人太神经质了。"

你看，这就是把伟大的思想家当成神经病的后果。

他在《论道德的谱系》前言中说到一句俗语："哪里有你的珍宝，哪里也便有你的心。"一看到这句话，觉得像电闪雷鸣一般，心中某片旷野突然被照亮了。那天晚上差点不想睡了，要把心里的感触立刻写下来。

在这句话里，他所指的珍宝一定是个暗喻，是心爱之物的代名词吧。我对这句话的理解是：如果你真正爱一个东西，爱一个人，那么你的心就会向往他、关切他、跟随他。这句话一下子为我解答了很多疑惑。

最近一直在琢磨一个中学同学（外号洪七公）着迷于四处游走，浪迹天涯这件事。照常理，他日子过得好端端的，事业不错，家庭也和睦，又没什么淘金考古的使命，今天去云南，明天去西藏，成天独自一人风尘仆仆地在外走什么呢？

现在我就想啊，人还真是千差万别的。有些人，就是能够安于每天周而复始的生活，周围的一切都因为重复而熟悉到那么一种程度，即便喝醉了酒，眼睛闭着都能找到家门，还能顺利地摸到自己的床上睡下，这样的生活太简单，太笃定，所以也很棒。记得昆德拉也说，幸福是对重复的渴望。看到是昆德拉在讲此话，当时是大吃一惊的，但是也想得过来，就是说规律的不断重复的生活也可以不乏幸福感的。

但是另外有些人可能就不是这样了，每天太规律的社会性群居生活可能会对他们造成很深的禁锢感。也就是说，对这些心灵，户外的时换时新的广阔天地中一定有什么更为珍贵的东西存在。我无法真切体会那些珍贵的东西，但是我想，步行于崇山峻岭之中，我们的四肢是不是可以和大自然的脉动更为亲近？被俗世的生活所压抑的灵魂是否可以在大自然的怀抱中得到安顿？更不要讲清新的空气，辽阔的视野，优美的风景。刮风下雨、风餐露宿算什么呢？苍穹下自有他们的珍宝，他们行走在接近他们的至宝的路上，所以乾坤朗朗，也无风雨也无晴。

不久前，了解到一个朋友的先生喜欢拍摄天空星河。以前一直听朋友抱怨她家的那位把时间、精力、钱财都花在买器材和拍照上了。有时候为了拍几张极光和流星雨的照片，千里迢迢开车出去，守候整整一个晚上，不过要抓住瞬间的闪光。我一直觉得不可思议也不以为然。但是我最近看到了他拍摄的极光和流星雨的照片，确有一种异样神秘又震慑的美。再看他专业地在预报极光强度、时间地点，倒很是肃然起敬起来。他原来是温哥华有名的星空摄影师、大名鼎鼎的大杨。现在我知道了，他是在苍穹中找到了他的珍宝，所以他倾心凝望。驱车千里，熬几个夜又算得了什么呢？他的心安睡在星空之下。

他引用过康德的话：“世上有两样东西最能撼动人心，并且愈审视愈添敬畏——头上的璀璨星空和心里的道德法则。”这句话用在这里刚好。

最近还认识一个叫飞 Man 的“野人”，只是这名字就够怪的，中文和英文夹杂着用。通常为了押韵，中文歌词里要借用一下英文，这个我懂，但是我不懂这名字要押谁的韵。

据说他卖掉了温哥华的房子去加勒比海买了一条船屋，夏天就在那里冲浪，然后冬天去北极玩雪看极光。打着领带正儿八经上班的事他一样都不会，但是打猎、冲浪、滑雪、风筝、冲浪，他样样精通。几年前在玩风筝冲浪时他从空中跌入水面，左耳听力受损。但是这丝毫没有减弱他玩风筝冲浪的热情。他说都市的生活让他害怕，他只喜欢户外生活。我从来没有在现实生活中认识过这种人，这种人对我来说只能存在于小说里。

我一直在想，他到底是怎么回事？在户外他到底找到了什么让他如此坚决地逃离都市？不久前，看到他的一个为北极地区原住民募捐的活动文案，其中一句话一直在耳边回响："我想为生活在地球边缘艰苦环境下的部落群体做点事，想帮助他们中有听力障碍的人听到鸟的歌唱，风吹过树梢的美妙声音。"对，也许就是这鸟的歌唱，风吹过树梢的美妙声音，将他安顿，我想。

上周末，阴天微寒，我去爬山。在山中，我听到了清脆啁啾的鸟鸣，那声音在空谷中脆生生的，那么孤单而又离我那么近，我觉得它一定是在设法告诉我什么。这么一想，让我觉得特别动心，于是我就站在那里聆听。这时突然下起了雨，于是我第一次真正地听到了细雨打在树叶上的声音。先是一滴雨打在一片叶子上，像一声怯怯的"Hello"，后来就是几滴雨打到几片叶子上，像有人轻声地回应，后来窸窸窣窣地，很多细雨打到很多叶子上，于是整个树林开始窃窃私语。后来，世界在雨中全面混响，像交响乐一般。我呆了，一切是那么和谐，那么轻柔，心都要化掉一般。

我猛然领会到约翰·麦奎尔博士在《失落的本质》里陈述的意思：大自然存在完美的和谐平衡，也会呈现完美的精神教堂。我们社会化和文明化的过程将我们和大自然的连接分离，将我们和我们的原始的内在感知（就是第六感）疏离，时间久了，我们变得麻木，变得不容易感觉内在的幸福。我们要找回失落的原始的幸福，就是要消除我们的意识和我们内在感知之间的屏障，要听到第六感的声音。

而这纯粹的鸟鸣、雨打树叶的声音、风吹树梢的声响正是为我们打开了通往自己内心感知的道路，让我们和大自然重归于好，让我们再做回大自然的赤子，于是我们成为了一个更宏观的自己，于是我们感到宏大的幸福。

正是这样的，飞 man 用他的第六感在自然的怀抱中，找到了宏大的幸福。他除了听到鸟鸣、风声、雨声，想来他还听到了我所不知道的波浪中海水翻腾的声响，树林里野兽疾奔的声响，那些都是内心单纯幸福感的取之不尽的源泉，都是让自己和世界和宇宙相连的能量之线。是不是这些就是他的珍宝，所以他把他的心全然放置于大自然之中？我想一定是这样的。

然后，我花了些时间想了想自己的生活。可能过于自以为是，老觉得自己能干好很多事，所以这也忙那也忙，所以能剩下来属于自己支配的时间就少得可怜了。所以在那样宝贵的时间里，我极为吝啬。我极疏于交际，极懒于购物，极怕热闹，我最想最想做的事便是抱一本好书在手里，一行一行地读来。现在我知道了，我是在书中找到了我的珍宝。那么珍宝是什么？想来不过是一种很私密的内心感受，是懂得另外一个灵魂的时候也觉得自己的灵魂被懂得了的圆满感受，是一种心灵世界里雨打树叶的和谐混响。

我也经常熬夜看书啊，可能是寻宝这件事太重要了，熬几个夜，黑眼圈又算得了什么呢？在灵魂安顿好了之后，我甚至觉得衰老、死亡都不那么可怕了。

于是我在想，那个爱流浪的洪七公、那个爱星空的大杨和那个爱野外的飞 man，其实他们一点都不奇怪，他们是否只是在找到了他们的珍宝之后走得比常人更坚定？在行走山水、凝望天空和博弈于山林河海之际，他们是否也找到了内心的圆满感受？所以身体的疲劳，那些皮肉之苦都不觉得苦。

谁唱过一首歌，有句歌词是：“爱我，非你莫属，也许还会哭，但是那个人是你，所以不怕苦。”好像是一样的道理。

生活里面还有很多的珍宝，比如你爱上一个人，你会想他在干什么，他好吗，累了吗？他想不想你？比如你爱上画画、音乐，你一有空就想画几笔，弹几曲，唱两句。比如你爱上做股票，就很关心财经新闻和市场动态，分享的文章都关于股票。甚至你爱上玩游戏，有空就杀一轮。每个人一定有或想要有他特定的珍宝，所以我们总在忙碌，总在寻找。但是重要的是你要能确定它是你的珍宝，很简单的一个标准就是你愿不愿为它吃很多苦，即使为它受苦你也不觉得苦。如果这个确定了，那么就要勇敢上路，就要放上你的一颗心勇敢前行。不要说你没时间，不要说你有拖累，那些都是借口，只能说明它根本就不是你的珍宝。真希望每个人都好运气，能找到自己的珍宝，于是也就找到了灵魂的归宿。所谓老有所依，依什么，我以为无非就是你的精神珍宝，你灵魂的归宿！

写到这里，惊讶地发现，尼采的一句话，居然让我想出这么多来！所以下一回，我也要写文章来说说：我为什么这样多情？

午　后

这是上海的一个深秋的午后。早上觉得头晕晕的，就请了假，休息在家。

穿着白色的暖融融的毛衣和绒裤，坐在棕色摇椅上。手里拿着普鲁斯特的《追忆似水年华》，却没有在看书。看着温和的风透过绿色纱窗细密地吹进来，让白色纱帘微微荡漾。听着喜欢的都市男孩阿健主持的流行音乐排行榜。

特别喜欢这种时候，大家都在上班，而自己独自赋闲在家。我喜欢自己这种慵懒悠闲的样子：蜷缩着，把脸靠在臂弯里，脸颊触摸到毛衣上的细小绒毛，轻柔又温暖，让我感觉自己像一只温顺的猫咪在午后的时光里。

窗外飘来煤饼炉子的烟味，传来竹杆子拍打被子的梆梆声，自行车清脆的铃声近了又远去，还夹杂着对面楼下人家三两句闲聊的嗡嗡说话声。一缕缕阳光漏进来，像金线织进纱网中。

微风拂动，于是看见浮尘在阳光里舞动。记得在某本书里看到那是印度教里的舞神在跳舞，舞神掌管人间的一切律动包括时间的流动，如果她不跳舞了，时间就停了。为了让时间不停，所以她只能跳舞了。庆幸自己不是舞娘，得以懒洋洋地，在舞娘的衣袖拂过的流光里随意地漂浮游荡。

普鲁斯特的书很适合现在这样的时刻拿来读。它没有惊天动地的跌宕情节，可是有无所不在的美丽的遐思、追忆和幻想。他说午后的台阶上有主妇抱着孩子在喂奶，有几个戴着白软帽的女人在聊天，这幅景象像什么呢？他说像潮水退去，在岸上留下的海草，装饰着海滩。我故意没有去找出那段原文来抄写在这里，这是我看过后凭记忆来重述他的描写。于是那一段就变成了我的感觉，更让我心醉神驰。

然后我觉得现在的我像什么呢，像一粒沙土，在海潮退去后，被留在海螺的硬壳里，蜷在海滩上，静静听海风。海风是个浪迹天涯的故事高手，它吸口气，缓缓道起天南海北，伴着舞神的隐约鼓点。

阳光慢慢淡下来，吹来的微风里慢慢夹带了些凉意。窗外渐渐传来茶叶蛋的香味，是那个煤饼炉上飘出来的吧，那个晒被子的妈妈又将竹杠子梆梆梆敲响了，这次是要将被子收起，把一个个带着泥土香的梦悄悄地藏在里面。那个骑自行车的人也应该接到他放学的孩子了，楼下闲聊的主妇开始拣菜剥豆准备晚餐了吧。

而我的慵懒午后也要结束，我要捻亮桌上的台灯，让舞神在灯下起舞，伴我夜读。

后记：我居然在一个小时内，写完该文，而且全凭记忆。这十几年前的一个午后，居然记得那么清晰，仿佛就在眼前。我也许感染了普鲁斯特的神经质。就像一块干海绵，把自己闭着眼睛放进空气中（不是水中，也不是雨中，只是普通的空气中），就可以沉甸甸地满载思绪地回来。

缓　慢

前一阵迷上《失落的本质》一书。书中约翰博士为我们描述了一个情景，一直在我心中挥之不去。他说，当红灯变成绿灯时，只要拖延一秒，后面就会有一整排失去理智的司机，狂按自己的喇叭，在心里破口大骂前面的车反应缓慢。然后约翰沉思：他们到底在气什么？到底打算做什么？到底有没有这么匆忙？每个人究竟要冲到哪里去？

是，我们到底在匆忙些什么呢？要冲到哪里去呢？

昆德拉写《缓慢》，也有同样的洞见。他从一次傍晚在单车道开车，观察后面一个想超车的人开始，说关于快速和缓慢的事。他说后面那个男司机像一头猛兽窥伺一只麻雀一般，时刻想超他的车。昆德拉注意到那个男子的副驾上坐着另外一个女人。昆德拉在前面开车，觉得后面那个男司机很好笑。好笑的是那位男司机为什么不能看看车外的黄昏景色，不能说说笑笑，甚至可以调调情，为什么非要在一段旅途中把注意力全神贯注在超车上？

然后他说速度是科技革命献给人类的一种迷醉的方式。人们将手放在方向盘上，将过去与未来统统切断了。他感叹再也看不到那些慢吞吞地在街头游逛吟唱的艺人了，缓慢的乐趣消失了。

你看，他说速度带来的迷醉，他提到了缓慢的乐趣！

前两天，我突然收到旧时的朋友寄给我的明信片。是一张蓝色的泸沽湖的明信片。他用舒服好看的手写字体写着："那湖水蓝到好像天空溶解在里面，像是灵魂的归宿，但愿梦里可以常常回到那个地方。"我看着那张明信片，很长一段时间默不出声。

开始用电子邮件、电话、手机后，已经十几年不再寄信和卡片了，那种通讯方式太慢太老旧了。谁可以等上一个星期，估计对方收到信，再等上一个星期期待收到回信？还有谁用明信片跟你讲天空溶解在湖里的蓝和寻找归宿的灵魂？

我在网上搜索了泸沽湖，看到了更多更美的泸沽湖的图片。心也在那样的蓝色里，游走。

速度感极强的今天，我们用汽车和飞机替代了往日千万里路的徒步旅行。我们用一键即发的电子邮件替代了往日千山万水的鸿雁传书。我们用闪恋、闪婚替代了往日的青梅竹马、按部就班的婚姻过程……快吗？快！因为快，我们可以在有限的生命里比我们的先人多到很多地方，多写很多情书，多结好几次婚。可是，我们为什么并没有心满意足，为什么常常还是觉得焦虑和不幸福？ 就像我们的超车司机，有车开，有一条优美的山路走，有女朋友在身旁，为什么他还那么焦急？

在享受速度带来的便捷快感的同时，我们是否也同时在速度中失去了些什么，或者说以前的慢生活里面有些什么让我们缅怀？

我们坐一个小时的车或飞机，就从一个城市到达另外一个城市。而我们如果步行，却要花几周甚至几个月的时间。徒步显然慢得多了，也辛苦多了。

但是当我们的布鞋踩踏于坚实的大地之上，我们却可以享受阳光的照耀，感受风的吹拂，看到山间野花的开放，闻到泥土的芬芳气息。也许还会在某个黄昏，在乡野的客店撞见某个故人，于是彼此问候和寒暄，感受惊喜和友情。也许还会突然遇到大雨，于是感受全身的湿冷和脚下的泥泞。这些都是美好或尴尬的际遇，都是大自然真实的慷慨的馈赠。当我们快速地从此地到彼地，可能也把这些真实的有趣的东西忽视了。约翰博士说我们要找到真正的长久的根本的内心安宁，就必须亲近、依靠和采集大自然的原始的宏大的能量。但是快速和匆忙让我们无法采集这些有益的能量。

我们手指动一动，才几分钟几秒钟一个邮件出去了，一条短信出去了。靠鸽子和驿站来寄封信也许几周也许几个月。好慢好慢啊！是啊，好慢啊！

可是漫长的等待中，我们是否可以很深切地体会时间的缓慢流动和距离的遥不可及？这是书信发走后的第几天了？于是我们数着天数一天天过日子。他在哪里，现在在干什么？我们不知道，因为不知道，所以我们猜测、牵挂和担忧。在漫长的等待之后，接到那封值万金的书信时，我们的喜悦又是多么珍贵！这封翻山越岭捎来思念和平安的书信缱绻着时间和距离的绵长气息，更不要说书简里面还可以看到她娟秀的楷体或者他阳刚的狂草，于是仿佛看到他们本人一样。这些都是多么值得玩味的有趣的精神性的东西，大概也是速度让我们会忽略的东西。

我们在网上彼此一发照片，两个人就算认识了，就开始谈恋爱了。古时候不认识的两个人要见一面哪有这么容易？都要洞房之夜才能见到真容呢。再胡来，也要在楼上的墙上打洞，或乘着庙里去烧香，大家才可以偷看一回呢。麻烦吗？自然是麻烦的；恼人吗？自然是恼人的。更不要说要拉拉小手，卿卿我我，更是极小的可能性。赫胥黎在《美丽新世界》中就描述了野人约翰和未来世界中高级人种雷宁娜谈恋爱的趣事。火箭时代的雷宁娜去参观一个原住民保护区。她认识了原住民野人莎士比亚迷约翰。约翰一下子就喜欢上了雷宁娜，因为她美丽、干净、香气迷人，而且看起来高贵。那个雷宁娜也喜欢那个非常特别的约翰。雷宁娜当天就想和约翰接吻做爱，因为未来新世界更是什么都快得要命，大家都坐飞机火箭上班的。什么事情也都不用等待，喜欢谁就可以马上在一起。因为等待会产生忧伤 ，幸福的未来人怎么可以忧伤？所以大家都片刻不等待。这让约翰觉得极不可思议。他只知道在他们的部落，男女不结婚是什么都不能干的。面对雷宁娜在他面前脱衣，他痛苦得要命。眼前这个雷宁娜怎么不知道矜持呢，和荡妇有什么差别呢？于是他大骂雷宁娜是妓女。不得已，雷宁娜只好悻悻地穿上衣服。她平生第一次体会到什么是失望和痛苦，于是大把吃药。约翰也痛苦得要命，他完全不能理解新世界的人类为什么像孩子一样，什么事都不能等呢？谈恋爱怎么也不讲究个过程？

写到这里，一定要回过来看昆德拉的话：速度是科技革命带给人类的一种迷醉方式。缓慢的乐趣消失了。想想何尝不是？其实不是我们不讲究过程，而是我们被麻醉了。快快快，我们跟往日说再见；快快快，我们和现在说再见；快快快，我们追求下一刻；到了下一刻，快快快，我们马上又要去再下一刻。快快快，给我写邮件；快快快，我们相爱；快快快，我们结婚。是我们被迅速发展的科技注入了速度的强劲麻药，我们被昏迷了，真实的生活乐趣消失了。于是快乐变得轻飘飘，痛苦变得轻飘飘，过去变得轻飘飘，未来也同样地轻飘飘 。

我们对山川湖泊的深沉律动感觉疏离了，对此时此刻的物转星移反应麻木了，对陈年往事的回荡之音感觉乏味了，对很多细微的细腻的情绪感觉迟钝了。我们淡忘甚至忘记了行走和等待会带给我们的种种劳累、忧伤和甜蜜的体验。我们享受不到第一年脸红，第二年牵手，第三年亲脸，第四年才接吻的恋爱的慢进程。速度的麻药让我们无法清醒地感觉生活中所有的真实的喜怒哀乐。这让我们疏离了精神性的自己，我们只是一个醉汉或一个被催眠者或别的什么。

我常常觉得古人其实也很聪明，他们的科技水平何其低微，生命何其短暂，然而遗留下来的精神财富却无法斗量。比如四书五经，比如古诗词，比如茶经。只要我们去看懂其中一点点，我们的生活就会有趣得多。他们的精神天地是如此广阔和深邃，是不是正是因为他们生活得慢，慢得有时间去细细体会外在和内在的各种感受！

说这么多，不是说现在多么不好，高科技的发展多么不好，更不是说我们要倒退回古代。我只是想寻求一种妥协 ，只是想提醒自己在忙碌而快速的现代生活中也要常常保持一份对速度的警觉！

我们还是要开车和发邮件，但是也要时时提醒自己不鸣喇叭，不抢红灯，不超车，我们也可以试试写信、寄信、等回信，我们不妨慢慢谈谈恋爱。

我们每天都如此忙碌，我们是否能期待有一个清晨可以懒懒地自然醒，听够了鸟鸣才起床；有一个上午可以在林间慢步，逛足了才返回；有一个下午可以慢慢泡杯茶，看足了闲书才做饭；有一个晚上斜倚在沙发上，听足了越剧昆曲才睡觉……还有你，有一刻坐在那里耐心地来聆听我的无聊絮叨……

于是我们奢求这个快速的世界和我们一起慢慢变老。

对重逢的渴望

几年前一本接一本看了米兰·昆德拉的很多书。在书中他陈述了很多深具哲学意味的命题和概念。当初可能就没看得很懂，所以当放下书，多年后已经忘记了语境和论证过程之后，当那些概念冷不丁地冒出来的时候，感觉干巴巴的，很让我费解。比如他说，幸福是对重复的渴望。什么意思呢？我就很不明白。照我想来，“重复”是个消极的词，它的潜台词就是厌倦。一种食物重复吃，就会腻味，我女儿就常常抱怨天天吃米饭。一份工作重复做，就会想逃避，同事就常常抱怨天天要上班。一个地方重复待着，就会想远游，有朋友就常常要旅行。一种人生仿佛能看到退休看到老，就想着变迁，我就是这样才移民了温哥华。所以，对“重复”怎么会渴望，渴望重复又怎么会幸福呢？

在外出差了三星期，回到温哥华。第二天是星期六，要送女儿去画画。我自告奋勇，因为我一直喜欢张老师那里鳟鱼湖的风景，每周去一次，成了一种习惯。中断了几周后，就很想去看看那里的景象现在变成怎样了。

外面下着雨，整个湖区没有什么人。我撑着伞，在细雨中独自行走。湖岸草地上，一树一树的秋天色彩：杨柳青绿、枫叶猩红，还有在这两色之间蜕变中的黄色、橙色、橘色、金色，它们互不干扰又交相辉映。落叶缤缤纷纷洒了满地，却没有丝毫肃杀之气。它们不惊不慌地一叶挨着一叶，经受着雨水的拍打，笃定地像女人在做面部保养。我不由得惊叹一声："好美啊！"那一声自言自语般的轻叹倒把自己吓一跳，仿佛是一壶水沸了，水扑出来那一刹那。那时候我明确知道是水漾出来了，是美溢出来了，是幸福满载了。于是昆德拉的话自己来到耳边，他说，幸福是对重复的渴望。那一刻我顿悟：因为重返鳟鱼湖，我得以和它的美重逢，这让我感觉到了幸福。

一旦心中的谜团被打开，接下来的推论就变得非常容易。我想昆德拉在这里讲的幸福是对故地重游的渴望，对珍馐重享的渴望，对故人重逢的渴望，对往日重现的渴望。我突然意识到可能是中文的翻译需要稍作改动，应将此句改为"幸福是对重逢的渴望"，可能会更妥当一些。什么时候要找出原版的英文再来读一读。

我们喜欢一个地方，便渴望重游。前年带女儿去坐去阿拉斯加的游轮。两周游轮假期结束，最后要下船的时候，小女安娜对我说："我们下次再来好吗？"我说："我们会去别的地方，不会再来阿拉斯加了吧。"可是安娜坚定地望着我，说："不，还要来这里，好不好？"她的眼光如此坚定和执拗，我知道她又给某种魔力魇住了，这不是第一次她让我承诺下次再来，以前去拉斯维加斯她也这样子让我承诺。我只能迁就她说："好。"现在想来，她的执拗是因为旅程让她觉得快乐和幸福，于是她的幼小心灵产生了对重游的渴望，也就是对幸福的强烈渴望。

我们喜欢吃一样东西，便会希望再次吃到它。在温哥华十几年，我就一直遗憾吃不到在国内吃的油条。温哥华当然也有卖油条的店家，而且越来越多，超市里也有速冻的油条，但无论如何都不是过去的油条的味道。细想来，我们哪里是喜欢重复一种食物？其实我们是喜欢回味一种喜欢的味道。我喜欢油条的松、脆、酥、软以及它的香味，但是除了这些，还有那口煎出它来的大铁锅，那对夹出它来的长筷子，还有那条故乡的巷子，还有那个故乡的清晨的样子，还有那些熙熙攘攘的人群的气息，统统这些才完整地构成了油条的味道。当我渴望再次吃到油条的时候，我渴望的是重新回味它所携带的过往的一切回忆。上次回国，一大清早我就兴致勃勃排队买油条。排在队里，我欣喜地东张西望。看着熙攘的车水马龙，听着熟悉的乡音，闻着那股浑浊的油味，我觉得很满足，甚至可以算作幸福，因为我正在和旧味道重逢，和故乡重逢。刚到温哥华，我就又开始渴望它了。

我们喜欢过一个人，便会希望再次遇见他。他也许是童年的玩伴、学校的同学、族系的亲戚、邻居的姐妹或者过去的恋人。我们想知道他们的近况，想看到他们现在的样子，但是应该还不止这些，我们在想念他们的时候不也同时在想念那时候的自己？我们或许想借着他们，想和过去有他们在身旁的时光重逢，和自己的童年重逢，和自己的青春重逢。

我一直记得有人跟我讲过一件有趣的心事。他说他年轻的时候喜欢过在村里插队的一个城里来的姑娘，还给她写过情书。但是那个姑娘从未给过他任何回复。这么多年过去了，大家都年过半百了，他对此事还是耿耿于怀。他说很想再见她一面，还要当面问问她有没有收到他的情书，为什么当初不给他回信。这个情结我觉得非常非常有趣。

我想，那位姑娘现在一定半老徐娘，风韵不再了，但是这根本不重要，而且根本不是重点！他岂止是对那位姑娘仍旧情有独钟？他更是对他当年的岁月耿耿于怀，对当年那个情窦初开的自己耿耿于怀吧？！让我们渴望与故人重逢的正是这种综合性的东西。这样的重逢才值得期待，值得神往，才能让人心生幸福。

我们喜欢过某段日子，便希望可以重来一次。或许是小时候和外婆在一起的任性的日子，或是读书时代暗恋着某人虚度的日子，或许是和爱人一起蜗居的日子。我们常常说过去的好时光，我们重来一次多好！这样的时光里面有什么让我们牵挂？我想因为里面有爱的热情或者有被爱的慵懒，有理想的荣光或者有追求理想的热血。我想起一个朋友跟我讲，他好怀念年轻时北漂的日子。那时候他在北京进修英语准备出国留学，他遇到了也到北京但在另一所学校修改论文和准备答辩的她。每天下午下课后他坐一小时的公共汽车去看她，和她一起吃饭聊天，再搭末班车回学校。他那时候多么精力充沛啊！他有强健的臂膀，有力的心跳，每一天都有用不完的力气。那个时候，他的事业和爱情都刚要开始。听听都让人醉！所以幸福是什么呢？幸福就是那段有爱有勇气的日子。在二十年之后，幸福就变成对那种往日重现的渴望。

我中学时代的偶像冰糖美人留言说：“Yesterday once more（昨日重现），又何尝不是一种幸福？”就凭这句话，她还是可以当我的偶像。

写到这里，文章可以结尾，我们要说再见。然后觉得“再见”这个词也是同样有趣！我们明明是要告别，但不说告别，却说再见，这是一种对再见到你的期许。原来我们早就在播种希望，在播种幸福的种子。

昆德拉就是这样的人，他说的一句话要让我一而再再而三地拿来琢磨，而且要花几年时间来领悟，但是我又是喜欢这样的。而且还要感谢昆德拉，他让我领悟了幸福的那么多种样子：幸福是故地重游，幸福是珍馐重享，幸福是故人重逢，幸福是往日重现，幸福是再见。

诗和远方

如果我告诉你，有个人，我从没见过，只是浏览他微信的朋友圈，然后在微信里聊过几句，我觉得我已经认识了他几个世纪。我不但很有把握可以为他写部小说，而且可以写好他，你信不信？不信没关系，那个人便是飞 Man！

某一天，我正昏天黑地地忙。突然收到他的微信："姑娘，空吗？"在俗事的雾霭里，那一声姑娘，霹雳一般惊醒了忙碌中人！让我猛然想到紫鹃知心知肺对黛玉的一声呼唤："姑娘，夜深了。"然后我回复："空的。这个周末，我们设计一场偶遇吧。"

于是在他曾念叨过的那家咖啡厅，我拿了一本《与狼共舞》（我的接头暗号——一本我正在看的书）等他。他开着他的湖蓝色打开了顶棚的甲壳虫（他的接头暗号——一部他极其钟爱的老爷车）前来。正是我想象中的样子和装束：匀称健硕的身材，穿着一条带洞牛仔裤；一件粉红色背心，双臂裸露；戴一副宽大的雷朋太阳眼镜，看起来年轻、不羁而帅气。一个理想的电影主人公的样子！我想这也是他自己心中暗暗追求的戏剧化的效果吧。

他一开口说你好，我吃了一惊。和他铮铮铁骨的英雄气概相距甚远的是，他的声音是如此温暖和轻柔，仿佛同这周遭的咖啡味道一样，能将任何一块饼干都瞬间融化掉。我突然意识到我好像从未被人如此温柔地对待过，这让我顿觉窘迫。

“和你想象中的样子不一样吧？通常大家都觉得搞户外的人很脏。”他显然自信满满，还有些小得意。

“我没看到过你玩泥巴的照片，而且我的想象力大概也不够，所以觉得你依然像一首诗。”

他笑着喝口咖啡。我笑着喝口茶。

为了填充空气中的空白，我说：“我们像采访一样地来交谈吧。”

他的眼睛从桌子对面一本正经地专注地看过来：“好。但你不会用录音笔吧？那个东西让我害怕。”

我也一本正经地看着他：“要知道，你是大名鼎鼎的飞 Man，我是将要大名鼎鼎的子衿，我们之间需要录音笔吗？”

然后我们会心一笑。我们之间就是这么默契，开着玩笑，却可以讲些话直达心底。

“告诉我你最近在忙什么吧？”我问。

“从黄刀回来一个月，天天忙。好多应酬啊，忙得我都没有了自己的生活。我跟很多人会面，从政的经商的都有，而且都要西装革履。”他歪着头，有点卖弄有点无奈。

“他们找你干什么，你见他们又干什么呢？”我不懂一个投身户外运动的人，怎么会和政界商界有关联。

“谈合作呀！他们要和我一起开发旅游资源，我呢，也可以争取为原住民拉点赞助，做点事。”

说到这里，要稍稍停一停。我知道他一直想以他的血肉之躯为原住民做点什么。其中的原因应该是多重而复杂的，以后要让小说来细细剖析给你听。主要的原因大概是原住民牵动了他的故乡情结。他本是内蒙古人，原名青格勒，就是开心、欢快、幸福的意思。我喜欢那个名字，私下里我就叫他青格勒，因为青格勒让我觉得像情郎，而飞Man只能是侠客。

他在八年前移民来到加拿大。在黄刀他接触了很多原住民。这样一个保持着原始部落文化的群体，让他觉得亲近，但是他们的日渐衰落，又让他觉得揪心。他想帮助他们，让他们生活得快乐，就像要帮助自己的兄弟。他的目的其实就那么简单，简单但热切。

“说真的，我一直不知道在城市里你有什么事好做。但你这样说我有点懂了。帮助你的原住民兄弟，这大概也是你愿意混迹在城市的原因吧。”

“是啊，城市让我觉得不自在。身在城市中的每一天，我的内心都像有无数的虫子在撕咬，催我赶快上路，催我赶快回到我的丛林、高山和大海中去。我属于户外，属于远方。”他像个孩子边说边低下头。如果脚下有小石子，他定会踢石子。

“我看过杂志上一篇报道你走偏锋的文章。说你夏天在加勒比海冲浪，冬天在黄刀风筝滑雪，其他时间也都在打猎、徒步、玩独木舟、登山或者钓鱼？”

“是的，我把自己全然地交付给户外，交付给大自然。我的汗水都流在山上和海里了。”他抬起头，眼睛里闪烁着清澈的光芒。

“你才是个真正的诗人，而且是极具行动力的诗人。”

“我有自由的灵魂。我必须跟随我的内心。”他对我挤挤眼睛，用手指在空中画颗心。

“那么，灵魂自由的诗人，你觉得现在的你幸福吗？”

“告诉我什么是幸福？”他立刻沉下脸，反击。

“比如说世俗的荣华富贵、儿女情长，你不留恋？”这个问题，我想问他很久，像个难解但是又极具诱惑力的谜，一直卡在我心里。

“我应该算有过小富贵、小辉煌。我有过自己的公司，自己的事业，也曾呼朋唤友，意气风发。我也有过刻骨铭心的爱情，人生中最美好的年纪，十三年，一个女人。”我闭气凝神，我闻到了精彩的小说气息。

“那种感觉不好吗？”我目不转睛盯着他看。

“曾经觉得好，但最终都是虚妄。” 他清澈的眼睛里突然飘过一片阴翳，这是我第一次见到他疲惫的样子。

突然，他果断地摆摆头：“不提这个了。”

我觉得小失望，因为音乐停顿在最美好的华章即将开始之际。但是也好，把精彩的部分留给小说吧。

“你继续采访吧。”他调皮地笑笑。

“是，采访就是采访，怎么可以变成打探隐私？你我都是诗人，所以我们还是谈诗和远方。”

“是，我们谈诗和远方。”

“我一直在琢磨你到底在户外发现了什么东西，是什么东西让你着迷到不想回头？你说的最有诗意的一句话，你知道是什么？就是‘听到风吹树梢的声音’。那句话似乎引领我理解你在大自然中发现的所有微妙的美和诗意。”

“你说来听听。”他挑起眉头算是鼓励我。

“比如打猎，你守候林间，会不会听到树林中野兽疾奔身体擦过树枝、树枝被折断的声音？比如钓鱼，你守候鱼竿，会不会听到鱼儿小心翼翼拨开水流、靠近诱饵的声音？比如冲浪，你飞身而起，会不会听见海浪轰鸣像在为你喝彩的声音？比如徒步，山中刚好雨霁，你会不会听到水滴和水滴交谈的声音？”这些都是萦绕在我脑中很久了的美妙感受，我一口气讲出几个来。

“你描绘得那么有诗意！”他轻吹了一个口哨。

“这只是听觉，我还没给你描绘视觉、触觉和综合感觉。比如看北极光，你看到的难道仅仅是光？难道不是一个妖媚的舞女在跳一支绝望的临终的独舞？告诉你吧，我最喜欢看你在朋友圈分享的你在极光下的那张裸体照片。知道我在其中看到什么？”

他看着我，装出一副极度惊讶的表情。

我也故意停顿了片刻才说：“我看到的是，你背对我们，打开双臂，对那个舞精灵的绝望追慕。可惜你再多情，人家也根本不理你！”

“你说我是个被抛弃的追慕者？”他耸耸肩。

“是的，一场无望的人神之恋！但是说回来，在极光群里，在那么多人和极光的合影中，唯独你的那张天衣无缝，因为你和极光是浑然一体的。别人的都让我觉得啼笑皆非，莫名其妙。”

他手托下巴，想了很多一会儿，然后说：“我非常非常欣赏你独特的艺术悟性。但是说真的，诗人，你有个硬伤。知道是什么？”

“什么？”

“因为你只是足不出户地在屋子里空想，你并不了解真实的远方。我走了那么多那么远的路，可我感受得更多的却不是这些。”

“那是什么？”

“在蛮荒的远离文明世界的户外，除了几件防身的东西，我基本一无所有，但是却让我觉得自己是如此富有。你看，群山在我脚下，河流在我脚下，狂风是我的斗篷，飞雪是我的毛毯，野莓是我的早餐，野兔是我的晚餐。所以，我什么都没有，但我拥有全世界。”他的眼睛闪闪发光，那份光亮仿佛把我都照亮了。

“但在严酷的户外世界，最重要的还不是这些身体上的冲击。重要的是它让我感觉到自己还活着，而且充满热情和力量。行动和受苦让我觉得我活着！”我力图插话，因为这句话我刚好知道，是卡缪的。卡缪的原话是：“行动、爱和受苦让我觉得活着。”他忘了其中的“爱”。但是他显得咄咄逼人，他的思绪像洪水一样奔腾，任何想围堵他的礁石都会被他撞得粉碎，所以我只是倾听。

“回想起来最让我觉得振奋的，是我绝处逢生的本领。好几次我都命悬一线，可是在那些瞬间，我清楚地看到我是那么想活下来，是必须要活下来的信念拯救了我！是信念让我向死而生。

“诗人，让我告诉你，不要以为你聪明你就厉害了。其实比智慧更强大的是信念，信念主导人生，这话我信。成吉思汗一生中四次差点饿死，三次被追杀差点亡命，三次众叛亲离，两次全军覆没，但是每次他都在绝境中爆发疯狂的斗志，卷土重来，最后成为一代天骄。”他仿佛在挥写刚劲的狂草，让对面的我感觉到气韵流动。

“我给你讲苍白的美学，你在给我讲深刻的哲学？”我说，但差不多是说给我自己听。

他从他远方的激情里回过神了，眯着眼睛，想了想说：“我在讲生活态度和信仰。”

我突然有所悟：“我其实一直不懂到底什么是远方。现在我想，远方是否可以被诠释为某种生活态度和信仰？”

“对，这样的诠释很棒！远方不光只是物理概念，它更是一种精神。所以精确来讲，你是诗，我是远方。”

我们彼此哈哈大笑。

时间的流动其实是看得见的，它以一杯咖啡、一杯茶不断地从满到浅的变化来指示。他说四点他还有一个别的约会，要带一个朋友去划船。他问要不要送我，我说我要留下来回味我们的谈话余温。

他发动他的甲壳虫，于是隔窗传过来拖拉机一般笨重的发动机的啪啪声。在很多行人注视的目光下，沿着罗布森大街，他缓缓离开。可以想象吹过老爷车的敞篷、掠过他双耳的，应该是 20 世纪四五十年代的战后遗风，坐在敞篷车里、徜徉在街道上的是战后贪图片刻逍遥的曾经威猛的勇士。

他走远了，我拿起《与狼共舞》也准备离开。脑子里突然闪现骑着黄骠马飞驰的邓巴中尉的样子。在遥远的赛奇威克边寨，穿着骨管胸甲的邓巴中尉策马扬鞭，他的身后追随着的是一个迷失在蛮荒年代、迷失在异乡的当代女子，他的身后还跟随着科曼奇部落浩浩荡荡的迁徙马队。当然，他的身后，还有一望无际的在草原上翻滚着的波涛般的草浪，此起彼伏。

附录

读者评论

发现子衿，是偶然。碰巧读到她的《姹紫嫣红牡丹亭》，立刻被吸引，不禁边读边想，是谁把故事讲得这么扣人心弦？再看一遍，又发现作者遣词造句竟然如此平实，不用华丽的词藻，却把一个盘根错节的故事写得如此荡气回肠，让人欲罢不能。于是读《木石情缘》《让大地感到孤独》《大卫王》，读能够找到的子衿的几乎所有作品。除了欣赏她超强的驾驭文字的智慧，作品的简洁、清新、细腻，更感受到她内心的宁静和强大，感慨她的脱俗却不闭世。

——加拿大西蒙菲沙大学（SFU）教授　陈楠生

很早认识的是晓梅，高中同学的晓梅。一直记得学校一侧沿河的弯弯的小路通向仄仄的小镇石板街，曾留下我们放学回家结伴同行的无数快乐。这么多年过去，石板街从此不再，我还在原地，而她已走过千山万水。

然后认识的是子衿。感谢微信，将最远的我们又拉回了最近的距离。并非刻意地，我们聊起了文章，然后读到她的《佩玉将将》。初时便是一阵恍惚，继而羞愧：学中文的我，似乎也未曾如她一般将《诗经》读出如许味道，而异国他乡的她却有着一份如此灵动的阅读体验！

后来，便是在我的课堂上，我和孩子们一起读子衿，直至今天，上了大学的孩子们还和我聊起子衿……

——江苏省海门中学语文教师　邢延

初认识子衿是在职场，她是公司的产品发展总监，还管理着公司的定价系统。她运筹帷幄，成绩斐然。后来偶然地读到子衿的文章，发现原来她的文章也写得好。很多的感受、道理娓娓道来，生动有趣。惊叹于她对工作、生活的细致观察和认真思考。

——加拿大中华文化艺术总会副会长　周亭

子衿具有广阔的阅读视野、独到的观察能力、娴熟的文字驾驭功力，以及独有的女性细腻感知，这使她的每一篇文字读起来都是玲珑和生动的。子衿美丽的文字和思想花朵绽放在琳琅的书丛中，像孔雀开屏在牡丹丛中。

——读者　龚文波

子衿的文章给人一种独特的举重若轻的感觉。作家的生平与文笔特点信手拈来，点评也并不是严肃的文学剖析，而更像是午后沏一杯茶与朋友闲聊般自在。对我而言，子衿的文章既像是一种文学导航，又像是一种感想交流，我总能收获到许多，仿佛是一个远处的大朋友，与我有着特殊的默契。

——读者　陆一岑

子衿的文字，乍眼看过去平淡、通润，似带着一丝半点凉凉的古意。世间道理，如飞花杂絮，她却能讲得清明、温和；当我们更近一步走进她的文字，才会惊觉，隐藏在字里行间的，是子衿对于生活、对于美好的澎湃的热爱。

——读者　沈星缘